風華世家

1

風 文創 226

十月微微涼 著

目錄

致讀者

接到編輯的通知寫序，不禁感慨萬千。這本《風華世家》是我繁體出版的第一本書。當然，這也是我寫的第一篇序文，不知道是不是因為太過激動的關係，想說的很多，可卻又無從下筆。很奇怪的心情！說起來好笑，但那溢於言表的驚喜、快樂卻是明明白白的。

我想，即便是以後我繼續出版許多許多書，那都不是這一本，感覺也不同了。特殊的第一次，也是最讓人深刻難忘的第一次。我只希望，和編輯一起將它做到最好，也希望大家真的喜歡它。

說起寫文的初衷，不知道大家看書的時候有沒有這樣的習慣，看到一個情節的走向不合自己的心意，便想著，如若我來寫，定然要怎樣怎樣，可是實際卻也不會下筆，只說說便罷。許久之後再翻看那時的書籍，又生出幾分這樣的心情，周而復始。我便是這樣一個人。而正是許多次的反覆，促成了我的動筆。真正開始動筆寫文，還是二〇一二年末，現在想想，那時寫了一個同人本，只為了所謂意難平。這樣簡單的開始，將自己的想法付諸現實的開始，結果卻讓我起了興致，也嘗試到了用筆講故事的美好。後來熟練之後，更是越發地不可收拾起來。

說起這本書，我自然要好好地介紹一番，這大抵是我寫得最快、最流暢的一本書，曲折多變的故事情節，算計深刻的宮廷陰謀，甜到發膩的男女互動，彷彿每天寫它都有無窮無盡的能量。我會將自己喜歡的元素加入其中，平時讀書的時候我就更偏愛懸疑風的讀物，看的也多是偵探小說；大概是因為這方面的影響，在我的文章裡，總是有許多的暗線，也有一環扣著一環的內幕陰謀。不知道這樣的嘗試對不對，但是我卻很喜歡自己能夠做出這樣的嘗試，寫自己喜歡的文，沒有什麼比這更美妙了。

有人說，我這是披著小懸疑風、偽宮鬥、偽宅鬥之下的蘿莉甜寵文，失笑之餘，竟然無從反駁；再細看我每一篇文，大體竟是都有這樣的設定，大叔男主角，蘿莉女主角，微微的小懸疑，同樣的設定，但卻是截然不同的故事。我一直都希望自己成為一個真正會講故事的人，我希望大家看完之後能夠會心一笑，然後說一聲這真是一個好故事。

雖然不知道我的最愛是不是你們的最愛，但是我相信，只要看了這本書，你是會覺得意猶未盡的。

一番自吹自擂之下，整個人都覺得羞羞的，不過我想，在陽光暖暖的秋日裡，沏上一杯紅茶，靜坐在陽臺上讀書，也是人生最愜意美好的事情了！

十月微微涼

第一章

初春的傍晚，不過剛入酉時，窗外已然漆黑一片，呼嘯的北風颳得窗戶沙沙地響。外面淅淅瀝瀝地下著小雨，屋頂破了好幾個洞，連綿不絕的雨水順著那洞口零零散散地落到屋裡，打濕了整間破敗的小屋，空氣裡滿是寒冷的氣息。也虧得外面正在颳風，不然這雨想來會更大。

這破舊的屋內並未燃著油燈或者香燭，唯一的火光，便是那爐灶前的星點火光。不斷往裡添柴火的，是一個看起來六、七歲的女孩。女孩兒頭髮淩亂，臉蛋也髒兮兮的幾乎看不出原本的相貌，身上只一件灰色的棉衣，端看那棉衣，也是薄得可憐。

「哈啾！」女孩兒打了一個大大的噴嚏。

「誰念叨我呢，可別是長貴嬸。」女孩兒嘀咕。

話音剛落，就聽門口傳來一陣急促的腳步聲，尖銳的女聲響起——

「嬌嬌在家嗎？」

果然是好的不靈，壞的靈！

女孩兒抬頭往門外望去，只略一皺眉，便清脆地應道：「在呢。門沒閂，進來吧。」

嬌嬌話音剛落，一個中年婦女「嘎吱」將門推開。她動作不輕，本已破敗的屋門嘎嘎作響。

被喚作嬌嬌的女孩兒連忙過去將她手中的油傘接過放在一旁，搓著手問道：「長貴嬸，您怎麼來了？」

長貴嬸給人的感覺並不很好，一身草木灰的粗布衣裳，腮頰還撲了些胭脂，似乎有些不倫不類。

抿了下嘴，長貴嬸擠出一個笑容。「今天白天的時候雨可不小，妳長貴叔不放心妳，讓我過來望望。嬌嬌晚上吃什麼呢？上嬸子家吃去吧，嬸子今晚做了地瓜糊，頂甜呢！」

嬌嬌笑著搖頭拒絕。「謝謝嬸子，我已經吃過了。」

長貴嬸往四下打量。「吃過了？妳這孩子不是哄我吧？妳看妳這家裡，家徒四壁的，有什麼吃的。別拿嬸子當外人，妳也知道，嬸子在村裡最是好心腸的一個人。」

「嬸子，我真的吃過了，我今天有找到吃的，謝謝長貴嬸。」

見她不斷地拒絕，長貴嬸眼中的厭惡一閃而過。

「妳這孩子，就是這麼倔，和妳那個死鬼老爹一樣。我先前不是就和妳提過嗎？妳來嬸子家給妳大郎哥哥做媳婦兒，我們養著妳，這樣的日子，可比妳現在強上百倍，妳這死妮子，也不知道妳堅持什麼。」

嬌嬌用手抹了把臉，本來就不乾淨的臉蛋上更是添了些黑灰。

長貴嬸見狀厭棄地往後站了站。

「嬸嬸的好意，嬌嬌心領了，可是我爹娘只我一個女兒，我當初答應了我娘的，要給我爹他找個入贅女婿。」

「呸！」長貴嬸唾了一口，眼梢吊起。

「妳那死鬼娘，想什麼美事呢，她就不想想，妳一個才剛七歲的小娃娃，自己生活都成問題，如何給她找入贅女婿，真是異想天開。嬌嬌啊，嬸嬸是個什麼樣的人，妳最清楚，妳來嬸嬸家，嬸嬸保證對妳比妳那死鬼娘對妳好。這可憐的，吃不飽，穿不暖。」

嬌嬌低頭搖頭，不再看長貴嬸。

真當她是七歲的小女娃哄呢，對她好？她怎麼可能信，想來便是原本的嬌嬌也不會相信這個一口一個死鬼娘的人會對自己好吧。

長貴嬸絮絮叨叨地說了許久，見季嬌嬌依舊是那副呆頭呆腦的模樣，心裡火氣更是加大。

「嬌嬌，妳這孩子就是這樣，和妳說話，就這麼悶悶的，妳倒是說句話，到底來不來長貴嬸家？」

「我不。」聲音不大，但卻堅定。

聽她這麼說，長貴嬸的火氣一下子爆發出來。

「妳這死妮子就不識好歹吧，早晚有妳哭的一天。」扔下這句話，長貴嬸拿起傘出門，將門甩得「乒乓」響。

見她終於走了，季嬌嬌將門閂好，倚在門上吐了一口氣。

她叫季嬌嬌，今年二十四歲，剛剛大學畢業的社會新鮮人，上班第一次出勤務就因為意外被推下了樓，再次醒來，她就是如今這個樣子。

年僅七歲，父死母亡，一個人生活的季嬌嬌。

好吧，名字倒是沒有變。

照她揣測推斷，這個小小的季嬌嬌八成是餓死在家裡，而恰好這個時候她又穿越了，所以才鳩占鵲巢。

季嬌嬌自小便是在孤兒院長大，適應生活的能力很強，甫一穿越，她就接受了這悲催（注）的現實。

如今她穿越已經兩個月有餘，也將原主的情況和周圍的環境摸得一清二楚。

她所在的小山村叫荷葉村。而這裡的人家，幾乎都姓何，季嬌嬌的母親便是荷葉村人。而她的父親則是外來戶，據說是當年家鄉發大水，便背井離鄉地來到了這邊，為了能夠在此處安頓下來，又娶了村裡因為身體不好一直嫁不出去的病秧子何氏。

小嬌嬌母親一直有重病，不能操勞，家裡只父親一個頂梁柱。去年的時候因為上山打獵碰到了大蟲，結果被傷得厲害，回來拖了幾天便撒手人寰。母親何氏受了打擊，病上加病，不過是半年有餘，也跟著去了。

也虧得這個小村莊大部分都是同宗同族，正是因此，在村長的干涉下，眾人齊心合力，將人給埋了。

兩人相繼去世，也就只剩一個年僅七歲的季嬌嬌。

要說領養季嬌嬌，這可沒人願意，雖然都是同宗，但是到底並非直系，且嫁出去的女兒，潑出去的水，何氏已經許給了姓季的，季嬌嬌姓季，自然跟他們荷葉村沒有關係，沒人願意要這樣的拖油瓶。

除了隔壁略有些同情心的翠英嬸，幾乎沒人願意搭理她；可翠英嬸也有自己的家庭，所以小嬌嬌過得很是艱難，這冬天又冷又餓，想來她便是撐不過去了。

嘆一口氣，季嬌嬌又想到剛剛過來的長貴嬸。

對長貴嬸，季嬌嬌是沒有一絲好感的，如果不是長貴嬸的大兒子大郎半個月前打獵受傷變成了那啥，就是那啥啥，能進宮的，想來長貴嬸是怎麼都不會過來要收養她的。

她明白，長貴嬸也將話說得很明白，收養她，就是為了給她家大郎做媳婦兒。

這一點季嬌嬌是怎麼都不願意的。長貴嬸一家人是個什麼品性，她看得極為清楚，哪有那麼多好心人呢，如果好心人真的有，小嬌嬌又怎麼會餓死在家裡。

她現在仍是記得自己醒來之時，全身上下那陣飢餓感，即便是生長在孤兒院，她也從來沒有感受過這樣的飢餓。

說到餓，季嬌嬌的肚子應景地叫了幾聲「咕嚕咕嚕」。

嬌嬌從眼前的草堆下將一個地瓜扒拉出，放到了灶火裡。

其實她今天還是什麼也沒有找到，多虧翠英嬸給了她這個大地瓜。

剛才之所以不說，完全是不想被長貴嬸這個大嘴巴知道，翠英嬸也不容易。

因為這段日子不斷出門找吃的，季嬌嬌已經聽明白了，不少人家都說她是個小掃把星

注：悲催，網路上流行之詞，起源於先秦喪服文化。從字面上來看意思是「悲慘得催人淚下」，一般表示不稱意、不順心、失敗、傷心、悔恨等意思。

呢！剋父、剋母，也虧得翠英嬸心腸好，肯偶爾接濟她。

餓肚子的滋味可真難受。

將自己的大地瓜翻了翻，用樹枝將地瓜扒拉出。剛烤好的地瓜熱得厲害，即便是這樣，嬌嬌也只是略微包了下就吃起來。冰冷的小手抱著暖暖的大地瓜，她覺得，真是太舒服了，又祛寒，又解餓。她邊吃邊點頭，大大的眼睛彎成了月牙兒，真好吃！

這是她一天唯一的一頓飯，許是餓極了，她吃得極快，不多時地瓜就悉數消滅在肚子裡。

其實一個地瓜怎麼可能吃飽呢，不過嬌嬌還是覺得很高興，如果沒有這個地瓜，她今天就要餓肚子了，她每天都在外面找吃的，不過大概是剛過冬季的關係，外面能吃的真是太少了。她常常無功而返，如今每日能吃上一頓飯，她就覺得很是欣慰。

將地瓜吃完，又聽外面的風越颳越大，嬌嬌伸了個懶腰，借著微弱的火光，她打量漏雨的地方，之後又看了看已經被吹得呼呼作響的窗紙，修葺房子什麼的是不可能了，自己堅持堅持吧。

她竭力安慰自己。

將灶裡的爐火壓住，季嬌嬌屈膝坐在爐火邊，透過並不保暖的窗戶，她望著外面漆黑一片，想著接下來該有的生活，有了一絲的茫然。

老天爺為什麼要讓她穿越呢？

不過她的傷感茫然並沒有太久，爐火被壓住不過一會兒，屋裡再次冷了下來。

嬌嬌被凍得瑟縮一下，終於堅持不住地站了起來，將身上薄薄的棉衣使勁地攏了攏，她原地蹦躂起來。

動一動，才暖和！

今年的冬天還真是欺負窮人家啊，都這個時節了，仍是不見一絲的暖意。

活動得暖暖的，早早鑽進被窩睡覺！

嬌嬌苦中作樂地露出一個笑容。

天甫一亮，季嬌嬌聽到隔壁家的雞叫，翻了個身，撓了撓自己的頭，呼呼，翠英嬸家的雞真準時。

將身上的被子掀開，季嬌嬌迷茫地坐起身。屋裡寒氣逼人，嬌嬌瑟縮一下，將被子疊好起身。

如今她也只有這一床被子而已。要說這荷葉村的人，還真是夠人情冷漠的，當初雖然是幫她安葬了何氏，可是他們家能拿的，他們可是一樣不剩都拿走了的，完全沒有考量一個年幼的女孩兒如何生活。

如今她每天都早早地起床鍛鍊，之後就出門找吃的，日復一日，周而復始。

有了好身體才能更好地抵禦寒涼，一旦感冒，她可沒什麼銀子抓藥。

嬌嬌喘吁吁地在屋子裡運動了一圈，接著出門在院子裡跑步。

隔壁的翠英嬸出來做早飯，聽到這邊的動靜，與嬌嬌搭話。「嬌嬌還是這麼早起，又跑步吶？」

「嬸嬸早上好，身體健康才能不生病。」她喘吁吁地跑著回道。

翠英嬸站在臺階上正好可以看見嬌嬌的院子，兩家雖是鄰居，但是生活條件可是天差地別。見小小的女孩兒在院子裡轉圈，覺得心酸得緊，可是她能幫的，終是有限，想到最近的傳言，她嘆了口氣，下了臺階來到這邊的院子。

知道嬌嬌一貫是不閂院門的，翠英嬸直接推門進入。

「翠英嬸，您怎麼過來了？」嬌嬌見翠英嬸過來，奇怪地停下腳步。

翠英嬸的婆婆不喜歡她，所以翠英嬸一般都不過來這邊的。

翠英嬸往四下望了望，見沒人，低聲開口。「嬌嬌過來。」

「呃。」嬌嬌連忙來到翠英嬸身邊，她是穿越以來唯一一個對自己好的人了。「嬸嬸可是有話與我說？」

翠英嬸看她如此懂事，點頭。「嬌嬌是個懂事乖巧的好孩子，別人不清楚，翠英嬸最是清楚不過。有些話，嬸嬸長話短說，嬌嬌還要放在心裡。」

季嬌嬌連忙點頭。

「嬸嬸，我省得的。」

「那就好。這些日子我看妳長貴嬸常過來看妳，說是希望妳能夠去她家住，這事，妳可要一萬個小心。有些話，我這做嬸子的，不能和妳一個孩子說明白，但是妳要知道，翠英嬸不會害妳；即便是妳現在挨餓受凍一些，只要夏日裡勤快些，總是不至於餓出個好歹，但是如若去了長貴嬸家，那麼未來會怎麼樣就不可知了。她打得什麼樣的壞主意，以後妳長大就知道了。」翠英嬸有些話是不能當著一個孩子的面明說的，那樣的羞話，便是說了，她也未必能明白。

嬌嬌聽翠英嬸這麼說，乖巧點頭。「我明白嬸嬸的意思，我不會去長貴嬸家的，我知道她沒安好心眼兒。」

「妳知道就好。我想著，她在妳這邊一直得不到答覆，怕是就要去找村長了。妳也知道，這長貴家的大哥兒前些日子傷了身子，這不僅同村，就是十里八鄉都清楚了，具體情形，我也不便與妳一個孩子說。總之，她家必然會對妳勢在必得，妳且要多想些對策才好，戶籍什麼的，更是要好好地掐在手裡，可不能給旁人。現在最怕的就是，他們鐵了心地算計妳。」

嬌嬌自然是明白翠英嬸話裡的意思，她的意思是，這個村子裡的人會強迫她去長貴嬸家？不過想想也是，人家都是同宗同族，她一個小孤女，將她送到長貴家，說不定還覺得是她積了大德呢！

「嬸嬸，嬌嬌知道嬸嬸是為我好，我會好好防備的，不會讓他們欺負我。」聽到隔壁傳來的一聲男人咳嗽。嬌嬌低聲道：「嬸嬸快回去吧，趙叔在給您打暗號呢！」

聽嬌嬌這麼說，翠英嬸白了嬌嬌一眼。「妳個小狐狸，好了，我回去了，妳也要記得我的話。」

翠英嬸不敢耽擱，連忙大步走出門。

待她離開，嬌嬌想了一下，進屋開始在廚房刨洞，之後將藏在炕下的戶籍包好放在了洞裡埋上。

小心駛得萬年船！

將自己包得嚴嚴實實，又在腰間別了根木棍子，嬌嬌出門找吃的，這是她每日必做的事，也不能總是靠著翠英嬸的接濟。

如今天已經大亮，雖是初春，地仍未解凍，大家也不須做農活，家家戶戶都是緊閉著門，這麼冷的天氣，自然是要窩在被窩裡才舒坦。

只有極少的幾戶人家起身做飯，看著幾戶燃著炊煙的人家，嬌嬌有幾分羨慕，不過仍是往田地那邊走去。

「呦～～這不是嬌嬌嗎？又出來找吃的啊？」出門倒水的大嬸話音挑得高高的，裡面有幾分的惡意。

「嗯，胖嬸早。」嬌嬌笑咪咪地回道，並不多言。

她知道，這荷葉村的不少人家對她有敵意，完全是因為當初葬她娘親的時候出了力，被迫出了力還得不到回報，自然會讓許多人心生怨念。

見她態度很好，胖嬸冷哼一聲，「喀噹」將門關上。

嬌嬌並不在乎她的態度，繼續笑嘻嘻地滿村莊轉。

或許是今天比較好運，嬌嬌竟然在地裡找到一穗玉米，這讓她受寵若驚，這東西在這個時代可是個矜貴的東西，看這已經硬邦邦得不成樣子的玉米，嬌嬌不知道它在土裡躺了多久，想來是秋收的時候誰掉的，後來又被土掩住了。如若不是這般，怎麼可能保留至今。

她簡直就要喜極而泣了。

今天真是她的幸運日。

「嬌嬌，妳在幹啥？」遠處傳來一聲女聲。

嬌嬌望去，心裡一沈，正是長貴嬸，看見她通常都是沒有什麼好事的。

已經來不及將玉米藏進懷裡，長貴嬸眼尖地看到這穗玉米了。

「我說嬌嬌，妳便是窮，便是餓得受不了，也不能偷東西啊！」長貴嬸語出嚴厲。

嬌嬌吃驚地看著她。「偷東西？我沒有啊！」這真是惡人先告狀啊！

「怎麼沒偷東西？那妳說，這玉米是哪來的？」長貴嬸一臉的得意洋洋，彷彿自己抓到了季嬌嬌偷東西的把柄。

「長貴嬸，這是我在土裡刨出來的，怎麼就是偷呢！您是不是看我是一個小姑娘好欺負，才故意誣陷我？」嬌嬌故意放大了聲音。

之前長貴嬸的聲音那麼大，大家都聽到了這邊的話，她如若再不為自己辯解，怕是這名聲便不會好了。

長貴嬸倒是沒有想到，往日裡和和氣氣的小嬌嬌會這麼大聲地反駁，怔了一下，她隨即惡狠狠地盯著嬌嬌。「妳這死妮子！土裡刨出來又怎樣？這是妳家的地嗎？徐老三，你看看，人家來你地裡偷東西了，你不僅不制止，還看熱鬧，你可真是個男人啊……」長貴嬸轉而朝看熱鬧的徐老三奚落道。

徐老三這麼一聽，馬上叫囂。「我家地裡的，自然是我的。妳這死妮子，給妳臉了是吧？我就說，妳這丫頭每天滿村的亂竄，指不定幹些什麼偷雞摸狗的事呢！這麼一看，果然如此。」

即便是大家都明白事情的來龍去脈，也都知道這事中季嬌嬌的無辜，可是在看季嬌嬌不順眼的情況下，大家自然是向著徐老三和長貴嬸說話，一時間紛紛對嬌嬌指指點點。

「我說季嬌嬌，妳也該知道，我一直都對妳很好的。我還想著，看妳一個小姑娘可憐，打算將妳接到家裡生活，不過妳一直不知好歹，看來這樣下去真是不行了。有娘生沒娘教的，妳今日能偷玉米，他日就能偷更值錢的東西，看來，可不能讓妳一個人生活下去了，這樣真是會越來越壞。」長貴嬸一臉的語重心長。

「可不是嗎？妳長貴嬸這麼好心，也不知道妳拿喬什麼。」

「你看她如今這個樣子，真是個野孩子的樣子。」周圍人幫腔，其實誰不知道具體的情況是如何。

嬌嬌冷眼看著這些人，微微揚頭，這是要逼迫她嘛！

「你們不要臉，明明知道長貴嬸沒安好心，還要讓我上她家，我是怎麼都不會去的。我也沒有偷東西，這個玉米是我撿的，你說我在這裡撿的就是你的嗎？你有證據嗎？你看見了嗎？我倒是說，這個是我在翠英嬸的地裡撿的，我是拿在手裡走到這裡的。」見不能維持表面的和諧，嬌嬌也不客氣起來，他們也太欺負人了，就看她是個小姑娘吧。這個村子怎麼可以這樣！

季嬌嬌這麼一叫喚，徐老三惱羞成怒。「妳個死丫頭，妳說什麼，妳說在哪兒撿的？」

「我看見了，妳就是在這兒撿的。妳看，這邊還有妳扒拉土的小坑。」長貴嬸得意洋洋。

季嬌嬌露出一抹笑。「可是長貴嬸，您是什麼時候到的呢?說謊話可不好哦。我是在這邊扒拉了，可是您可以去翠英嬸的地看，那邊也有我扒拉過的痕跡，我扒拉過很多地的，如果這樣都算證據，那麼這個玉米棒子，一人分一粒玉米粒好了，這樣才公平。再說了，徐叔叔，您說是您的，您這塊地，原本是種玉米的嗎?」

這附近根本不適合種玉米，所以這必然是其他人掉的。

季嬌嬌這麼一說，眾人臉色更加難看。

眾人吵吵鬧鬧，長貴嬸見季嬌嬌不聽話，直接就推了她一下，嬌嬌往後踉蹌幾步，隨即狠狠地瞪著長貴嬸。

「妳看什麼看，妳個死丫頭，我們荷葉村收留妳已經是妳的福氣了，妳不僅不知道感恩，還一副理直氣壯的樣子，我告訴妳，我們完全可以將妳趕出去。」長貴嬸態度囂張地嚇唬人。

「對，將她趕出去，趕出去。」大家都叫囂起來。

看眾人都面帶惡意地看她，嬌嬌揚頭。「我是荷葉村人，我的戶籍在這裡，你們憑什麼趕我走。長貴嬸，您不要欺負人。」

「欺負人?」長貴嬸冷笑，這個把月的工夫她已經失去了耐心，既然軟的不吃，那她就來硬的，她就不信了，這個季嬌嬌還能逃出她的手掌心。

「我們欺負妳什麼了?倒是妳,妳這手裡的玉米可是說不清楚的。妳說妳沒偷,妳巴巴的全是理,可我偏就看見妳在這兒挖了,妳就是在這兒拿的。有本事我們就去村長那裡評理,大家都過去,鄉親們也都來,大家都看見了是不是?」長貴嬸的話很有鼓動性。

「看見了,對,看見了,找村長。」

嬌嬌見他們存了心的顛倒黑白,也不示弱。「見村長就見村長,我才不怕你們,去見了村長,誰更丟人還未可知。」她倒是並無一絲的驚慌失措。

嬌嬌這麼鎮定,旁人倒是生出幾分不確定來。

「妳這死丫頭,難不成我們怕了妳不成?」雖然這麼說,但是長貴嬸的話茬兒可不那麼足了。看這死丫頭底氣那麼足,難不成她知道了什麼?這誰還沒個什麼見不得人的事。

長貴嬸開始琢磨季嬌嬌到底知道了什麼,敢這麼硬氣。按理說,她才七歲,如果她真的什麼都不知道,早該驚慌失措了,不該是這麼個態度啊!

同樣做這個聯想的,還有徐老三。

「我才不怕見村長呢!別以為我什麼都不知道。我不怕您的,長貴嬸,我也不怕您,徐三叔。」季嬌嬌如今不過是虛張聲勢罷了,可即便是虛張聲勢,她也要做足了氣勢。

徐老三一聽這話,就要上來抓季嬌嬌,嬌嬌人雖然小,不過卻靈活,一下子就閃過了。

「您是惱羞成怒了吧?怕我把您那些破事兒都說出來。」

「好了,你們兩個和一個孩子置什麼氣,真有出息。老三,回家去,不過是一穗玉米罷了,這是幹什麼。」一直沒開口的徐老二說道。他瞪了徐老三一眼,隨即又看嬌嬌。

「嬌嬌，這次的事就算了，妳以後不要來這邊撿東西了，這些地都是有主的，和妳可沒什麼關係。當年葬妳爹，妳娘已經將你們家的地賣掉了，就是葬妳娘，我們也都是出銀子、出力了。妳不知道感恩也就罷了，還在這裡耀武揚威，妳這樣做，實實在在的傷了鄉親們的心，倒是沒有想到，我們餵出了一個白眼狼。」

「可不是嗎？當初葬她娘，我還出了兩文錢呢。」

「我也是……」

「我沒出錢，可我出力了啊……」

不得不說，徐老二這話成功地挑起了大家對嬌嬌的厭惡。

看著眾人的表情，嬌嬌知道，這事情只能這樣了，咬了咬唇，深深地鞠了一躬。

「謝謝大家出力安葬我娘。謝謝大家，但是剛剛的事，我沒有錯。」

眾人冷眼看她，並不接受道歉，嬌嬌也明白其中的端倪，看向了徐老二。

「徐叔叔，以後我不會來這邊找吃的了，我向您保證。」

徐老二看了她許久，哼了一聲。「妳好自為之吧。」

見徐老二這麼說了，周圍的人俱是不搭理季嬌嬌，各自離開，不過臨走時對她的瞪視倒是一點也不少。

嬌嬌消瘦的身影站在田裡，看著手上的玉米穗，咬唇安慰自己，最起碼她現在有了一穗玉米，今天總是不至於挨餓了。

第二章

深夜。

嬌嬌翻來覆去睡不著想著白天的事，雖然之後長貴嬸他們沒有找過來，但是她總是覺得，這件事不算完，心裡不好的預感越來越深。

除了這件事，還有田地的事，如果她不去那邊找吃的，大概只能去山裡了，這山裡是個什麼情況，嬌嬌更是毫無所知。想到她只穿越了兩個月有餘就聽過三、五起人折了、傷了的大事，她默默地攥緊了被角。

這糟糕的現狀。

越想越睡不著，嬌嬌坐起來，她要去長貴嬸家踩踩點（注）。

知己知彼，百戰百勝，最起碼先要看看這個危機能不能平穩解決。

雖然這個時候天黑又寒冷，不會有人在外面轉，但是季嬌嬌還是走得極快，總要多些防備的。

長貴嬸家住在村口，遠遠地，嬌嬌就看到裡面燈火通明的。走到院牆外，更是聽到裡面吵吵鬧鬧。

嬌嬌皺眉，咬了咬唇，果斷地爬上了牆頭，貼上了朦朦朧朧看不清的窗戶。

注：踩點，意指預先到某個地方進行考察，為之後做準備。

「長貴媳婦妳儘可放心，這事就是旁人不幫妳，我徐老三也是站在妳這一邊的，我大姪子總不能打一輩子光棍吧。我二哥說了，她不答應沒關係，從明兒個晚上開始，我們輪著嚇唬她，一個小姑娘罷了，就不信她不抓瞎（注）。」聽這聲音，徐老三無疑。

「徐老三，你說這是什麼話，是你姪子，不是我的是吧。放心，嫂子，我也定站在妳這邊。那個小孤女也太不識抬舉了，過得什麼樣的日子，有人收留還不趕緊感恩戴德，竟然還不願意，今天我是不在場，不然我一個大耳刮子給她打到一邊去。」

「行，你們都幫著我就好，怕就怕那丫頭胡說些挑撥離間的話，不過只要大家都站在我這邊，我看誰敢反對。就那個老趙家，他家婆婆要是說話了，王翠英一樣是連個屁都不敢放的。」

「哈哈哈……」

「嫂子，明兒就讓村長定了，直接讓那季嬌嬌給咱們家大哥兒當童養媳。」

「哈哈，你說的，那叫啥童養媳，童養媳可都是女的大……」

「管他男的大，女的大，反正咱養著她可不是白養活的……」

一時間場面極為歡騰，嬌嬌對這些人厭惡極了，沒有繼續聽下去，麻溜地爬下了圍牆，攥緊棉襖，快速地回家……

事情到了今天這個地步，嬌嬌知道，這荷葉村，她怕是待不下去了。

即便沒有今天的事，一樣還有別的事，長貴嬸似乎是鐵了心要將她接到自己家做兒媳，與其被人折磨死，倒不如離開，雖然不知道外面什麼樣子，但是總好過這樣每日的在這裡挨餓受凍。雖有屋子遮風擋雨，可是架不住這裡心存惡意的人。

就算是做個小要飯的，也未必比這裡差。

想到這裡，嬌嬌開始翻箱倒櫃。

她的家產還真是少得可憐，除了身上穿的這件棉衣，櫃子裡只有兩件單衣、一條褲子，錢更是沒有一文，能帶走的東西少得可憐。

既然要離開，戶籍她是一定要帶著的，在現代戶口本比身分證重要，古代也是不遑多讓，她總是不能成為黑戶吧。

季嬌嬌將戶口本刨出來，既然決定離開，那麼她打算馬上就走，雖然路不太好，但是早走也有早走的好。不然她每天白天都出門覓食，大家沒看到她，自然會懷疑的。

特別是長貴嬸，正常人家的女兒是怎麼都不可能嫁給她家大郎的，她能對自己做出什麼，還真是不好說。

難保這些人不會把她抓回來，對於古代的這些規矩她雖然不明白，但是也知道，她一個小女孩兒很多事情是無能為力的。

這個小小的荷葉村，除了翠英嬸的一絲溫情，她再也沒有任何留戀了，可是臨走她並不能和翠英嬸打招呼。嬌嬌有些難過，不過她仍然堅強地打起了精神。

將自己的衣服裝在小包袱裡，想了想，她又將嬌嬌父母的牌位也放了進去。戶籍則是縫在破棉襖裡，又用鍋底灰給自己的臉抹了抹。為了避免別人的覬覦，她每天都把自己弄得髒

注：抓瞎，意指忙亂著急，不知所措。

兮兮的。

看來這髒還是要繼續下去的。

將小包袱捆在身上，季嬌嬌深深地望一眼自己居住了兩個月餘的屋子，乘著月色，迅速地離開了家門。

夜晚的村莊極為靜謐，嬌嬌不知道自己匆匆忙忙做出的這個決定是對是錯，可是她知道，既然決定了，就不要後悔。既然留下來沒有一絲出路，那麼倒不如離開去搏一個未來。即便是將來為奴為婢，也好過生活在長貴嬸暗無天日的家中。

季嬌嬌，加油！

嬌嬌一路上一刻都不敢歇息，只飛快地趕路，似乎只有走遠了，她才能感覺到安全，她真的很怕長貴嬸帶著那些壯漢將她抓回去。大概是這個信念的支撐，她硬是走了一天一宿沒有休息，因著荷葉村比較偏僻，即便走了一天一夜，也還沒有進城。

看著遠處的小破廟，季嬌嬌吁了一口氣，總算是找到一個歇腳的地方了，又累又餓啊！

小廟裡並沒有其他人，嬌嬌往四下打量，許是離進城不遠了，這個小廟竟還有幾分的香火。

迅速地窩到供臺下面的簾子裡，她露出一抹笑容，窩在這裡既安全又更暖和些。

即便她心理年齡二十多歲，可是身體卻仍是一個小姑娘，疲憊加上精神的高度緊張，嬌嬌只一坐下，就覺得瞬間睏意撲面而來。

也不知道睡了多久，她竟然覺得暖和了起來，甚至還有一絲的香味，不僅如此，不遠處彷彿還有人說話的聲音。說話的聲音？嬌嬌一個激靈轉醒。

果不其然，外面已經有人起了火堆，至於香味，大概是外面的人正在烤野味。不知道這些人是個什麼來路，嬌嬌不敢多出聲，只老實地躲在那裡。

「大哥，你說這小兔崽子能換來多少銀子？」粗魯的男子聲音說道。

「季家怎麼著也是大戶人家，瘦死的駱駝比馬大，咱們可不能放過這個肥羊。等季家的一千兩到手，咱們再把這小子一賣，又是一筆銀錢。到時候我們遠走高飛，吃香的，喝辣的，豈不快哉！」

「大哥英明。」又是一個聲音。

季嬌嬌緊緊地咬住了手，她是碰到綁匪了嗎！這個時候她絲毫不敢動作，只靜靜地屏住了呼吸。

「我要回家，嗚嗚……」稚嫩的童聲響起，緊接著便是狠狠的一巴掌。

「啪！」

「你他娘的還以為自己是季家的小少爺嗎？我告訴你，不殺你，都是我們哥仨（注）心腸好。你給我老實點，好好地聽話，這樣說不定我給你賣個好點的人家，如若不然，就你這細皮嫩肉的，我把你賣到那下九流的地方，你真是叫天天不應，叫地地不靈。」

「好了，老二，你跟他一個孩子叫囂什麼，不聽話，揍到讓他聽話便是。」

三人說話輕描淡寫，嬌嬌卻聽出了這話裡的陰狠。照剛才說話的聲音，她判斷，這個被

注：仨，意指三個。

擄的男孩年紀不會大，說話聲中有濃濃的童音。

想來這個孩子也是個識趣的，這幾人說完，他確實沒有再哭泣。不過嬌嬌不知道，他並非識趣，只是被揍得多了，也怕了起來。

「大哥，明兒就是交贖金的日子，咱們不在城裡待著，躲到這城外幹啥，來回走還麻煩。」

「咱們有命拿這個錢，自然也要有命花，這也是為了安全起見。明兒我和老三進城拿贖金，你在這裡看著這個小東西，等我們回來了，咱們遠走高飛；如果傍晚我們還沒回來，你馬上就帶著他離開。」

「幹啥啊，我不留下，憑啥讓我一個人留下看孩子，再說了，你們如果不回來，我哪能一個人走，我可不是那麼不仗義的人。咱們兄弟不是同生共死嗎？」

「二哥，你就聽大哥的吧，你性格衝動，去了反而容易誤事。你只要看管好這個小子，咱們就是多了一個金元寶。」

三人又是一通交涉嘀咕，不一會的工夫，似乎是定了下來，最後由這個說話略粗魯，性格也比較糙的老二留下看孩子，其他兩個人進城取贖金。

聽話裡的意思，這三個人根本就沒想放人。

她雖然是膽小怕事，但是也不是一個沒有良知的人。季嬌嬌在穿越之前是一名員警，第一次出勤務就被鬧自殺的女人不小心推下了樓，可是即便這樣，她還是覺得，有時候不能因為膽小就放棄自己的良知。

照現在的情形，只要熬過今晚，明天只有一個人在，她救人的勝算也會大些，就是不知道，這兩個人什麼時候離開了。

嬌嬌這麼考量著，外面倒是動了起來。

「行了，老二，時間差不多了，我們也得往城裡趕了，你留下也要小心。」

「大哥多慮了，我這可是最輕鬆的活兒，如果連一個小不點兒都看不住，傳出去真是要貽笑大方了，咱們河西三煞哪是那麼容易栽的。」

「好了，你也別大意。這邊距離城門不遠了，白日裡往來的人也不算少，你可要悠著些（注）。」

「大哥放心。」

嬌嬌屏住呼吸靜靜等待，這時間恍若度日如年，每一秒都是過得慢極了。許是過了一刻鐘，忽地「咕嚕」一響。

「什麼人！」

嬌嬌一直忍得很好，不想大概是餓得太久，肚子竟咕嚕響了一聲。

「什麼人，出來，我知道你在。」

嬌嬌只一瞬間就做出了判斷，輕輕地將小小的身子挪出了簾子。

如同她先前聽到的，一個虎背熊腰的男子手裡拿著長刀，虎視眈眈地看她。

「你是什麼人？」

注：悠著些，意指小心點、細心點、注意點。

嬌嬌瑟縮一下，露出一個阿諛的笑容。「我、我是住在這兒的小乞丐，別、別殺我，我願意做任何事的。」她可是壓低了聲音，許是年紀小，倒是也聽不出男孩兒、女孩兒。

胡老二細細打量這個小乞丐，心裡信了幾分，嬌嬌連夜趕路，衣衫破爛又髒兮兮的，可不就是小乞丐的模樣嗎！

「你一直在這兒？」胡老二粗聲問道。

嬌嬌點頭。

「別殺我，別殺我，我可以幫你的，我幫你看管他。不要殺我，你看，我也是男孩子，你可以把我也賣掉的，我也是值錢的……」嬌嬌怕怕地看著胡老二，盡力地說著自己的價值。

胡老二冷笑。「值錢？你以為你是大戶人家的小少爺啊？還你也值錢。你看人家，細皮嫩肉的，賣也能賣一個好價錢，你呢？髒得像個煤球。他娘的，看起來比老子都黑。」

胡老二還嫌棄上了。

踹了嬌嬌一腳，胡老二道：「你上他那邊待著。看你這猥瑣的模樣，把你賣到妓院當龜公，倒是不錯！」

嬌嬌露出個討好的笑容。「大爺您說的對，您說的對。先前我在城裡討飯，也去過妓院。那看著可是相當體面的，要是大爺能把我賣到那樣的地方，小的是求都求不來的運氣。大爺，裡面請……」

嬌嬌捏著嗓子尖細地學了一句，惹得胡老二哈哈大笑。

「倒是個乖覺的，到底是窮人家的孩子，知道日子的苦楚。哪像那個小少爺，含著金湯匙出生，看著就讓人生氣。」

「可不是嗎？大爺，我給您按按肩膀？」

雖然兩人聊得還行，但是胡老二還是有警惕心的。

「你老實地待在那邊，既然你都聽見了，我也不多說了。等老大和老三回來，我們就離開。」

「大、大爺，能不能、能不能賞小的一點吃的，我、我兩天沒吃東西了……」季嬌嬌看著架子上的烤肉，不斷地吞嚥口水。

胡老二見不慣他那熊樣，鄙夷道：「這也是你能吃的？」

不過話雖這麼說，他還是將包袱裡的冷硬窩窩頭扔了一個過來，嬌嬌連忙撿起來狼吞虎嚥。她本來也沒想要烤雞，她都這麼久沒吃肉了，腸胃一定受不了這麼油膩的東西，如果吃壞肚子，她還怎麼跑。

「這個不好吃。」小男孩怯生生的聲音傳來。

嬌嬌睨了他一眼——靠，小傢伙典型是沒吃過苦的小笨蛋啊！

果不其然，胡老二一個饃饃砸過去，險些打著他。

「不好吃，以後你連饃饃都別想吃到。小叫花子，再給你一個。」

季嬌嬌連忙點頭道謝。「謝謝大爺，謝謝大爺。」

這誇張的動作真心讓胡老二受用。

嬌嬌忙不迭地把另外一個也趕緊吃掉。

她轉頭看剛才差點被打到的小不點兒，這個時候，她才靜下來看他，不過是四、五歲的樣子，雖然長得白白淨淨，但是臉上沾染了不少的灰塵，錦衣華服也都髒得不成樣子。

小傢伙看嬌嬌看他，別開了小臉，樣子有些不屑。

嬌嬌瞪他一眼。

看他們兩個似乎不大和諧，胡老二覺得自己心情好了不少。

「你一直住在這裡？」胡老二閒聊道。

「沒呢，之前我也在城裡待過，冬天冷了，城裡沒有住的地方，還是這裡暖和些。我都是隔幾天進城找一次吃的。」嬌嬌儘量說得讓人相信。

「倒是真的，今年這天真他媽見鬼了，也不知道怎麼了，都開春了也不見暖和。」胡老二罵道。

「要是能有個安穩的地，吃飽穿暖，我便是怎麼都值了。」嬌嬌感慨。

兩人正搭話呢，就聽到遠處傳來一陣腳步聲，胡老二馬上變了臉色，而嬌嬌同樣也變了臉色。前者擔憂是外人到來，而嬌嬌則是擔憂胡老二的同夥歸來。

聽著越來越近的腳步聲，嬌嬌果斷地看胡老二。

「叔叔，也不知道來的是什麼人，不如我先帶著他藏起來？」她指了指自己之前藏身的地方。

「你倒是個乖覺的。也不知道是不是官差什麼的，行，你小子可別耍花招，帶他藏進去，沒有我的招呼，不准他出來，你給我看著他，別出聲，知道不？不然老子豁出去，也得把你們兩個小兔崽子都給宰了。」

嬌嬌瑟縮一下，連忙點頭。「我絕不敢的，您放心，您放心。」

胡老二看他這麼聽話，揮了揮手。

嬌嬌拉著小男孩連忙躲了進去。

小男孩用大大的眼睛看她，不過卻不敢反抗。

待兩人剛藏好一會兒，就聽見幾人進門的聲音。原來正是周圍村莊進城趕集的，不過走到這裡歇歇腳。

嬌嬌判斷，也有個三、五人，有男有女，不過她並不敢貿然求助。這年頭，自掃門前雪的人太多了，這胡老二一旦對他們防備起來，更不好處理。

另外這件事也給她敲響了警鐘，她萬不可拖延，不然等別的同夥回來，他們是一定跑不掉的。

看著小男孩，嬌嬌低語。「一會兒按我說的做，我們必須逃走。」

男孩眼睛瞪得大大的，彷彿不敢置信。

「不想被賣掉，就聽我的話。」

男孩點頭。

又過了一會兒，這路過的幾人離開，胡老二開口。「你們出來吧。」

「嗯。」嬌嬌拉著小不點兒出來。

幾人又坐在一起。

嬌嬌覥著臉。「叔叔，剛才那些人，是要進城嗎？」

胡老二似乎被幾人打壞了心情，也有些失了興致，厲眼一瞪。「和你有關係嗎？老實待著，不然老子打死你。」

嬌嬌委屈道：「真奇怪，往日兩、三天都看不見一個人，今天人倒是不少。」

嬌嬌這麼一說，胡老二倒是真的有幾分忐忑起來，他本就對突然出現的人有些介懷，如今聽了這話，更是覺得似乎不太妥當。

嬌嬌也不再多說什麼，她要做的，不過是在胡老二的心裡埋下一顆懷疑的種子，說多了，反而得不償失。

也虧得留下的是沒有太多心眼的胡老二，不然嬌嬌是絕對不會成功的。她的話果然讓胡老二動搖起來。

「不行，這裡不宜久留，你們兩個給我起來，咱們趕緊走人。」小廟的位置是個岔路口，嬌嬌拉著小男孩跟在胡老二身後。

胡老二看著幾條路，絲毫沒有猶豫就往比較荒涼的山上走去，嬌嬌挑眉，沒有任何異議地跟上。胡老二這麼肯定地往這邊走，必然是他們幾個事先商量過。

「你們倆給我快些跟上，不然我宰了你們。」

「小的不敢、小的不敢……」拉著小男孩，嬌嬌走快了幾步。

沒走多遠，胡老二停了下來。

「行了，你們兩個去那邊的小山洞。」說罷，自己停下來往四下觀望。看樣子，他並沒有走遠的打算，小廟雖然舒適些，到底不安全。

嬌嬌拉著男孩往山洞走。

兩人窩在小小的山洞裡，嬌嬌往四下看，她驚訝地發覺這個小山洞並沒有看起來那麼小，不僅如此，稍微往裡走，還有一個小小的水塘。

雖然按照武俠劇的定律，這樣的地方一定會發生神奇的事，但是嬌嬌可不敢盲目動作，她的機會只有一次，如果不善加利用，那麼她的結果可想而知。這也是她剛才沒有呼救的原因。

「咦？這裡這個水塘……？」嬌嬌擰眉。

「你這個小乞丐，又嘀咕什麼。」見似乎是安全了許多，胡老二又有心思說話了。看嬌嬌一個勁地打量那個水塘，他也疑惑起來。

「這個水塘有什麼不妥當？」

嬌嬌搖頭，不再說話，不過還是不斷地往那邊瞄。

「讓你說你就說。」胡老二發怒，又踹了嬌嬌一腳。

嬌嬌嗷嗷叫，捂著屁股開口。「叔叔，我老家就在這附近的。我們村裡早些年就有不少外地人過來，說是要找一個什麼山澗水塘，聽說裡面有大秘密。不過，這兩年我在城裡要飯，不知道還有沒有人來了。今天看見這個小山洞裡就有水塘，所以就想到了這個。」

胡老二也瞄到了那個池塘。「山澗水塘？說的也是，這山洞看著這麼小，竟然還有水塘，是挺奇怪的。」

嬌嬌笑。「叔叔，也許都是瞎傳，誰也不知道是不是真的。」

她可真是成功地挑起了胡老二的心思。要說旁人，定然不會被嬌嬌這樣的小伎倆糊弄，也虧得留下來的這個是胡老二，嬌嬌不敢有一絲大意。

「你給我閉嘴。」胡老二圍著小池塘轉了轉，許是小山洞溫度還可以，池塘只是浮了一層冰碴，並沒凍上。

「你去給我找根長點的樹枝，我要試試。」如果真是有什麼大秘密，錯過也就太可惜了。

嬌嬌忙不迭地點頭，看她答應得這麼痛快，胡老二愣了一下，隨即瞇眼。「你剛才說的都是真的？」

「我發誓！」

胡老二又細細地看了兩人一眼。「你們在這裡等著，我去找樹枝。」說罷轉了出去，小男孩緊緊地拉著嬌嬌的手，看她。

嬌嬌瞪他一眼，在他耳邊耳語了兩句，之後老實地抱膝坐在那裡。

果不其然，胡老二不過是一轉眼就回來了。

用樹枝略微一試，池塘還挺深，並不能見底。

「叔叔，不如我下去給你看看吧，我不怕冷。」嬌嬌再次開口，眼睛亮晶晶的，很是熱切。

胡老二看她這麼熱情，不放心。「你這小乞丐，也太熱情了些，莫不是這裡面有什麼大貓膩？你給我老實地待著，我下去看看，你負責看好這個小不點兒，你該明白，自己該做什麼。」

嬌嬌點頭，不過似乎對池塘還是很關注。

胡老二迅速地將自己脫光，試了試水溫。「真他娘的涼，如果不是不放心你這個小乞丐，我定然不會下水。」

胡老二是個正值壯年的男子，看著兩個三塊豆腐高的孩子，自然是不會擔心他們逃跑。

「老實點，知道嗎？要是讓我看見你們跑了，抓回來非把你們的腿打斷。」

嬌嬌點頭，似乎有些怕地吞嚥了一下口水。「叔叔放心，我們不敢的。」

撲通！胡老二跳進了水裡。

第三章

「快！」

兩個小不點兒果然是沒有逃跑，不過卻迅速地拿起石頭砸了過去。男孩動作不給力，並沒有砸中，不過也起到了干擾的作用，嬌嬌再怎麼說原來也是員警，一擊即中。胡老二嗷了一聲，破口大罵，嬌嬌迅速地繼續撿石頭砸。連續砸了幾下，總有幾次是中的，眼看著池水變紅，嬌嬌拉著男孩就跑。她並不多言語，只往荷葉村的方向跑去。

小男孩倒是也不傻，他也知道，如果被抓住是怎樣一個下場，緊緊地攥著嬌嬌的手，一刻都不敢鬆。

兩人不敢回頭看，嬌嬌知道，他們的時間有限，就算是胡老二受傷了，也會很快追上來的。他一個成年男子，比他們強太多了。

幸好，她剛才有命中的時候，不然情況會更加地艱難。

「啊……」男孩跌倒，痛呼一聲。

嬌嬌聽遠處已經傳來了劫匪的痛罵聲，狠狠地拽起男孩。「快跑，不然我們都死定了。」

她嚴厲的訓斥，男孩不敢哭，一骨碌爬起，繼續跑。

嬌嬌之所以敢逃，還是有幾分把握的，她往這邊來的時候不敢走大路，基本都是沿著小路，正是因此，她知道有個地方有個小陷阱。

雖然不知道是什麼人設的，但是這個陷阱於嬌嬌則是有大作用的。

眼看著就要到達目的地，胡老二的聲音越發地近了起來。

嬌嬌呼喝。「快，繞過去上樹。」

「我、我不會……」

「不會就得死，快上去……」

嬌嬌推著男孩，兩人費了九牛二虎之力，總算是爬到了樹上，待剛穩住，就看胡老二一身是血的到了。

「你個小乞丐，我非殺了你，我非殺了你不可。竟然算計我，我行走江湖這麼多年，竟然讓個孩子給算計了，氣煞我也，氣煞我也……」

見他們兩個貓在樹上，胡老二怒道：「你以為，我就上不去？」

「丟他。」兩人兜裡都揣著石頭，他們不斷地用石頭丟胡老二，這下子更是將他激怒。

「你們兩個小兔崽子，我竟能著了你們的道，看我不殺了你們，看我不殺了你們。」嬌嬌的石頭丟得很準，不過胡老二也不是省油的燈，他看嬌嬌在樹上不太敢動作，直接就轉到了另外一面準備爬樹。「啊……」

聽到胡老二的叫聲，嬌嬌總算是露出一個微笑。果不其然，胡老二掉進了陷阱裡。

「真他娘的，這是怎麼回事？奶奶個熊，你們兩個小混蛋，我要殺了你們，我要殺了你們……」

嬌嬌動作倒是挺麻利，迅速地爬了下來，拽著男孩來到陷阱邊。

「撿石頭，砸他。」

男孩似乎有點嚇著，不過還是抿著唇撿石頭。

兩人可沒客氣，胡老二被砸得嗷嗷叫。

「哥哥，把他打死了怎麼辦？」男孩仰頭看季嬌嬌。

嬌嬌翻白眼。「我們倆的力氣，怎麼可能打死他。把他打昏，之後將陷阱重新布置好咱們就離開。不然等他的同夥找到他，咱們怎麼辦？」

男孩點頭。

嬌嬌動作快狠準，不過是幾下就將胡老二砸暈過去。

「快！將周圍的草鋪上。」

看男孩不得要領，嬌嬌指使他。「你去周圍揀點樹枝。」

簡單地布置了一下，嬌嬌實在是不敢多耽擱。

「你叫什麼？」

「子魚。」男孩扯著嬌嬌的衣襟，吸了吸鼻子。

「行了，子魚，我們快走。」

這樹枝都脫光了，要想藏人，委實比較難，他們不能這麼光明正大地就走在大道上，要知道，一旦另外兩個綁匪去而復返，他們可就欲哭無淚了。

「我們去哪裡？」子魚眼巴巴地看著嬌嬌。

「先別管去哪兒了，進城一定不行，如果路上碰見那兩個人去而復返，我們逃不掉，荷葉村方向也不行。咱們把他設計跌在這裡，只要他逃出去或者那兩個人找來，一定會分析出我們對這一帶比較熟。」

「我想回家……」子魚眨巴大眼，聲音裡帶著哭腔。

「回家也得等我們安全了再說。」這是一個十字路口，嬌嬌並不多遲疑，往其中一條路上走去。

子魚還算比較乖，老實地跟在了嬌嬌的身後。

兩人一刻都不敢歇息，也不知道走了多久，眼見著天就要黑了，嬌嬌終於找到了一個比較好的地方，這是一個小山坳。若是藏一個成年人，這裡並不十分合適，但是如果是兩個孩子就另當別論了。

「行了，我們暫時躲在這裡，明早趕路。」

子魚老實地蹲下。「哥哥，我們怎麼辦？」

瞧他一臉的惶惶無措，想來也是，本是富貴人家嬌滴滴的小少爺，現在卻要東躲西藏。

嬌嬌瞪他一眼。「我們暫時不能進城，以免這些人在城門口守株待兔。我知道你想回家，可是現在的情況就是這樣，我們必須先保證了自己的安全才能往下走。」

子魚咬唇，許久，點頭。

「哥哥，我想家了。」

「你是怎麼被綁架出來的？」嬌嬌與他閒話。

子魚扯了扯衣角，癟嘴。「是嬤嬤帶我出來的，嬤嬤叫壞人阿大。嬤嬤，嬤嬤被阿大打死了，嗚嗚……」似乎是想到了嬤嬤的慘死，子魚哭了出來，不過彷彿是清楚現在的情況，他並不敢大聲哭，只緊緊地咬唇，那樣子可憐極了。

嬌嬌看他這樣，母性氾濫，將他摟在了懷裡安慰。「好了好了，不哭。你再哭下去，可得把壞人給招來了。」

子魚一聽，抽泣著忍了下去。

「你是說，你的嬤嬤是認識壞人的？」

子魚再次點頭，嬌嬌明白，這是裡應外合，怪不得能將孩子帶出來；想來也是，一般大戶人家都戒備森嚴，如果沒有人做內應，不會這樣。

「你姓什麼？」

「我姓季，季子魚。祖母說，要讓我像小魚一樣自由自在，快快樂樂。」提到祖母，小子魚露出一抹羞澀的笑。

嬌嬌也笑了出來。「真巧耶，我也姓季，難不成讓我碰上你是天意？」

小子魚忙不迭地點頭。「哥哥是好人。」

「我拿石頭砸人，還那麼凶總是瞪你，你還覺得我是好人？」

子魚堅定地再次點頭。「哥哥是好人，他們是壞人。祖母說過，對我凶的人不一定都是不喜歡我，也許這是他們不善於表達情感。祖母說對了，哥哥是好人，哥哥救了我。」

這次嬌嬌是真的失笑了。

「你倒是個好玩的孩子，開口祖母，閉口祖母的，你很喜歡祖母？」

「嗯，祖母最厲害。我娘說，祖母是天底下第一聰明人，還說要子魚長大了也像祖母一樣睿智。」小子魚的眼睛放光。

「噗！我現在怎麼一點都看不出你睿智的影子呢！」嬌嬌捏了捏子魚的小臉蛋。

「我長大就會睿智了。」

嬌嬌搖頭笑。

「子魚是縣城人嗎？」

子魚搖頭。「不是的，我是路過的。祖母說要帶我們回老家。唉！祖母和娘親找不到我，她們一定很著急。」小小的臉蛋充滿了沮喪。

嬌嬌看他這樣，勸道：「我會送你回家的，等我們安全了，我送你回家。也不知道另外那兩個綁匪是什麼情況，今天多虧了是最笨的那個留下來，不然我們絕對跑不掉。」

「哥哥好能幹，打人好準。」子魚還是很崇拜季嬌嬌的。

嬌嬌揚頭。「我教你，其實打人也是有技巧的哦！」

「好！」子魚清脆地應道。

兩人雖然窩在小山坳裡條件很艱苦，又不知道接下來是個什麼情況，不過還是自得其樂。

兩人丟著小石頭，也快活。

兩人正玩著，嬌嬌突然停了下來。

「噓，我好像聽到腳步聲了。」

這麼一說，小子魚馬上向後縮了縮，蜷在嬌嬌身邊，兩人屏息靜靜等待。

「他娘的，這兩個小雜種，到底跑到哪兒去了？他們腳程按理也不該這麼快啊！」一個男子氣急敗壞的聲音。

嬌嬌他們藏身的小山坳離大路極近，她不敢有一絲一毫的動作，不過聽這個聲音，並不是先前被他們砸傷的那個傢伙。

「讓我抓到他們，非扒了他們的皮，這兩個小混蛋。你看看我這傷口，那個小乞丐下手真是快狠準，一點都不含糊。」這才是胡老二的聲音。

「得了，老二，你也真是的，能讓一個孩子算計了，真是夠可笑的，你知道你壞了咱們大哥的大事嗎？」

「老三，我就不愛聽你這話。孩子弄丟了，是我的錯，我就是死了，也得把那兩個小混蛋給找回來，你這麼不陰不陽的是怎麼回事？你們不是一樣沒有拿到贖金嗎？大哥說了，這兩個孩子，不是在這條路上，就是在他走的那條，既然咱們兵分兩路了，我就不信找不到他們。」胡老二嚷嚷。

兩人停下腳步吵了起來，嬌嬌看子魚驚恐的表情，捂住了他的嘴。

「行了，老二，我也不是要和你吵，不過這事還是你辦得不對。那季老夫人可不是什麼善人，大哥說了，不看到季子魚，老太太還真就能狠心不拿錢出來。我們要趕緊找到他們，至於你說的什麼厲害的小乞丐，抓到殺了便是。」

「真是個死要錢的老太太。他娘的，咱們怎麼就這麼背。老三，你說咱們走了這麼遠都沒有看到那兩個小的，會不會他們根本沒往這邊走？說不定大哥那邊已經有結果了。」

「大哥說了，按照他們兩個的腳程和時辰，咱們搜尋到明早，不管有沒有結果，都往回趕。」

「大哥怎麼就斷定他們是走這兩條路，說不定是進城或者往我遇襲的那條小路上去呢？」胡老二就不理解大哥的理論，照他看，這兩個小的說不定是進城了呢，他們怎麼可能不進城反而往這邊走呢！

兩人邊說邊走，不一會的工夫就聽不到聲音了。

聽他們終於走遠，嬌嬌將手放下，呼了一口氣。

「子魚，咱們不往前走了，咱們往回走。」

「呃？」子魚揚著小臉不解。

「他們要早上才會往回走，咱們如果一直不休息，趕在他們回去之前先趕到，說不定還有一線生機進城。」

「好。」聽到能進城，子魚眼睛亮亮的，進城，就意味著他能回家了。

「你有力氣嗎？」嬌嬌站起來稍微活動一下。

子魚趕緊點頭，生怕嬌嬌改變了主意。

嬌嬌自己知道，子魚現在是全心地信賴她的。

「我們走……咦？等一下，不對！」嬌嬌剛想拉子魚離開，她又頓住。

「子魚，快躲起來。」

兩人再次貓在小山坳。

「不對，這件事不對，如果我們往回走，說不定會中計。他們是三個人，如果那個人提前回去了呢，正巧能劫到回去的我們。我們不能往回走，往前走也不能，現在最安全的做法，就是原地按兵不動。」

「哥哥……」子魚癟嘴，有些想哭，不過最終忍了回去。

許是因為是季嬌嬌帶他逃了出來，子魚對她是全心信賴的。

「你先睡會兒，我抱著你，你睡吧……」

將子魚哄睡後，嬌嬌起身往四下查看，現在看來，要是單說躲開這幾個人未必是件難事，難的是，如何將子魚送回家。

對方是三個孔武有力的男人，他們不過是兩個孩子。

不過他們現在倒是占據了比較有利的地形，這麼貓著，岔路又多，總的來說，只要他們不亂跑，不見得會被抓到；可要說一直躲在這裡也是不現實的，畢竟他們沒有吃的。

嬌嬌低身戳了下子魚的臉蛋，男娃娃吧嗒吧嗒著嘴，嬌嬌默默又戳了下。

有些疲憊地伸了個懶腰，她也睡一會兒吧，多多休息明天才能更有精神想接下來的路。

嬌嬌覺輕，雖是昏昏沈沈地睡去，但是她仍是感覺到有人走過低語的聲音，勉強睜開眼睛仔細傾聽，又並不見什麼聲音，她將子魚往自己懷裡拉了拉，繼續睡去。

山間的清晨十分寒涼，嬌嬌與子魚俱是被凍醒，大概在綁匪那裡也是受了些苦頭，子魚並沒有抱怨，只是低低地與嬌嬌呢喃。「哥哥，我們怎麼辦？」

這個時候嬌嬌也有些糾結，她起得比子魚早，但是卻沒有聽到那兩人折返的聲音。

如今他們不管是向前走還是往回走，都不太好，倒是應了那句話，前有狼，後有虎。

按照那兩人昨夜所言，追趕了一夜都沒有找到他們的身影，自然是該往回走才是，可是現在又是為什麼沒有出現呢？是不是他們出了什麼意外呢？還是說，之前的腳步聲不是她的幻覺，確實是有人在走路？

子魚拉扯了一下嬌嬌的衣襟，再次問道：「哥哥，怎麼辦？」

「我們往回走。」

「可是你說……」子魚糾結地擰著小小的眉毛，想到了嬌嬌昨晚的決定。

「他們沒回來，必然是有人耽擱了他們，或者是……」嬌嬌停頓一下。「他們被抓了。」雖然知道說多了小子魚也聽不懂，但是嬌嬌還是解釋了下。

子魚似懂非懂地點頭，抽了一下鼻子，紅著小臉蛋。「哥哥說去哪兒就去哪兒。」

小孩子的感覺大概是最敏銳的，雖然嬌嬌的出場並不十分雅觀，但是在子魚小小的心裡，她就是解救自己的英雄，不僅會救他，還超級超級厲害，會打壞人，聽她的，就一定沒有錯。

雖然是往回走，但是嬌嬌也儘量挑一些偏僻的小路走。

兩人走了一上午，子魚的肚子不斷地咕嚕咕嚕叫，嬌嬌嘆息，要說穿越，人家穿越她也穿越，為何旁人都是各種安逸的生活，她自己過得困難也就罷了，還要解救人質，解救了人質又得找吃的。

「子魚，我記得，先前我們離開破廟的時候，那個壞傢伙有些雞骨頭扔在那兒，不如我們回去拿吧，這樣我們就有吃的了。」

子魚瞪大了眼。「有壞人啊！」

「我當然知道有壞人，你藏起來，我一個人回去。我回來了會學小貓叫，如果聽到喵聲你就答應，如果是其他聲音，你一定不能出聲，如果我一天之後都沒有回來，那就是出事了，你要自己想辦法進城。呃，把自己弄得破舊些，待有人路過，最好是女人，你就央她帶你，進了城，你一定要去官府。」嬌嬌叮囑。

「不要，我不要，我不要你走，我要跟著你……」子魚癟嘴要哭。

嬌嬌看他小可憐一樣的攥著自己的衣角，有些糾結，不過也就在這個時候，她聽到遠遠的車輪聲。

「快，躲起來。」

兩人就如同兩隻受驚的小耗子。

遠遠望去，果然是有馬車過來，馬車上坐了幾個男男女女，看樣子是要進城賣東西的。這年頭都是這樣，稍有些像樣的東西，大家都指望著能夠進城賣個好價錢。

略一思索，嬌嬌就衝了出來，幸好馬車並不快。

第四章

「赫……你這孩子，幹啥呢？」趕車的老者不樂意罵道，突然從小路躥出來，真是要嚇死人了。

嬌嬌揚起小臉。「伯伯，我和弟弟跟著家裡大人進城，不過是小解的工夫，就見馬車走了。您能捎上我們一段嗎？」

她細細觀察，車上共七人，四男三女，除了一對年輕男女，其他人都年長些。

趕車的老者打量嬌嬌。「你去城裡，就能找到人？」

這明顯是不太相信嬌嬌，莫不是她的父母故意將她扔掉的吧？

嬌嬌拉過子魚，點頭笑道：「能能，自然是能的。伯伯，我們不會騙您的，我們是荷葉村的。村長叫何發，您如果經常在外行走，應該聽過這名字，我們是怎麼都不可能騙人的。這次進城除了賣東西，還要找我二叔借糧，我爹說，這開春了，家裡存糧不多了。我二叔最喜歡弟弟，一直都想他過繼過去，這次去，也是希望他能看在弟弟的分上多幫幫我們家。一路上爹爹都愁得慌，大抵是因為如此，才忘了我們。」

說完，嬌嬌偷偷掐了一下子魚，子魚癟嘴，掉下大大的兩滴淚珠。

嬌嬌真真假假地說了一大堆，就是希望讓這些人相信她，繼而能夠帶他們進城。

年輕的小媳婦兒看著趕車的老者。「看這兩個孩子挺招人喜歡的，也不像說謊，咱們也不費什麼工夫，捎著他們吧三叔？」

老者再次打量他們，又問：「那你們說說，你們是何家村誰家的？」

「我們是何混二家的。」嬌嬌清脆地答道。

終於，老者點頭。「你們上來吧。我連橋（注）的弟媳就是你們荷葉村的人。荷葉村的村長確實是何發，我也聽過何混二這麼個人，先前就有人說這人甚是粗心大意，因此過得並不體面，我還道是假話，今兒看了，自個兒孩子都能忘了，可不就是如此嗎？」

嬌嬌抱著子魚連忙上車，將子魚往幾人中間塞了塞，一個婦女撇嘴。

「瞧這孩子髒的。」

「我們為了追車，跑了好一段，要不也不能走到這個岔路上。」

婦女並不搭理她，反而是與老者搭話。「也就你安達叔好心。」

老者瞄了一眼兩個孩子，低語。「聽說這個何混二腦子不太靈光。也虧了這個大的機靈，不過窮人的孩子早當家，這也算不得啥。說不定，讓這孩子跟著，倒是怕他爹丟了呢！

這麼一說，眾人恍然大悟，怪不得能把孩子丟下呢。」

又看那小的穿得略比這大的好些，心裡更是嘀咕，怕是這次去，就是要將老二過繼過去吧，什麼求情，蒙誰呢！

嬌嬌看眾人的眼神便明白大家如何作想，這也正是她這麼說的緣由。不然她和子魚衣著明顯不是一個檔次的，怕是要惹人疑心。讓嬌嬌高興的是，經過岔路口破廟的時候，馬車並沒有停下休息，她也沒有看到任何人等在那裡。

今日進城的人盤查得格外嚴格，見嬌嬌和子魚走在一起，這些人一樣是仔細地問。
「你們誰家的孩子？」
「我是荷葉村的，這裡是我的戶籍。我們是來找二叔的，我弟弟年紀小，我就沒給他帶著戶籍了。」嬌嬌從懷裡掏出自己的戶籍。
守城侍衛見證件齊全，自然是沒有為難，並不理會身邊大嬸張望的眼神，嬌嬌連忙將戶籍收了起來。
她自己都沒有想到，事情竟然這麼順利。可是，綁匪三人組哪裡去了呢？
「你們要去哪兒找你們二叔？」趕車老者問道。
嬌嬌歪頭。「衙門。」
「啥？」大家都驚訝。
嬌嬌點頭。「我二叔在衙門當差，我們去衙門找他就行。」
「我說這小子怎麼就這麼膽大呢，原來是姪子像叔。」一個男子笑。
這年頭，對衙門中人，大家都是存了幾絲敬畏的。
等幾人到了衙門門口，嬌嬌拉著老者的衣袖。「伯伯，您在這裡等我們好不好，我去找我二叔，我讓他付車錢給您。」
老者連忙擺手。「你這孩子，不過是捎你這麼一段，哪裡需要什麼車錢，走吧走吧，快過去吧。」

注：連橋，也叫連襟，指女婿之間的互稱。

「不行，伯伯您幫了我和弟弟的大忙，您等我。」

「你這孩子，真不用。」老者一聽，直擺手。「駕……快過去吧！」將車頭調轉。

兩個小不點兒就這麼看著馬車走開，嬌嬌微微低頭。「子魚，我們走。」

「我們不去那裡嗎？」子魚指了指衙門。

「誰知他們是不是好人，我們去那邊的小巷，能看見官府的大門，觀察一天再說。」

「哦！都聽哥哥的，不過哥哥一直在騙人。」

嬌嬌翻白眼。「不騙他們，我們怎麼進城？子魚，你知道自己家住在哪裡嗎？」

果不其然，子魚並不能找到自己的家。

嬌嬌並不灰心。

「那你說，你家從哪兒來的？你家裡大人叫啥？」兩人窩在小巷，嬌嬌盤問。

子魚用手指在地上瞎劃。「我跟著我娘、祖母、二叔、二嬸還有姊姊、妹妹一起，不知道要回哪裡。爹爹死了，二叔病了，祖母說，我們必須離開京城。」

雖然寥寥幾句，不過嬌嬌倒是有幾分明白，既然是路過，必然不會在這裡有宅子。

「那你住在一個什麼樣的地方呢？有沒有掌櫃的和小二哥？」

「咦？哥哥，你知道呀！是有的，真的是有的。」子魚用力地點頭，眼睛亮亮的。

「那就好辦了。」嬌嬌露出一個笑容。

姓季、大戶人家、路過、客棧……線索還是很多的。

如果說為什麼嬌嬌不相信官府，大抵是電視劇看多了吧，她總是覺得，官府都是和當地的惡勢力勾結的，因此加倍小心，這樣倒不如自己找過去安全係數高些。

嬌嬌將自己偽裝成了無害的小朋友，甜甜地和路人打聽，果然是得知了些線索。

重新回到小巷，嬌嬌拉著子魚。「你有聽過喜盈門客棧嗎？」

子魚歪頭想了下，隨即高興說道：「嗯嗯，我好像是住在那裡。」

聽到子魚這麼說，嬌嬌總算是鬆了一口氣。

「那好，我們現在走，我帶你去找你娘。」

當嬌嬌帶著子魚髒兮兮的出現在客棧時，守候在此的人幾乎不敢相信他們的眼睛。

「你說，你們找誰？」官府捕快打扮的男子再三確認。

「我找季老夫人。」嬌嬌拉著子魚，警戒地往四下看。

「季小少爺？」領頭的人試探地問子魚。

子魚看一眼嬌嬌，不點頭也不搖頭，只是躲到了她的身後。

「子魚……」尖銳的女聲響起，就見一個二十多歲的女子衝了出來，一把抱住了子魚。

「娘親……」子魚哇地一聲大哭起來。

嬌嬌看到子魚終於回到了他娘身邊，咬唇笑，真好！

「子魚，娘親的小子魚，你嚇死我了，你嚇死娘親了，可憐的小娃娃，你是怎麼回來的，你是怎麼找回來的啊……」女子緊緊地將子魚抱在懷裡，不肯撒手。

不多時，樓上又下來幾個女眷，見此情形，俱是抹淚。

「好了好了，可盈，快把子魚放下，子魚能夠沒事回來就好，回來就好啊！」

嬌嬌望過去，是一位五十左右的老夫人，衣著並不十分華麗，然髮髻一絲不苟，臉色雖蒼白，但仍可知年輕時必是美貌女子，而那養尊處優的氣勢更是旁人模仿不來的。

「孩子，是妳帶子魚回來的嗎？」她看向了站在門邊的嬌嬌。

嬌嬌點頭。

「哥哥救了我，哥哥最能幹，他會打壞人。」子魚連忙鬆開自己的娘親，跑過來拉住嬌嬌的手。

「嗯，能幹，你們都能幹。」老夫人抹了一把淚水，露出微笑。

「快上樓，大家都上樓，在這裡站著像什麼話。」

待到樓上，嬌嬌才知道，這個客棧的二樓全被季家包了下來，除了捕快的頭領，其他人並沒有上來。

「季老夫人，小少爺回來了，這下您可該放心了。」捕快頭領也是鬆了一口氣。這丟的是誰，是安親王的外孫啊。說出去，這可是天大的事，別說是他一個小捕快，他們縣令都得天天來這邊報到。

「這些日子也多虧了周捕快處處幫忙，既然子魚回來了，綁匪也落網了，大家還是都回去休息吧，這些日子辛苦了！」

周捕快連忙擺手。「這是哪兒的話，這都是我們該做的。小少爺回來，想來大家也是有話要說，我也不在這兒耽擱，擾了您的天倫之樂。至於這侍衛，還是讓他們在這兒守著，這樣也安全些，明日我再過來。」

瞞。

「都依你所言。」老夫人很隨和。

待周捕快離開，老夫人看嬌嬌。「小姑娘，謝謝妳救了子魚。」

咦？嬌嬌錯愕地抬頭，就見老夫人眼裡一片清明，想是已然洞悉她是女孩。

「不用謝。」嬌嬌不知怎的竟是有幾分的局促，彷彿一切在這個老人家面前都無法隱瞞。

老夫人搖頭。「是要謝的。不管在什麼時候，能夠幫助別人都是最優秀的品性。妳也不過是個孩子，卻能夠幫助子魚，甚至將他送了回來，對我們季家來說，妳就是恩人。」

嬌嬌被老夫人說得臉紅，不過她仍是清脆地開口。「我也是陰差陽錯。」

聽她這麼說，老夫人笑了出來。

「好了，妳這孩子。道謝是我們應該的，妳這麼推辭，我們更是過意不去。妳叫什麼名字呢？住在哪裡？」

嬌嬌一頓，不過還是開口。「我叫季嬌嬌，是個小乞丐。」

「季嬌嬌？沒承想，妳也姓季，看來倒真是緣分了。那妳是哪裡人呢？」

嬌嬌看她問得這麼詳細，抿嘴戒備地看她。

「嬌嬌別怕，老身並無惡意的，既然嬌嬌居無定所，不知願不願意與我們一同南下？」

南下？嬌嬌瞪大了眼。「去、去哪兒？」

「我們要回南方老家，不知道嬌嬌願不願意與我們一道？孩子別怕，不說妳救了子魚，就看妳居無定所，漂泊無依，老身也不能袖手旁觀。」

嬌嬌仔細地看老夫人，這個老夫人給她的感覺很好，雖然她外表一絲不苟也有些嚴厲，但是實際上卻不是這樣的，她說話極為和藹，整個人給人的感覺極端的謙和。

抿了抿嘴，她又看別人，這屋裡竟是一屋子女眷，並無一個男人。

「我、我其實是有家的，不過我家就剩我自己了，我怕餓死，跑了出來。」

嬌嬌大體地講了一下自己的遭遇，之後用腳尖劃地。

老夫人看她如此，嘆息一聲道：「時代的悲哀。」

不知怎地，短短幾個字，竟然讓嬌嬌有一瞬間的熟悉感。

這個朝代也是用「時代」這詞嗎？

嬌嬌已經知道自己穿越來的是一個架空的朝代，不過因著窩在小村莊，她並不清楚外面的用語。

「既然妳走了出來，便不用擔心其他，先住在這裡，彩玉，妳給嬌嬌洗個澡，之後安排個住的地方。想來她也累了，有什麼事情，咱們明天再說。」

老夫人身邊的女子應了一聲，連忙過來牽嬌嬌，嬌嬌雖然有些遲疑，不過還是跟了過去。

應該沒關係吧？

老夫人看嬌嬌的言談舉止，回身看身邊的嬤嬤，嬤嬤點頭出門。

「可盈，之前妳總是說，沒機會給遠兒生個女兒，不曉得，妳願不願意現在多一個女兒呢？」

老夫人此言一出，可盈錯愕地抬頭。
而其他人也是驚訝了一下。
不過可盈只一愣便點頭。「一切都聽娘的。」
老夫人笑著朝子魚伸手，子魚連忙跑過去摟住她的脖子。
「子魚喜歡這個姊姊嗎？」
子魚如坐雲霧。「可是，他是哥哥啊？」
「子魚弄錯了，她是姊姊，是一個好姊姊。」
「姊姊？姊姊嗎？可是我叫她哥哥，她應了啊！」子魚歪頭，表示自己不解。
「那是在危急關頭，姊姊沒有時間和子魚詳細解釋。」老夫人拍著子魚的背，聽見子魚的肚子嘰哩咕嚕的叫了起來。「餓了吧？可盈，帶子魚過去洗漱一番，之後咱們開飯。」
大概是太累了，簡單地吃了些東西後，嬌嬌就深深地睡去。
原來，當高度緊張的精神放鬆下來之後，她竟也能睡得如此深沈。
一覺醒來，她竟是迷茫得緊，都不知曉自己究竟是在何處了。窩在被子裡頂著雞窩頭坐在那裡發呆，就看昨晚照顧她的彩玉進門。
「小姐起身了？奴婢已經將水打過來了，洗漱之後就可以用早餐了。」
這一聲小姐把嬌嬌叫了個臉紅。
「我不是什麼小姐。」
「老夫人說您是小姐，您自然是小姐。」彩玉溫柔地為嬌嬌擦了臉和手，一番打扮下來，嬌嬌化身嬌俏小美人。

彩玉左看右看，點頭。

「真好看。小姐，老夫人在正屋等您呢，咱們過去吧。」

這一切都讓嬌嬌來不及多想，彩玉為她收拾好即將她帶到正屋。

見嬌嬌進門，老夫人笑了出來。「我就知道，嬌嬌定然是個小美人胚子。」

昨夜收拾好之後嬌嬌並未和老夫人等人一起用膳，只略微吃了些便睡了下去，今日再見，這屋裡的人都是驚訝得很。

「嬌嬌過來。」

將嬌嬌拉到自己的懷中，老夫人上下打量一番，問道：「嬌嬌可願意做我們家的女兒？」

嬌嬌驚訝地抬頭，整個人愣住了。

「妳願意做我們家的女兒，做子魚的姊姊嗎？」

「為、為什麼？是因為我救了子魚嗎？」嬌嬌自然是知道，這樣對她最好，可是她還是沒控制住自己，問了出來，之後又有些後悔地咬唇。

老夫人摸著她的頭。「人和人之間，也是講究個緣分的，嬌嬌與我家，算是有緣，既然有緣，為什麼不能成為一家人呢？」

第五章

隨著馬車的顛簸，嬌嬌目光呆滯地望著轎外，直到這個時候，她依舊是沒有回神，她就不明白，自己怎麼在一夕之間就變成了季家的養女。

在她最開始救子魚的時候並沒有想過報酬，之後兩人躲躲藏藏，她更是沒有時間想這些，那日洗漱之後躺下，她倒是想了這個問題，不過也只是期望能有個安身立命的場所，為奴為婢都是無所謂的。

可是怎麼都沒有想到，季家竟然將她認作了養女，不僅如此，還將她的戶籍悉數辦妥。

季家怎麼個情況她並不知曉，可她也明白，這季家並不是一般人，據說那三個綁匪已經被抓住了。

原來，其中有一個綁匪是子魚奶娘的姪子，正是因為他的哄騙，奶娘才將子魚帶了出來。不過那人早已喪心病狂，見奶娘並不肯將子魚交出來，便狠心將人殺害。

哪知季老夫人堅持不肯給贖金，除非見到子魚的人。兩個綁匪沒有辦法，只得回去帶人，而暗中跟著他們的捕快也不敢輕舉妄動，直到他們順著血跡找到了被砸傷的老二，又分頭尋找子魚，捕快才斷定，人已經跑掉了，因此並不再拿他們做引子，而是直接將人拘捕。

就在大家都為子魚擔心，不知道該去哪裡找這個小娃娃的時候，恰好嬌嬌帶他找了回來。

事情雖然被彩玉描述得輕描淡寫，但是嬌嬌卻深深明白其中的彎彎曲曲，這季家的老夫人，並不簡單。既然綁匪會綁人，哪裡是那麼簡單便可被捉住，想來這季老夫人定然是使了什麼計策。

「嬌嬌還在發呆？」季老夫人看嬌嬌呆滯的小臉蛋，摸摸她的頭。

「我只是不敢相信。」嬌嬌回道。

聽她這麼說，季老夫人倒是笑了出來。

「季家人口簡單，嬌嬌也不用想太多。之後就讓彩玉伺候妳，有不懂的、不明白的，問她便可。」季老夫人與嬌嬌同一馬車。

嬌嬌點頭。「我知道了。」

「家裡的小輩，除了子魚，只有先前妳見過的三個女孩，都是老二家的。分別是秀雅、秀慧、秀美。我們家的女孩到了這一輩，都取秀字。祖母為嬌嬌也取個名字可好？嬌嬌可以做小名。」季老夫人徵求嬌嬌的意見。怕她不願意，又說嬌嬌可做小名。

嬌嬌對名字倒是沒有那麼執著，見老夫人顧及她的心情，連忙點頭。「嗯，好。謝謝祖母。」

老夫人一想，說道：「嬌嬌雖然年紀小，但是給人平安、寧靜的感覺，不如，單取一寧字。秀寧，秀麗安寧。」

「秀寧？」季嬌嬌歪頭重複，又看老夫人。「秀麗安寧，我很喜歡這個名字。」嬌嬌仰頭，甜甜地笑。

季老夫人言道：「秀雅取清秀優雅、秀慧取秀外慧中、秀美取聰明美好、秀寧取秀麗安寧。從今以後，妳就和她們一樣，都是我季家的孫女。」

「謝謝祖母，以後我會乖乖的。」

季老夫人溫和地笑，輕輕撫著嬌嬌的頭，問道：「嬌嬌可有學過字？」

嬌嬌搖頭。

見她搖頭，季老夫人挑眉，隨即又再次細細地打量嬌嬌，之後垂下眼瞼。

「稍後回了江寧城，嬌嬌與子魚幾個一起跟著先生學習吧。世人皆說女子無才便是德，然咱們季家可不興這個。照我看，多識字、懂道理，多些學識，總是沒有錯的。至於秀雅幾人，稍後熟識起來妳便知道，她們都是好孩子，妳們定然能相處得極好。」

「好，一切都聽祖母的。」

「雖還未正式跪拜，但是如今戶籍已然改好，不管從哪一方面看，妳都是我們季家的姑娘了。可盈以後便是妳娘，可盈身分高貴，性子難免有些驕橫，然她最是沒有心機，對人也掏心掏肺。如若是來日裡她訓斥了妳，並非針對於妳，只對事不對人罷了，嬌嬌須得明白此等道理。」季老夫人並非以勢壓人，說這些，全然是為了嬌嬌好，這點嬌嬌自然也是看得清楚，聽得明白。

嬌嬌認真地點頭，清脆地回話。「祖母放心，嬌嬌一切都明白，不管是祖母還是母親，抑或者是其他人，都是真心地對待嬌嬌，嬌嬌年紀小，有許多事做得不好，但是嬌嬌會努力的。」

「乖。」季老夫人讚賞地點頭。

季老夫人將身邊的彩玉撥給了嬌嬌。嬌嬌知道，彩字輩的都是府裡的二等丫鬟，照這麼看，老夫人對她也是極為器重了。只因為救了子魚就得到這些，嬌嬌是有些不安的，不過看季老夫人並不多提其他，倒是讓她也逐漸放下心來。

此地距離江寧也不算近，嬌嬌前兩日跟著季老夫人，之後便是和丫鬟彩玉單獨一輛馬車，看得出來，這也是老夫人故意為之，嬌嬌對季家不熟悉，但是彩玉卻是自小在季家長大，讓她二人單獨乘一輛馬車，也有利於嬌嬌更早、更快地熟悉季家。

雖然是季夫人的乾女兒，但是兩人接觸倒是不多的，現在嬌嬌最熟悉的除了子魚，便是老夫人及彩玉。

「彩玉，妳給我講講季家吧？我什麼都不知道，感覺自己像沒頭的蒼蠅呢！」嬌嬌吸了吸鼻子，頗為逗趣。

彩玉噗哧一笑，點頭應道：「小姐真是天真可愛。」

看嬌嬌瞪大了眼看她，彩玉介紹道。

「小姐，咱們季家人都很好的。老爺是七年前過世的，之後就是老夫人一人操持咱們季家。老爺和老夫人膝下有三個兒女，您是大夫人的乾女兒，大爺年前的時候過世了，大夫人是安親王府祥安郡主，不過您可以放心啊，大夫人人很好的。二房那邊，二老爺自從與大老爺一同遇險之後就再也沒有醒過來，老夫人說，這是活死人，不過只要護理得當，二老爺一定會好轉的。二夫人是京城大儒薛先生的千金，薛先生也是大老爺和二老爺的恩師。今兒您見過不太說話的便是三小姐，三小姐閨名晚晴，年十七，並未出嫁。二房那邊三個小小姐，秀雅小姐年九歲，秀慧小姐年七歲，秀美小姐與子魚少爺同歲，都是五歲。」

彩玉詳細地講了一下季家的成員，見嬌嬌並不嘰嘰喳喳地詢問，反而是認認真真地點頭，她也有幾分高興，看樣子秀寧小姐便是個聰明的孩子。

彩玉自是明白，既然老夫人將她撥給秀寧小姐，那她便是秀寧小姐的人，該是處處維護秀寧小姐；季家與旁的人家不同，不興那些旁門左道，老夫人一直都是治家有方的，倘若秀寧小姐有什麼差池她也斷落不得什麼好，全心全意地幫著秀寧小姐才是正途。

也正是因此，季家的家風一直都很好。

「那妳呢，彩玉，妳多大了？」嬌嬌揚起小臉。

「奴婢今年十三，五歲那年家鄉遭難，父母雙亡，之後遇到了老夫人，是老夫人收留了我，讓我在季府長大的。先前的時候我是二等丫鬟，老夫人說讓我伺候小姐您，以後我就是一等丫鬟了。」彩玉交代得清清楚楚。

「府裡的丫鬟都分幾等呢？」

「府裡的丫鬟共分五等。每房皆有定額，除非是嫁人調到了旁的工作，或者是出現什麼其他不可預知的情況，否則基本上不會將其他人提上來的，奴婢是沾了小姐的光。按照府裡的規矩，小姐該有一個一等丫鬟，一個二等丫鬟。先前老夫人念叨過，等回了江寧，便為小姐提一個二等丫鬟。」

嬌嬌點頭表示知曉，聲音甜甜地問：「彩玉姊姊，妳識字嗎？」

彩玉看她這般，笑了出來。「可是今天老夫人提起此事，小姐有些擔憂？奴婢是識一些字的，不過並不很多。老夫人每年都會在府裡安排先生為大家授課一段時間，她老人家說了，不管是男子還是女子，不管是主子還是奴婢，總是要會認幾個字，不求成為一代大儒，名聲顯赫，但求不至於被他人賣了，還不認得賣身契上寫的是啥。」

「老夫人真有見識，她與許多人想的都不一樣呢！」嬌嬌童稚地歪頭低語，言語間有幾分孺慕。

彩玉看她這般，言道：「將來小姐安頓下來便可知了，不管是咱們府裡的哪個，都最敬佩老夫人的。外人皆說大爺、二爺是當時才子，不過我倒是覺得，老夫人才是最最聰明的。」說完，彩玉難得孩子氣地吐了一下舌頭。

嬌嬌聽了這話，也跟著笑，卻並不多言。看得出來，彩玉對老夫人是極為推崇的。其實不管是先前說話間的蛛絲馬跡，還是現在彩玉對老夫人的許多評價，在嬌嬌的心底，是一直有一種很奇怪的感覺的。似乎，相對她而言，季老夫人才更像是一個穿越者。一個低調謙和，真正有能力的穿越者。

許是先前子魚出事的緣故，這一路上，季家一直都是戒備森嚴。不過雖然戒備森嚴，行程並沒有加快，嬌嬌每日和彩玉閒話，倒是也逐漸將季家的情形打聽了個清楚。

季家是江寧大戶，在京城也算是名聲顯赫，兩位公子皆是當世大儒薛先生的關門弟子。更是京城有名的名士，兩人分獲兩屆的狀元郎，當真稱得上是一時無二。

然天有不測風雲、人有旦夕禍福，老天總是喜愛捉弄人，兩位公子在一次出門訪友之時遭遇意外，馬車墜崖，一死一傷。一時之間，季家天翻地覆。

大公子命喪黃泉，二公子成了活死人，在這樣的情況下，季老夫人以回鄉休養為名，舉家搬回老家江寧。也正是因此，才會遇到季嬌嬌。

嬌嬌並不知曉這其中有沒有其他的問題，不過這些都與她無關，也不該她多加打聽，對所有人而言，她就是一個小姑娘，一個被季家收養的小姑娘。

「姊姊，姊姊……」嬌嬌正在神遊，就見子魚顛顛地跑了過來。

若說這個家裡最喜歡嬌嬌的，便是子魚。

「姊姊，給妳一個蘋果吃，很甜。」子魚揚著小臉，眉眼彎彎。

「謝謝子魚，你累不累？」連日來長途跋涉，雖然行程並不十分匆忙，可是對孩子來說，還是稍嫌疲憊些。嬌嬌將蘋果接過，大大地咬了一口，甜甜地道：「真好吃。」

子魚看蘋果被肯定，也點頭。「是呢是呢，我也覺得特別好吃。我不累，祖母說，家鄉最漂亮了，山清水秀，還有許多好玩的，我要趕緊回去。」

小孩子就是這樣，聽到有好玩的，整個人便是不一樣起來，說起此事更是眼睛亮亮的。

「你就知道玩咧。」嬌嬌笑著戳了一下他的臉蛋。

彩玉見嬌嬌這個動作，猶豫了一下，最終沒有說什麼。

不過子魚倒是不以為然，大聲道：「祖母說了，像我這麼大，就是該出去玩，既然我叫子魚，就要像魚兒一樣自由自在地快活。」

「那子魚有上學堂嗎？祖母說了，回去之後我就要和幾個姊姊、妹妹一起學習識字了呢？也不知道難不難。」嬌嬌支著下巴看子魚。

子魚擰眉，想了好一會兒，糾結，再糾結。「呃、呃，應該算不難吧？姊姊都說不難。」說罷，也學著嬌嬌的動作，支著下巴看她。

嬌嬌挑眉。「哦？姊姊說不難啊？那你自己覺得呢？難不難？你覺得我學起來會不會很困難？」

看兩個孩子有模有樣地討論起這個問題，彩玉笑著搖頭。

子魚湊近嬌嬌，低聲道：「呃，其實我覺得有點、有點難，可是二姊姊總是說不難，大姊姊也說不難，她們都說不難，我很為難耶！」

「噗！」嬌嬌忍不住笑了出來。看子魚嘟唇，連忙開口。「那你這麼說，我也會覺得很難了。你不知道呀，我很笨的。」

「沒有關係啦，我娘說了，都是名字的關係，誰讓二姊姊叫秀慧呢！秀外慧中，聽名字就知道是個聰明的。我叫子魚，一隻魚，會聰明到哪去？」子魚倒是無所謂地開口，安慰地拍了拍嬌嬌的肩膀，繼續說道：「姊姊妳也不用為難哦。雖然妳可能很笨不會學習，但是妳打人很厲害啊，還很準，我好羨慕！等我們回去了，妳教我好不好？妳以前就說過要教我的，不可以食言哦。如果再有壞人抓我，我就拿石頭丟他。」

嬌嬌滿臉黑線——子魚小朋友，以後你的家人會將你保護得更好，再說了，遇見彪形大漢，拿石頭丟人真的是正途嗎？

「好孩子是不可以打人的哦，我們要以德服人。」

子魚不贊同地搖頭。「姊姊你說錯啦，我娘說了，好人不長壽，禍害一千年，以德服人早就落伍了，我舅舅整天闖禍，可是大家都不敢惹他，武力才是解決一切的必殺技。」

呃……嬌嬌狂汗！話說，子魚的舅舅，那不就是安親王小世子嗎？X的，這樣子的人，他當然怎麼闖禍都沒有關係。

季家果然不同凡響，每個人都特別。疑似穿越的老夫人，性子冷漠的大夫人，還有溫柔得不像真人的二夫人，冷若冰霜的三小姐……

「子魚，我就知道你在這邊，出門怎麼也不交代一聲？這可不比家裡。」來人正是大夫人宋氏，也是嬌嬌名義上的母親。

「母親！」嬌嬌也怯生生地開口叫人。

宋氏衝她點了點頭。「秀寧可是休息好了？」

「回母親，休息得很好。」嬌嬌其實是有幾分怕大夫人的，雖然老夫人看起來更加地嚴厲些，但是不知怎的，言談間嬌嬌總是覺得有幾分熟悉感，或許真的是穿越之人也不一定；而且老夫人對她的疼愛雖然並不明顯，但是她可以感受得到那許多許多的善意。

倒不是說大夫人對她沒有善意，相反，大夫人因為她救了子魚，是表現出最明顯感謝的人。可嬌嬌即便是前世，也不過是大學初初畢業，算不得經驗豐富，大夫人略冷淡的態度，高貴的出身，都讓她有幾分的拘謹。

「那就好。」大夫人的視線掃到桌子上的蘋果，之後又看子魚，挑了下眉。

「娘親，我來給姊姊送蘋果。」子魚一臉的求表揚。

大夫人點頭。「子魚有這分心很好，先前你秀寧姊姊救你、護你，如今你也該對姊姊好。秀寧，妳雖不是我所出，我們接觸的也不多，無甚感情，但是在我心裡，妳和子魚是一樣的，都是我的孩子。你們雖無血緣，但是卻與嫡親的姊弟一樣，我自希望你們能相親相愛。」

「嗯，我們知道了。」姊弟倆俱是認真回道。

大夫人見此情形，抿了抿嘴角，露出幾分笑意。

「好了，你們都是懂事的好孩子。行了，子魚，也不早了，早些讓你姊姊休息吧，你跟娘親回房。」

「好。」子魚倒是乖巧，聽宋氏這麼說，麻利地下了小榻。

「秀寧早些休息。」

「知道了。」

見大夫人牽著子魚離開，嬌嬌舒了一口氣，彩玉見她如此笑了出來。

「原來小姐是怕大夫人的，可是好奇怪，您見了老夫人都沒有如此呢！」

嬌嬌將腿盤在一起，伸著胳膊，樣子有些調皮。「因為老夫人很和藹啊！母親也很好，不過她都不笑，我自然是有幾分怕。」說起來倒是振振有詞的。

彩玉點了點她的小鼻子。

「小姐這麼可愛，大家都會喜歡您的。對了小姐，我今天聽說，咱們已經進入江南地界了，再有個一、兩日，就該到家了。」

嬌嬌細細打量彩玉，見她也是挺期待的樣子，心下明白，便是看起來成熟穩重，彩玉也不過十三歲啊。就說在現代，十三歲可正經是個孩子呢！

即便是接觸的時間不長，嬌嬌仍很喜歡彩玉，雖然是二等丫鬟升做了一等丫鬟，但是在她這個小孤女身邊與在老夫人身邊是斷不可同日而語的，可看彩玉並不因此產生什麼別樣情緒。單看這一點，嬌嬌就覺得，彩玉心態極好！

「等到了江寧，一定還有許多要忙的。」嬌嬌感慨地皺了皺鼻子。

彩玉失笑。「小姐多慮了。老夫人早就將一切考慮周到了，待我們回去，一切都是準備妥當，哪有什麼需要多忙的。再說了，便是忙，也是我們做下人的忙，小姐只消靜候便好。」

「自己住的地方，總要自己布置才更覺得有成就感。」嬌嬌伸懶腰。

彩玉看她有些疲憊的樣子，連忙為她準備換洗衣服。

「小姐是累了吧？奴婢伺候您沐浴更衣，您也可以早些休息。」

嬌嬌乖巧點頭，軟軟地道一個好！

這廂嬌嬌休息了，那廂老夫人卻在閉目唸經。

許久，她睜開眼睛，眼光清澈，並無一絲混沌。

「陳嬤嬤，妳覺得，秀寧這孩子如何？」

陳嬤嬤仔細想了一下，斟酌開口。「聰明伶俐、膽大心細。雖然是農家出來的，但是倒也不卑不亢，有您看著，他日秀寧小姐必成大器。」

老夫人並無甚表情，繼續問：「若是與秀雅三姊妹相比呢？」

「幾位小姐都是孩子，現在也談不上誰好誰差。不過三位小姐自幼養在深閨，雖也是聰明多才，可到底沒見過外面的醜陋。先前老奴調查秀寧小姐狀況，對她家情況知之甚詳，雖生活艱辛，鄉親欺壓，可倒不見秀寧小姐有一絲的悲觀，單有著這分心性，就難能可貴。」

老夫人點頭贊同。「確實如此，收養秀寧，並非因她救了子魚，畢竟這事銀錢便可解決。我看中的，是秀寧這個人，許是妳不明白，但是在我看來，秀寧身上有你們所有人都沒有的東西！」

老夫人微微望向窗外的明月，陷入了深思……

第六章

到江寧的路途雖然不近，但是經過小半個月的奔波，也終是抵達。

在老夫人的張羅下，嬌嬌認真地根據當地的習俗拜了家裡的長輩，成為了季家名副其實的養女。

其實嬌嬌與秀慧一樣，都是七歲，不過因著嬌嬌不知道自己的生辰，而秀慧又比嬌嬌高了些許，因此老夫人便作主，給兩個丫頭分出了個大小。

季秀寧，季家大房養女，行三。

按照分例，嬌嬌身邊要有兩個婢女，除了彩玉，老夫人又給她安排了一個新人，十一歲的鈴蘭。

府裡是有規矩的，一等婢女皆身著粉紅，二等著湖藍，看著兩人的裝扮，嬌嬌抿嘴笑。

「三小姐，可是有何不妥？」鈴蘭憨憨地問道。

嬌嬌整理一下自己的衣服。「沒事啦，不過是覺得妳們的衣服喜氣罷了。」她俏麗地搖頭晃腦，小孩子氣十足，惹得兩個丫鬟都捂嘴笑。

「三小姐若是喜歡，我來給三小姐換上，您的衣櫥裡也有這樣的顏色呢。」之前老夫人命人給三小姐也做了幾身衣服，都是些粉嫩的顏色，煞是好看！

嬌嬌搖頭。「那麼好看的衣服，別弄髒了，我穿這個就好。」她這時穿了一身淺褐色的裙裝，雖然顏色不起眼，但是襯得她白白嫩嫩，水靈極了。有時候年紀不大的小蘿莉穿著褐色、灰色這樣的深色，倒是更顯得有幾分別樣的精緻。

彩玉細細打量自家小姐，笑了出來。「小姐長得水靈，自然是穿什麼都好看的。」

嬌嬌微微仰頭，有些小傲嬌地言道：「那是自然。」

她這樣更是惹得兩個丫頭笑個不停。

笑夠了，彩玉拿披風。「好了好了，我的好小姐，您也別耽擱了，老夫人是最不喜遲到的，咱們早些過去總比晚去好。來，我幫您將披風披上，外面還是有些風的。」

老夫人的規矩向來都是全家人一起用膳，不管早晚。路上多有不便並未如此，但是現在既然歸家，自然是凡事都按正規走。

季家的庭院是幾進幾出的老宅，所有主子都是住在內宅，可饒是如此，走過去的路程也並不很近，嬌嬌抄著小小的暖手包，一身大紅的披風，面帶微笑，乖巧極了。

遠遠地看見二房的姊妹三個，嬌嬌清脆地開口。「大姊姊、二姊姊、四妹妹好。」

「哼。」不待旁人答話，四小姐秀美哼了一聲，轉過頭去。

「秀美怎麼能對秀寧姊姊沒有禮貌，快道歉。」秀雅擰眉，小大人一般地教育妹妹，雖然說話溫溫柔柔，但是話裡的意思卻分外地堅定。

秀美擰著衣角，狠狠地瞪了嬌嬌一眼，不甘願道：「對不起，秀寧姊。」

「沒關係的。祖母該等急了，我們快些過去吧。」嬌嬌淺淺的笑，露出兩個小梨渦。

要說她來到季家，最不喜歡她的大概就是小小的秀美了。原本秀美是三小姐，與子魚也玩得好，如今平白無故的變成了四小姐，不僅如此，子魚對嬌嬌有一種莫名的信任，就喜歡跟在她的身後，這下子秀美更是將嬌嬌當做自己的敵人，討厭得不得了。

但是嬌嬌倒是不覺得有什麼，小孩子自然有這樣的小心思啊，說不定自己小的時候還不如她呢。

待四人來到正屋，就見子魚正在和老夫人比比劃劃。

「姊姊，大姊姊、二姊姊，小妹。」子魚蹦躂到幾人身邊，理所當然地牽起了嬌嬌的手。

老夫人與身邊的陳嬤嬤打趣。「子魚和秀寧的感情還真好，兩人倒是真有姊弟的緣分。」

陳嬤嬤笑著附和。「可不是嗎？」

秀美見子魚拉住嬌嬌，不樂意。

「祖母，子魚哥哥都不喜歡我了。」她嬌滴滴地靠過去告狀。

「我喜歡秀美。」子魚大聲道。兩人同歲，只月分不同，常一起玩耍，也十分親暱。

秀美一聽，喜笑顏開，挑釁地看幾眼嬌嬌，惹得嬌嬌失笑。

老夫人逗幾個孩子。「喏，秀美，妳看，子魚說喜歡妳啊。」

「那子魚哥哥，咱們一起玩吧。」

子魚搖頭。「我要和姊姊一起。」

噗！幾個大人都笑了出來，到底是孩子，小包子秀美鼓起了小臉蛋。

「你說你喜歡我的。」怎麼可以，怎麼可以出爾反爾呢！

子魚辯駁。「當然啊，我是喜歡妳啊，我也喜歡大姊姊、二姊姊，不過我最喜歡我自己的姊姊，我娘說要和姊姊相親相愛。」

聽到這裡，連一向冷若冰霜的晚晴小姐都笑了出來。

「真真是個孩子。好了，幾個小不點兒也別糾結誰喜歡誰、誰不喜歡誰了，你們都是我們季家的寶貝，姊弟幾個相親相愛，祖母看著也高興。永遠都要記得祖母教給你們的，季家是一個整體，你們每一個人都是季家的一分子，不管旁人如何，咱們要團結。」老夫人順勢給幾個孩子講道理。

「我們知道了。」幾個孩子皆是清脆地回答。

幾人正閒話，二夫人進屋，見這幫小的都到了，勾起一抹笑容來。「瞧瞧，我倒是不如幾個小的了，母親可是莫要怪罪我。」

「母親好、二嬸好。」

「好，都好。怎麼也不伺候幾位小小姐將披風脫掉？這屋內、屋外溫差大，忽冷忽熱，可別受了風。」二夫人心細，看向幾個小姑娘身邊伺候的人。

老夫人微笑。「還是妳心細。快解了披風來炕上，距離晚膳可是還有一會兒呢。」

幾個小姑娘均是盤腿坐在了老夫人的身邊。老夫人視線掃過幾個孩子，在嬌嬌身上略作停頓，隨即轉開。

「蓮玉，咱們既然已經安頓妥當，那課業也不可丟，待明日便安排幾個孩子繼續學習吧。秀寧未有基礎，怕是跟不上秀雅、秀慧的進度，便讓她與子魚、秀美一同學習。」

二夫人微怔一下，隨即笑著應道：「好的。」

子魚與秀美已然學了兩年，秀寧一絲基礎也無，本該單獨學習，如今老夫人卻並不做如此打算，反而是將她安置和子魚他們一起，二夫人有些不解，不過即便如此，她也並未提出自己的意見。既然老夫人如是做，自然是有她的主意，對於這一點，二夫人從來都不懷疑。

嬌嬌知道自己要跟著先生學習，勾起嘴角，心裡高興。她是喜愛學習的，畢竟，她在現代學的那些東西未必適合古代，而且，她從來不認為古人的智慧弱於現代人，能夠跟著先生學習，這是再好不過的了。

嬌嬌明白，只有學了足夠的知識，她才能瞭解這個朝代，真正的融入其中。

彩玉為嬌嬌絞著濕濕的頭髮，提議道：「小姐，咱們今日早些休息可好？您與小少爺、四小姐的課程都在上午，需要早起呢。」

嬌嬌大大的罩衫鬆垮垮地套在身上，點頭答應。「好。彩玉，妳知道先生是個什麼樣的人嗎？也不知道凶不凶。」她扳著手指，似乎有些小憂愁。

彩玉見自家小姐這個可愛的小模樣，寬慰道：「小姐不用擔心的，齊先生人很好，學問也很好的。他也是薛先生的弟子，當初的季英五才子可是赫赫有名呢！」

嬌嬌好奇。「季英五才子？彩玉，妳知道的好多，給我講講唄？」

「彩玉姊，講講唄。我只遠遠見過齊先生一次，真是看一眼都要昏倒了，英俊得不得了呢！」鈴蘭捧著胸口，一副小花癡的樣子。

嬌嬌格格地笑，鈴蘭才十一耶！古代的人都這麼早熟嗎，哈！

「我也不是很清楚啊，大概聽過一些。老夫人年輕時創建的季英堂，據說是專門收留無家可歸的孤兒，季英二字取自老太爺和老夫人的姓氏。薛先生最有名的五個弟子全出自季家，因此被稱作季英五才子。」彩玉確實也並不知道許多，只將自己知道的簡單說一下。

「這五人之中，只有齊先生沒有出仕，他如今也是季英堂的主事，家裡的小姐、少爺皆是由齊先生親自教導。因著學習進度不同，子魚少爺和秀美小姐是上午上課，而秀雅小姐和秀慧小姐是下午上課。」

嬌嬌笑咪咪地聽完，轉頭看鈴蘭。「我明天就要學習去了，妳要是想瞻仰一下齊先生的風采，可以跟著我哦。」

誰知道鈴蘭連忙擺手，腦袋搖得像撥浪鼓。「不要不要，小姐可饒了奴婢吧，齊先生那樣的大儒也是我能瞻仰的？我還是留下打理房間吧。」

看她這樣，嬌嬌噗哧笑了出來。「有句老話怎麼說的來著，有賊心，沒賊膽。」

「小姐欺負人。」鈴蘭臉紅。

一時間屋內一片歡聲笑語。

因著嬌嬌明日要學習，兩人早早的就伺候嬌嬌歇下了，看著熄掉的蠟燭，嬌嬌閉上了眼。可雖然如此，她竟不覺得困乏，想著這些日子的經過，嬌嬌抿了抿嘴，自從來到了季家，她幾乎已經斷定季老夫人的身分了。

季老夫人一定是穿越者，而且是一個真正有能力的穿越者。

不說季老夫人的理念、習慣，便是這季家的庭園便可讓人窺出幾分。季家無人不知，季家庭園是季老夫人一手設計，雖然古樸風味十足，但是其中隱藏的諸多現代氣息，還是讓嬌嬌一眼便可看穿。

又想到自己露出的許多破綻，嬌嬌咬唇，老夫人那麼精明，是絕對不可能沒發現的，也許，老夫人不說，兩人心知肚明，便是最好的做法了。

既然已經來到了這裡，她便是秉承了一個理念，既來之，則安之。

她自是不求像老夫人那般聲名顯赫，只求平安祥和度過一生。

翌日，天還沒亮嬌嬌便被彩玉叫了起來，看著嬌嬌愛睏的眼，彩玉為她擦臉。

「幾位小小姐今日恢復了學習，早膳的時間提前了一刻鐘，咱們若是晚了可不好看，小姐乖些。」彩玉為嬌嬌綰了兩個小小的髮髻。

嬌嬌許是之前營養不良的關係，頭髮稀疏且泛黃，並不似其他人黑亮，但是被彩玉這麼綰起又別了精緻的小蘭花，倒是俏皮可愛。

「小姐之前沒有底子，許是剛學會有幾分的吃力，小姐且要認真些。老夫人之前便說過，學得會，學不會是天賦，認不認真學是心性，小姐是個聰明的孩子，該是明白其中的道理。」彩玉輕輕地提醒。

嬌嬌自然是明白的，她也明白彩玉，彩玉說這些都是為她好，是希望她真的能夠在這個家裡站住腳跟。「我知道的，彩玉，妳放心便可。」

今日是第一日上學堂，幾個小的都早起，吃過早膳便一起往學堂這邊來。

「姊姊，我都有點忘記之前學的了，怎麼辦？齊先生會不會生氣？」子魚有些憂愁，皺著眉頭嘟唇。

不待嬌嬌開口，就聽秀美言道：「子魚好笨。」

雖然如是說，秀美眼裡也都是滿滿的擔憂。

端是看兩個小的的表現，嬌嬌便知道，這齊先生絕不是他們說的那般絲毫不嚴厲，不過她也見不得兩個小不點兒這麼擔憂。

重重地嘆了一口氣，見兩個小不點兒都轉頭看她，糾結道：「我什麼都沒有學過，齊先生也不知道會不會喜歡我，據說課業是最難的呢！你們學了那麼久，一定比我會得多。」

「姊姊不要擔心，先生不會罵人。」子魚忘了自己還在擔憂，連忙安慰她。

秀美則是微微仰頭。「我們都會好多的。妳現在才開始學，呃、呃……」秀美糾結，想了半天，終於想到。「就像姑姑說的，錯過了最佳的學習時間。」呼，終於想到了。

噗！

「姑姑什麼時候說過？我怎麼不知道？」子魚疑惑，姑姑有說過這句話嗎？

「就是我大表姊要學琴的時候啊！姑姑就說過。」秀美大聲道，她才不會說謊呢！

子魚憂愁地看了一眼嬌嬌，同情地安慰道：「姊姊不用擔心，我和小妹都很能幹，如果姊姊不會，我和小妹幫助姊姊，嗯，就像二姊姊幫助我們一樣。」

秀美哼了一聲，不過倒是沒有提反對意見。

見兩個孩子的注意力皆被分散，嬌嬌答應。「那真是太好了，你們要多幫幫我哦！」

嬌嬌不過幾句話便轉移了大家的注意力，雖然還是談論學習，不過兩個小的卻又不似開始那般忐忑不安了，帶幾個小姐、少爺過去的陳嬤嬤一直都沒有說話，微微露出笑容。

季家的學堂安排在後院，幾人繞過長廊便到了書房。雖然天氣寒涼，但是窗戶仍是開著，嬌嬌遠遠地就看到一名俊朗的男子立於窗邊，見幾人到來，目光柔和。

進了門，陳嬤嬤將幾個孩子交給齊先生。許是兩個小朋友有些時日沒見齊先生，均是有些緊張地道了一句先生好，嬌嬌也與他們相同，雖第一次見，但是嬌嬌倒並不十分緊張。

齊先生不過二十左右的青年，照嬌嬌看，若是她還在前世，保准是比這個傢伙大的，所以要她有緊張的情緒，那真是不能。

這是兩人的初次見面，齊先生示意幾人坐下。

嬌嬌略打量了齊先生一眼，見他一米八多，身材修長、溫文爾雅、面如冠玉，本朝男子的裝扮再配上頭上乾淨清爽的一個髮髻。他一身粗布灰衣，款式簡單，便是這樣，也能看出其不凡的氣度。

「齊放。」齊放轉身在身後的板子上寫上自己的名字。

「秀寧小姐今日是第一日上課，想來並不很清楚。齊放，我的名字，平日裡叫我齊先生便好。我的要求也不多，旁的時候怎麼都可以，但是在課堂上，我要求全心全意聽講。」

「知道了。」嬌嬌露出個靦覥的笑容。雖說她不緊張，但是一個七歲的孩子又是初次見陌生人，她也不能太不像話了，便是刻意，她也得表現出幾分緊張。

「那秀寧小姐介紹一下自己吧。」

「季秀寧，今年七歲，呃，以前沒有上過學堂，也沒有人教過我。」她短短幾句，倒也是將自己的情況介紹清楚了。

其實，這些齊放自然都是知道的，讓秀寧小姐說，不過是為了觀察她的舉止罷了。看她雖然面色緋紅有些羞澀，但是倒並不十分緊張。齊放點頭。

「那好，我知道了。子魚少爺與秀美小姐皆有兩年的經驗，照此看來，秀寧小姐初時估計會略有些跟不上，如若有何不懂，儘可來問我便是。另外，此地雖不似外面的學堂，但是你們既是親人，也有同窗之誼，子魚少爺與秀美小姐也要多幫助姊姊。」

「我們知道了。」三個人齊齊應道！

「那好，開始上課。」齊放並不多言，直接開始講課。

要說齊放這人給人的感覺，嬌嬌暗自琢磨，倒是真的很像大學教授啊，而且講課的方式也是，與她印象裡的古代截然不同，彷彿更像是一個現代人，若不是正在學一些初入門的淺顯之物，她竟有一種錯覺，自己沒有穿越，而是還在大學時代。

可即便是齊放教學的方式、行事習慣有幾分現代人的感覺，嬌嬌卻並不覺得他也是穿越之人。沒有什麼道理，只是感覺，而這感覺也是有幾分依據的。

那是自然，穿越的老夫人養出來的孩子，怎麼可能沒有現代人的思維呢？

第七章

六月的江寧，春暖花開，氣候宜人。

嬌嬌來季家也將近三個月了，這三個月的時間雖是不長，但也足以讓她在季家站穩。其實站不站得穩，嬌嬌並沒有想太多，但是季家能夠收養她並且認可她，還是讓她感到很溫暖的。

不管是老夫人還是其他人，大家並沒有因為她是一個外來的小孤女而有一絲的看不起，這更是讓嬌嬌覺得彌足珍貴。

許是養得比較好，嬌嬌看起來更是水靈了幾分。

「小姐，今天還去三小姐那裡嗎？」鈴蘭邊收拾東西邊問。

一個月前，老夫人安排了嬌嬌每晚跟著三小姐學琴，時間不長，也不過一個時辰，但是嬌嬌學得很歡樂。

她現在每日忙極了，生活得很充實。

「當然要學啊！快點，別讓姑姑等急了。」三小姐是府裡最冷若冰霜的人，可嬌嬌還是很喜歡她。

鈴蘭苦著一張臉，納悶。「小姐好奇怪，連秀雅小姐、秀慧小姐都怕三小姐，您卻不怕，還特別願意學琴。」

這點鈴蘭是很費解啦，小姐沒有基礎，三小姐不僅性子冷，說話更是不留情面，有時說得她這丫頭都跟著羞愧極了，偏是自家小姐學得熱火朝天，歡喜得不得了。

嬌嬌看鈴蘭不解，也沒有什麼可說的，只收拾妥當便連忙出門。她小的時候是在孤兒院長大，那時就很羨慕別人能夠學琴，如今自己能有機會學，她自然是開心萬分的。至於說姑姑的態度，也正是因為姑姑希望她好好學，大抵才會如此的。

「姑姑肯教我，我已經很高興啦，當然要認真學；再說了，我資質一般，學得也不算早，理所當然要更加勤奮些。」在課業上來說，嬌嬌是遊刃有餘的，畢竟她內裡是個成年人的靈魂，但是琴藝就很一般了。

「妳這丫頭懂什麼，小姐是真的喜歡學。」彩玉在一旁插嘴。

鈴蘭吐舌，她當然是知道的啊，不然誰沒事喜歡找罵啊！你看秀美小姐就隔三差五的找藉口請假呢！

這廂三人念念叨叨，那邊主屋兩人正在對弈。

「將！」老夫人將棋子放下，也代表了這一局的結束。

「第三千兩百五十一次。」齊放微笑收棋。

老夫人搖頭笑。「你這孩子，記得倒是清楚。」

「自齊放學棋至今，三千兩百五十一次，無一勝績，總是要記得的。」

「做人不可太過執著。」老夫人話裡有話，陳嬷嬷將手裡的帕子遞過去，為老夫人淨手。之後將棋桌撤下。

齊放面不改色，不過卻言語誠懇。「並非執著，很多事情，端看心。放兒自小便記得老夫人的教導，既然是對的，就要堅持。」

老夫人嘆了一口氣，望向了窗外。

「現在說對與錯總是太早，但是我總想著，如果我當初沒有將你們按照我的思維教養，你們今日會不會是全然不同的人生。」

齊放順著她的視線望去，見到從園子門口路過的嬌嬌。

「每一條路都是自己選的，如果沒有您的精心教導，我們所有人都不會有今天的成績，也許您覺得這不是我們想要的，可是相對於成為一個碌碌無為的人，我很感激，感激您讓我成為一個這樣的人。說句不自謙的，感謝您讓我成為一個豁達、有才學的人。旁人我不知道，更是不敢斷言每個人都會有怎樣的人生，但是我相信，便是今日的秀寧小姐，也是如是想。」

齊放知道老夫人失去兒子的傷痛，他也從來沒有想過，當年青春歲月裡一同成長的人今日或離世、或反目，再也回不去當初的心境。那些一起成長、一起學習、一起玩鬧、一起闖禍的往事，如同一陣青煙，隨風而逝。

聽齊放提到了秀寧，老夫人問道：「秀寧學得如何？」

齊放想了下，認真道：「領悟能力過人。現在將她調去與秀雅小姐、秀慧小姐一同學習，我相信她的進度也不會落下，不過……」

老夫人聽到他這個不過，轉過頭來，也感興趣了幾分，對於秀寧的聰明，她從來都沒有懷疑過。

「不過我覺得，秀寧小姐似乎更希望自己保持中庸之道。她一直給我一種感覺，之前似有很多的基礎，可我也知道，這絕不可能，那只能說，她是一個領悟能力好的人。若說天資，我覺得她不若秀慧小姐，但是在領悟能力與融會貫通上，她又強了秀慧小姐許多。學習之事大抵如此，本就有九分的聰慧，又有著十分的領悟能力、極好的定力和勤奮的複習，這樣如何能不才華卓絕。也許是出身的關係，她不願意嶄露頭角，如若總是這樣，總是有些埋沒了。」齊放雖然並未出仕，但是他自有一番自己的見解，過分地保持中庸，時間久了，凡事便往中庸上要求自己，自然是會埋沒了這分天賦。

老夫人沒有說什麼，抿了一口茶，許久，言道：「也許男子和女子的期許本就不同，晚晴今日如此，難道就是最好嗎？」

齊放眼裡閃過一絲痛楚，不過仍是開口。「不好我何至於如此。」

他聲音很輕，然老夫人卻也聽得清清楚楚。

「齊放，晚晴癡心於楚攸求而不得，我從不曾多說什麼，因為我知道，感情之事，外人不容置喙，我便是說了，晚晴只會更加痛苦。對你，我也同樣如此。你知道我的心思，我是希望你們能夠在一起的，可是即便我是她的母親，也斷不可能處處為她作主。你這般地醉心於她，我同樣也不能勸你什麼，齊放，我不希望自己因為晚晴之事失去了你。」

齊放聽聞此言，起身跪下。

「你這是做什麼？」

「老夫人，對放兒來說，您不只是一個長輩，您是相當於我母親的存在，我們季英堂的所有孩子都是孤兒，您就是我們的母親，便是晚晴，也同樣不能取代您在我心目中的位置。我戀慕晚晴，可不管如何，我都知道，即便沒有愛情，我們還有濃濃的親情，原來就是如此；如若晚晴嫁人，她便是我的好妹妹，今日、今日就讓放兒等著她吧。不管什麼時候，放兒都不會離開這個家，都不會離開季英堂。」

「難為你了。放兒，快起來吧。」

待兩人坐好，婢女彩英進門稟告。「老夫人，二夫人求見。」

許是今日齊放在的關係，二夫人並沒有直接進門。齊放師承二夫人的父親，兩人也有從小到大之誼，如今幾個孩子又都在齊放手下學習，當真算得上是熟悉。

「讓她進來吧，齊放不是外人，不須拘著這些禮數。」

「給老夫人請安。齊先生好。」二夫人一進門眉目是笑，她性子便是如此，即便是身處再困難的逆境，也能露出幾分笑容。

「二嫂。」

二夫人甫一坐下便開口。「看來啊，我選的時辰倒是剛好，我就猜測，齊先生這個時候在陪母親閒話。」

「二嫂可是有事吩咐？」

「也算不得吩咐，你這一說，倒是弄得我不好意思了。」二夫人笑意盈盈。

老夫人失笑。「你們倆啊，算作兄妹都不屈，還在這互相客氣起來了，成心逗趣是不？」

二夫人不依。「母親您看，本就是齊先生這吩咐兩字用得不妥，他如此這般，自然是惹得媳婦兒慚愧。」

齊放連連作揖。「二嫂、小師妹，您說什麼便是什麼，都是我用詞不當可否？」

「語氣不對。」此言一出，眾人皆是笑了起來。

笑鬧夠了，二夫人自然是要開口的。「下個月便是母親的生辰了，我與大嫂、三妹簡單商量了一下，她們便推我作為代表，全權處理此事。兒媳思前想後，總覺得這事也得聽聽母親意見，不知母親想如何操辦才好？」

老夫人望向不遠處的黃曆，唸道：「時間過得真快，這又是一年了。今年，今年還是不宜鋪張，親眷之間，簡單吃點飯便可吧。」

二夫人望向了齊放，隨即轉回視線。「這一年來確實發生了許多事，可母親，這是您的五十大壽，如若太過簡單，總是有幾分不妥當的。」

「老夫人，二嫂說的有道理。我們自是知曉您性子如此，可今年是季家回江寧的第一年，親眷也都悉數在此，若是您執意不辦，旁人怕是會道幾個嫂嫂是非。倒不是說怕別人說三道四，只是您曾經教過我們，既然能錦繡如意，那又為何非要刻意如何呢？左右我們確實是有這分心的。」

齊放附和，這也正是二夫人剛才朝他看了一眼的緣由。

「怪不得蓮玉選了這麼一個時候過來，原來是算準了有你這個幫手在呢！」老夫人點著齊放，吐槽。

「老夫人可要體諒我們這些小輩的孝心。」

「見過三小姐，見過秀寧小姐。秀寧小姐，老夫人讓您學完琴，去她那裡一趟。」老夫人身邊的彩字輩丫鬟過來求見。

嬌嬌點頭輕聲應道：「知道了。」

這個時候嬌嬌已經學完了，她每日學琴的時間是固定的，三小姐晚晴從來不曾提前或者延遲下課，守時得不得了。

「自己回去好好琢磨一下今日學習的要點，明日我會考妳。」晚晴聲音沒有什麼起伏。不過嬌嬌還是極為認真。「嗯，我知道的，姑姑明天見。」

晚晴略一點頭，起身進入內室。

晚晴的住處與老夫人是最近的，嬌嬌絲毫不敢耽誤，連忙來主屋。

陳嬤嬤見她到了，將她迎進了門。

「祖母好。」嬌嬌從來不生分，清脆地喊人之後便坐到了老夫人身邊。

老夫人見她大方，笑著揉了揉她的頭。「今日學得如何？」

嬌嬌眼睛笑成了一彎月牙兒。

「齊先生那裡尚能跟上，姑姑那裡有點難，不過我會努力的！」

老夫人挑眉。「可是，齊先生可不是這麼說的。」

呃？嬌嬌不解地看老夫人，不知道是什麼意思，難不成，齊先生覺得她跟不上？不會啊！

「到底是個孩子，想來，妳的年紀一定不大。」老夫人低語。

嬌嬌恍然想到前世，不過她不敢多言，只低低地垂著頭。

老夫人並未就這個話題多說，轉而繼續說起學習。「齊先生說，妳聰慧、領悟能力好，可是卻又似乎只想保持中庸之道。他揣測，妳是因為身在季家。」

嬌嬌一聽，心裡有幾分驚訝，不過仍舊沒有抬頭，也不言語。

「不管在哪裡，每個人都是一樣的，如果這是妳極為想要的，我自是不會多說什麼，可是如果這不是妳的本心，那我倒是覺得，放開也沒有什麼不好，讓妳真正的隨心隨興生活，才是我所願意見到的。妳只需要做妳自己，不需要裝成另外一個人，過分地藏起光芒未必是保護自己的最佳方法。也許妳不需要成為一顆耀眼的星星，可人生短短數十年，說不好，什麼時候就會遇到什麼事，我只希望，妳能夠恣意快活地生活，而不是在人生即將走到終點的時候感慨自己沒有隨心而活。」說罷，老夫人拍了拍嬌嬌弱小的肩膀。

「看我，妳還是個孩子，未必懂得這許多，但是祖母希望妳回去好好想一想。齊先生不希望一個聰明伶俐的孩子為了藏起自己的光芒，凡事往中庸上要求自己，最終埋沒了那分天賦；而祖母則是不希望，嬌嬌許多許多年以後驚覺，這人生竟是如此憋屈。我季家女子，不管成為什麼樣子，我都相信，在垂垂老矣的時候，她都能夠說，自己是隨著自己的心活了一世。」

嬌嬌抬頭看老夫人，見到了其眼中的了然，是啊，她們兩個其實彼此都明白，兩個人同樣都是穿越之人。可是即便是將話說到這個分上，老夫人能斷言她前世必然年輕，也並沒有說到穿越之事。

嬌嬌也不知道怎麼著，心中似乎就是豁然開朗。

也許，真是她太過擔憂，也太過小心。

是啊，老夫人說得對，前世在孤兒院的時候她能做到隨著自己的本心，如今又有何不可呢？這麼睿智的老夫人，即便是經歷了許多事依舊用著正能量操持著季家，她為何就不能放開呢？

「我知道了，祖母。謝謝祖母的提醒，嬌嬌懂了。」

一老一小對視許久，終是相視一笑。

「嬌嬌要不要喝點茶？」往日裡老夫人都是喊其秀寧，今日竟也喊起小名。

嬌嬌搖頭。「謝謝祖母，我還是不要了，晚上喝茶不容易入睡的，明天還要上課呢，祖母也要仔細著身子。」

老夫人唸道：「我自是也知道個中道理，然而旁的事都能忍住，偏是這個愛好，怎地也改不了，就是喜歡在睡前喝些。不過大抵是習慣已經養成，竟也不影響睡眠了。」

嬌嬌笑。「如果不影響睡眠，我倒是不知道有什麼壞處了，我平常都不飲茶的。」

「妳年紀小，不須多飲，茶極易刺激神經，造成過度亢奮，但是偶爾學學茶道也是好的。不為那名人雅士的說辭，單是讓自己靜下來，時間久了，自是有一分恬淡的心性。」

雖然並沒有說很多，但是兩人似乎都從剛才那番對視中明白了什麼，也放下了什麼。不過短短幾句話，老夫人竟是覺得，自己見到了不一樣的嬌嬌，而嬌嬌則是突然間就放鬆了下來，之前她的小心翼翼似乎一下子都被拋棄掉了。

其實此事也不能說是突然，準確地說是嬌嬌已然在這些日子的接觸中大抵地看明白了每個人的性子，也對季家多了幾分的歸屬感，正是因此，她才能聽進去老夫人的話，也瞬間放下封閉的自己，似乎就在那一個瞬間，事出突然，可是又存了許多的必然。

如若是經歷過許多事情的女子大抵不會如此，可就如同老夫人所揣測的那樣，嬌嬌在穿越之前年紀也不大，她沒有那麼多的心機，沒有經歷過許多的黑暗，所以她是樂觀向上的。現在的隱藏，不過是因為小動物一般的膽怯罷了。

將這分膽怯拋開，她便是真正開朗起來。

「我是很想學的，可是……」嬌嬌掰著手指算。「我要學的很多，上午要上課，下午要學刺繡和畫畫，晚上有一個時辰學琴。」說完，眼巴巴地看著老夫人。

老夫人看她這個表情，笑問：「那妳自己的心思呢？妳如何想的？」

嬌嬌眼睛放光。「畫畫不太適合我，我沒有天分的，可以用那個時間學茶道。」

噗！進來添茶的陳嬤嬤都忍不住笑了出來。

老夫人點了點她的頭。「妳個猴精兒的丫頭，我看妳是不喜學畫吧！倒是會找理由，還說沒有天分，將刺繡和學畫各挪出半個時辰來學茶道吧。」

老夫人板上釘釘，嬌嬌垂下肩膀。這不主動問她的嗎？怎麼又不聽她的了呢？

「妳不過是學了三個月而已，還未入門，談何喜不喜歡，且先學一年。一年之後，學與不學，端看妳自己。」老夫人雖說讓她們隨著本心，可又不是全然地放縱。

嬌嬌聽到此言，點頭，這話確實是有道理的。

「不管是誰都一樣，每個人都有一段適應期，我給她們幾個孩子的適應期是三年，而妳則是一年。一年之後，妳且可選擇，秀雅與秀慧都沒有放棄任何課程，雖然我知道，這些課程未必適合她們，但是既然她們選擇了，那便要堅持下去。子魚與秀美還有一年，屆時你們都可選擇，我斷不會強求。」

「謝謝祖母對我們的教導。」嬌嬌實心實意地言道。

老夫人慈祥地為她將髮髻掖了掖。「你們都是季家的孩子。我那時生晚晴傷了身子，不然妳還有許多叔叔、姑姑呢。我們一家人，許許多多，熱熱鬧鬧，這才是家的樣子。」

嬌嬌將腦袋靠在老夫人身上，靜靜地沒有說話，許久，她低語。「我會做好季家的一分子，我就是季家的孩子。」

她自小就期盼的親人和家庭，也許現代沒有，可是她卻在古代找到了。

嬌嬌看老夫人兩鬢斑白的髮，恍然想到，老夫人也不過五十來歲，如若是在現代，說不定保養得如何得當，但是現在看她，竟已經是一個老人家了。

將季家從一個小小的商戶發展成今日這般聲名顯赫的書香門第，必然是要付出許多許多的心血。江寧大戶，書香門第，八個字雖然簡單，但是從不受重視的商賈之家走到今日這地步該是如何的不易！

「好孩子。」老夫人嘆道。

看祖孫二人溫馨和諧，陳嬤嬤默默退了出去。

見鈴蘭站在外堂望天，陳嬤嬤吩咐。「回去告訴彩玉，將秀寧小姐的東西收拾一下帶過來，今晚秀寧小姐歇在這裡。」

鈴蘭怔住。

「愣啥？還不快去，妳這丫頭。」陳嬤嬤叱道。

「哎，好！」鈴蘭連忙回院子整理東西去了。

陳嬤嬤搖頭，老夫人果然是有心思，秀寧小姐身邊的兩個丫鬟也算是各有特色的兩個極端了。彩玉謹慎周全，鈴蘭單純憨厚，這樣倒也算是個互補，也不至於過分地拘了秀寧小姐的性子。

陳嬤嬤自十來歲就跟在老夫人身邊，這幾十年來也是見得多了，凡事總是能看出個一二。老夫人重視秀寧小姐，這世上聰慧的孩子許多，溫順的孩子也許多，便是當年季英堂那麼多的孩子，老夫人也從來沒有提出過要將哪個孩子認為乾兒子或者乾女兒的。

可是老夫人卻獨獨的看中了秀寧小姐，就憑這一點，陳嬤嬤就覺得，秀寧小姐必然是有更多她們看不見的過人之處。

第八章

自從老夫人與嬌嬌談過，嬌嬌似乎比以前聰明了許多，凡事都是儘量做到最好，外人不解，以為她是開竅了，但是齊放心裡是清楚的，該是那番談話的作用。

原本就通透的孩子聽進了勸，自然是比原來放開了些。

正是這樣，齊放在對嬌嬌的教育上也將難度加大，他自是有自己的道理，如此嬌嬌的進度能夠跟上，她完全沒有必要跟著子魚少爺和秀美小姐學習。

不過也因著這些日子大家都忙於老夫人即將到來的五十大壽，齊放倒是沒提起打算將秀寧小姐調到下午上課的事。

嬌嬌帶著兩個小不點兒坐在院子的亭子裡，三人俱是支著下巴。

「突然沒有課，我還覺得挺空虛。」嬌嬌感慨。

秀美這個時候仍是看嬌嬌不順眼的。

「就妳事多。」在外人面前，她也是乖巧懂事的小朋友一個，不過私下裡對嬌嬌就不太友善了。

嬌嬌笑。「我想回房練琴了，你們要幹麼？」

齊放是被突然找走的，因此三人才會是聚在一起發愣的狀態，不然秀美都是跟著自己的兩個姊姊。

「練琴？我要去找姊姊玩。子魚，你要不要和我一起去？我姊姊那裡有很多好玩的哦！」

子魚看了嬌嬌一眼，有些猶豫。

嬌嬌微笑看他，等待他做決定。

「那、那我跟著秀美去看一下下好了。姊姊要等我哦，等我去看過之後就去找姊姊。」

對於小孩子來說，玩樂ＰＫ學習，總是前者獲勝。

嬌嬌點頭答應，笑著為他整了下衣服。「那子魚跟小妹一起過去吧，姊姊剛學沒有多久，技術很不好的，我要回去多練一會兒。」

看著兩個小不點兒離開，嬌嬌揮手。

子魚開心地學著揮手告別，秀美回頭瞪了她一眼，之後就看兩人蹬跳跑開。

「小姐，咱們也回去吧。」今日跟著的是鈴蘭。

「嗯，走！」

季家庭院造得極有特點，沒有什麼隱蔽的死角，卻又綠樹成蔭。嬌嬌不過是拐個彎，便見到晚晴姑姑正在與一個男子說話。

遠遠看著，嬌嬌撇嘴，與他們齊先生比，差得還真不是一丁點，怎麼說呢，齊放這人雖然也是俊朗，但是給人儒雅正氣的感覺；而這個男子則不然，一身白衣，縱也好看，但是面相上就有幾分輕浮，那桃花眼更是直勾勾地看著晚晴姑姑。

不過晚晴倒是依舊那副冷若冰霜的樣子。

嬌嬌是個孩子，鈴蘭不過十一，個頭也是不高，這兩人似乎並未看到她們。

嬌嬌也不隱藏，逕自按照原有路徑走，不過還未走到兩人身邊，就聽兩人似有爭吵。

晚晴聲音略大，冷然道：「二表哥，如果你要這樣說，恕我不奉陪了。」

白衣男竟是不顧禮數，一把拉住了晚晴的胳膊。「表妹，我是真的戀慕於妳。我一直都不明白，為何姑母要如此，咱們親上加親有何不可，表妹……」

「放開。」

「不放，表妹，我不放，我自小就喜歡妳，妳已經十七了，我沒有成親，一直都在等妳，妳難道就不能正眼看我一眼嗎？我就不明白，那個楚攸有什麼好，他背叛了季家，傷害了姑母的感情，更是不顧與妳自小長大的情分，妳還要執迷不悟到什麼時候？他不喜歡妳的，如果他真的喜歡妳，怎麼會站到八王爺一邊？我都聽說了，現在京城之中，誰人不說楚攸是陰險狡詐，心狠手辣之徒？難道妳看不出誰是真心，誰是假意嗎？」

啪！

白衣男似乎還想說什麼，不過卻被季晚晴一個耳光打了過去。再看她此時已經有些顫抖。「英俊卿，誰准你在我面前說這些的？我究竟如何，不用你多管，我更是與楚攸一點關係也沒有！」

不過英俊卿似乎是因為被打有些惱羞成怒。「季晚晴，我爹娘都不捨得打我一下，妳打我？妳以為自己有什麼了不起？我告訴妳，妳已經是十七歲的老姑娘了，除了我，妳還真以為有人肯要妳？妳以為那個人是誰？齊放？他也不過是你們季家養的一個孤兒罷了，他就是季家的一條狗。妳大哥死了，二哥變成了活死人，你們季家連個像樣的男人都沒有，妳厲害什麼？妳以為齊放真是喜歡妳嗎？說不定，他也不過是為了你們季家的家產罷了。」

說罷，這英俊卿大膽地將季晚晴強行攬在了懷中，便要親吻。

嬌嬌在一旁看得火大，她最見不得欺負女人的人，更何況，這人還在侮辱她的姑姑和先生。就近撿起一塊石頭，嬌嬌狠狠地便砸了過去。

「啊……」英俊卿的肩膀被重重的砸中，慘叫一聲，他放開了手。

季晚晴一把將他推開，回頭看是嬌嬌，表情有幾分鬆動，不過仍舊是將頭轉了回去。

而英俊卿見是一個個子不高的小女孩扔的石頭，也有幾分驚訝，不過他隨即惡狠狠道：「哪裡來的野孩子，竟敢隨便打人，如此沒有家教，看我不好好教訓妳。」

嬌嬌迅速地將另外一塊石頭扔了過去，英俊卿堪堪閃過，不過還沒等他反應，嬌嬌又扔了第三塊、第四塊，待第五塊扔過去，英俊卿再次被砸中。

他惱羞成怒，隨即就要過來揍人。

季晚晴憎惡地看他。「英俊卿，這裡是季家，不是你英家，別以為你可以為所欲為。我倒是不知道，在你心裡，我季家竟是如此好欺負。就算我們季家回到了江寧，就算我們季家全是女眷，我大嫂還是祥安郡主，我二嫂是當今大儒薛先生的掌上明珠，就連你口中罵的這個野孩子，也是我大嫂的養女。你好好掂掂自己有什麼分量，你們英家有今日的一切全是靠我母親，全是靠我們季家。」

英俊卿聽到祥安郡主，面上有了一絲的懼怕，不過聽到嬌嬌是祥安郡主的養女，眼裡閃過一絲怨毒。

幾人將陣勢鬧得這般大，下人們自然是都聚了過來。

見有人來這邊，嬌嬌看一眼晚晴，哇地一聲哭了出來。

「這邊出了什麼事？」來人正是李管家，見小三小姐哭得不成樣子，而三小姐又是黑著臉，管家自然而然地看向了表少爺。「三小姐，表少爺，小三小姐……」不待問完，便被嬌嬌打斷。

「李伯伯，哇……壞人，有壞人……壞人說要打我……」嬌嬌拉著李管家的衣角哭得更是傷心，整個人都顫抖起來，停也停不下。

見此情形，李管家知道這事情必然不簡單，再看表少爺齜牙咧嘴地捂著肩膀，他知道，這事既是涉及主子，便不是他能處理的。

沒過多時，幾人便是來到了正屋。

英俊卿自然是知道，不管怎麼樣，季晚晴都不可能說出實話，她丟不起那個人，現在就怕小女孩口無遮攔了，他決定先下手為強，然而還不待他開口，嬌嬌的哭聲更大起來。

「姑母……」

「嗚哇，祖母……」嬌嬌放開李管家的衣角，直直地跑到了老夫人的懷中。

因著正在商討大壽之事，大夫人、二夫人、齊放皆在。

「瞅瞅這小丫頭哭的，也太讓人揪心了，見這丫頭也有好幾個月了，還沒看過小丫頭哭呢，更遑論是哭得如此傷心。」二夫人不過是短短兩句話，便一下子將英俊卿放在了一個極為尷尬的位置。

事實便是如此，不管真相如何，與一個七歲大的小姑娘計較總不是君子所為。

「姑母……」英俊卿想再次開口，卻又被嬌嬌打斷。

「母親……」嬌嬌抱著老夫人哭完，又撲到了大夫人宋氏的懷中。

大夫人有一分動容，雖然她仍是那般嚴肅，可眼神裡卻有了幾分的擔憂。「可是出什麼事了？」

嬌嬌終於哭夠，抽泣地道：「他、他說要教訓我，他說我是野孩子……」說完，嬌嬌再次大哭。

「野孩子？」大夫人臉色瞬間冷了下來。

「嗯，嗚嗚……」嬌嬌似乎是傷心至極，竟是承受不住，眼睛一黑，昏了過去……

因著嬌嬌的昏倒，現場亂成了一團。

也虧得齊放是會醫術的，連忙為她把脈。「秀寧小姐似乎是過於激動，又大哭一場傷了些元氣，多休息便可，我開一味補藥，趕忙命人去抓。」

待將小丫頭挪到內室，老夫人看向了季晚晴。

「晚晴，當時妳也在。秀寧是小孩子，她激動得語無倫次，妳總不該說不清楚吧？」

嬌嬌昏了過去，英俊卿倒是有恃無恐起來，他倒不信，晚晴表妹敢說實話。要說什麼？說自己抱住了她？她年紀本就不小，他就不信，名聲壞了，她如何嫁人。

「表妹，妳快告訴大家，我是無辜的啊，我自己都不知道是怎麼回事啊？誰知道這孩子到底是怎麼了。」

季晚晴看英俊卿一眼，見他那般嘴臉卻又裝作無辜，心裡暗恨。

「表妹，妳快說啊，妳倒是要還我一個公道，我就不明白了，自己不過是第一次見那個丫頭，她怎麼就對我如此地敵視，不過兩句話她就哭了出來，誣陷於我。妳看她把我打的……」英俊卿是鐵了心要嬌嬌好看。

這廂英俊卿正唱作俱佳地喊冤，而晚晴又沒有說話，就看嬌嬌的小丫鬟鈴蘭從裡屋衝了出來，哭著撲到了老夫人的腳邊跪下磕頭。

「老夫人，您一定要為我家小姐作主啊！」

鈴蘭本就消瘦，這麼瑟瑟發抖哭倒在那裡，更是顯得可憐。

老夫人定了下神，似乎明白了什麼。

「怎麼回事？妳說說。」

英俊卿本是算準了季晚晴不敢多言，倒是不想，小的昏倒了，這小耗子一樣的丫鬟又冒出來了。

「這裡都是主子，有妳一個丫鬟什麼事，一邊待著去。」英俊卿趕人。

老夫人看著英俊卿，面色冷了幾分。

英俊卿見老夫人如此臉色，尷尬地笑了笑企圖彌補。「這英家的丫鬟、小廝什麼的，都是上不得檯面的，我想著，季家必然也是如此，呃，姑母，您可要為姪兒作主。」

鈴蘭也不看英俊卿，哭著道：「剛才我和小姐一起往回走，半路上看見三小姐和表公子在爭執。表公子說、表公子說季家沒有男人，還說、還說齊先生要謀奪季家家產，說三小姐嫁不出去……」

所有人聽了這話，都變了臉色，饒是老夫人這樣的人，面色也微變了一下。

「小姐當時氣不過就用石頭砸了表少爺，誰想表少爺就罵了起來，罵了好多難聽的話。然後、然後三小姐說我家小姐是大夫人的養女，可是、可是表少爺還是罵人……」鈴蘭哭得厲害，卻也將事情講清楚了。

其實她講述這件事的時候，斷章取義了許多，你不能說她講得不對，可是她又恰好將該隱匿的隱了過去，將重點突出在其他的東西上，也變相地解釋了晚晴沒有開口的原因。自然是這樣的，自己嫡親的表哥罵自己嫁不出去，她如何開得了這個口，畢竟還是個未出閣的姑娘，更是解釋了英俊卿肩上的傷。

別人還未開口，一向溫和的二夫人眼睛彷彿淬了毒一樣地看向了英俊卿。「表公子說季家沒有男人？」

英俊卿瑟縮了一下，不過隨即不承認。「我沒有說過。」

「你有！」季晚晴終於開口，看向英俊卿的眼神也分外地冰冷。

「剛才鈴蘭說的那些，你都有說過。你敢發誓，她剛才說的那些你都沒有說過，沒有做過嗎？你敢嗎？你敢發毒誓嗎？」

季晚晴很少這麼咄咄逼人，如若細看之下，她還有幾分的顫抖，如若不是氣極，她又怎會如此。

啪！不待所有人反應，二夫人徑直走過去，狠狠地一巴掌打了下去。

英俊卿從來沒有想過，最是溫柔的二夫人竟然會有這樣的動作。

「我相公活得好好地，誰說季家沒有男人？」

這是二夫人不能觸碰的隱痛，二爺季致霖雖然是無知無覺，可是不管是老夫人還是二夫人，都是不斷地告訴自己，他是一定會醒過來，一定會好的，而今日英俊卿在背後說了這樣的話，二夫人不能承受。

大夫人的表情一樣是冷若冰霜，見二夫人動手，她則是直接抽出了腰間的鞭子。

遠遠地一下子揮了過去。

「啊……」

「二弟好好的，我的子魚也快樂成長，誰說季家沒有男人？誰敢說季家沒有男人？晚晴是我們所有人的掌上明珠，何時輪到你來置喙？」郡主出身，就是不同，大夫人宋氏才不管什麼面子不面子，直接揮鞭子。

「好了，可盈。」老夫人面色沒有什麼變化，可是熟知她的人都知道，她此時已經動怒。

「俊卿，有些事，姑母不想多說，你自己回去好好想想吧，以後沒有我的允許，我不希望在季家看見你。李總管，你親自送他回去，將這些事情告訴大哥、大嫂。」

「姑母，我真的是冤枉的，我……」

「出去。」

不過是兩個字，但看老夫人的眼神，英俊卿瑟縮一下，悶頭悶腦的跟著李總管出門。

屋裡的每個人都是義憤填膺，老夫人緩和情緒一番，開口。「你們都回去好好休息下吧，今日之事，休要再提了。」

說罷，老夫人又看齊放。「放兒，不管別人說什麼，我知道你是什麼樣的人，你大嫂、二嫂知道你是什麼樣的人，季家的每一個人都知道你是什麼樣的人，這樣就足矣。外人終究是外人。」

齊放表情有些動容。「老夫人，我知道了。您也歇著，我們先告退。」

眾人魚貫而出。

這麼看來，除了昏倒在內室的嬌嬌和外室的小丫鬟鈴蘭，竟是也沒有旁人了。

老夫人看一眼鈴蘭。「妳起來吧，回去把額頭包紮下，讓彩玉過來。」

「是，老夫人。」鈴蘭的頭剛剛使勁磕頭的時候有些擦傷。

「陳嬤嬤，扶我進去吧。」

待兩人進了內室。

老夫人並未避諱陳嬤嬤，開口。「起來吧。」

嬌嬌睜開眼睛，咬唇坐了起來。

嬌嬌是裝的，這點連陳嬤嬤都沒有想到。

看老夫人面無表情，嬌嬌抱膝坐在那裡。「對不起，我騙人了，我沒昏過去……」

老夫人見她這般模樣，並沒有責怪。「我並無責怪妳之意，妳既然如此，這定然是妳認為最好、最方便的做法，對嗎？」

「是。」嬌嬌點頭。

「能用合適的方法將事情引到最合理的方向，我並不覺得這有錯，妳無須道歉。平心而論，這也是我一瞬間能夠想到的最好方法，也許會有更好的方法，但是要在那麼短的時間想出來，也難。不管遇到什麼事，總是不會給你個三、五日想哪條路最好，以最快的時間想到最合適的方法，總體大方向沒有錯誤，就是好的。」老夫人肯定了嬌嬌的行為。

嬌嬌原本以為，老夫人會責怪她，可是竟然沒有，她不僅沒有責怪她，還告訴她這麼做是對的。人總是沒有足夠的時間去琢磨一件事的好壞，在有限的時間做當時認為是最好的決定，這點沒錯。

「祖母，謝謝您，謝謝您相信我。」嬌嬌摟住了老夫人的頸項。

老夫人露出笑容。「這孩子，妳要知道，不管什麼時候，不管什麼地方，祖母都是最懂妳的人。」說罷，老夫人將她拉開，對她眨了下眼。

嬌嬌笑了，淺淺的小梨渦若隱若現。

「我會努力的。」

兩人都沒有提當時發生的具體情況，老夫人不提，嬌嬌也不提，甚至老夫人都沒有責怪她對這件事的處理。陳嬤嬤見狀，似乎了然了幾分。

她是孩子，而且有些話不適合她說，恰到好處的昏倒，鈴蘭的喊冤，三小姐的確認，如果這一步步都是秀寧小姐算計好的……陳嬤嬤默然。

也許，季家會有第二次輝煌！

嬌嬌「清醒」後被送回了房間，看著包好傷口坐在那裡還有些發愣的鈴蘭，嬌嬌「咳嗽」了幾聲。

待她回神，嬌嬌開口。「彩玉、鈴蘭。」

「小姐有何吩咐？」

「妳們雖然年紀不大，但是都在季家待了許久，也明白季家的許多規矩。」

兩人不明白小姐要說啥，都認真聽著。

「既然妳們知道季家的許多規矩，就該知道，咱們三個是一體的，不管何時，都是一樣。」

「我們懂的。」兩人更是認真地點頭，這個道理在小姐還不懂的時候，她們就已經深深明瞭了。聽到小姐說起這個，兩人不知道小姐究竟想說什麼。

「我並不想多說什麼，我只希望妳們深深記住這個道理，我們三個人是同一條船上的。」嬌嬌不過是在確認，認真地確認一次。

兩人俱是跪下。「小姐，我們二人明白小姐話裡的意思，老夫人將我們撥給小姐差使那天，我們便是小姐身邊的人，就算將來小姐出嫁，我們都是一樣要作陪嫁丫鬟跟著小姐，不管小姐做什麼，不管小姐吩咐我們什麼，我們都明白，自己是誰的人。」

嬌嬌噗哧一聲笑了出來。「妳們好嚴肅，其實，我也不會吩咐妳們什麼啊！我所做的，都是對季家最好的，妳們只消明白三點：第一，我所做的，都是對季家最好的；第二，一榮俱榮，一損俱損；第三，我讓妳們做的，不可多言。這三點也都是我剛才說過的。」

嬌嬌雖笑著，但是眼睛卻是認真的。

鈴蘭似乎想到了剛才發生的事，忙不迭地點頭，彩玉也是如此。

「小姐放心，您說的這些道理，我們都懂，我們不會行差一步。」

「那好，彩玉，妳在季家的時間久，妳來告訴我，楚攸是什麼人？」嬌嬌定睛看著彩玉。能讓晚晴姑姑那般在意，必然不是一般人。彩玉原本是老夫人身邊的二等丫鬟，她總會知道一些。

彩玉怔住，隨即低語道：「楚攸？小姐怎會知道此人？」恍然想到今日發生的是非，彩玉有幾分明白，緩緩述說道——

「季英堂是老爺和老夫人創辦的，收留了很多孤兒，還找了當時已經有些聲名的薛大儒來為他們講課，據說大爺、二爺、小姐都是一起在季英堂學習的，當時男女同席，還被許多人詬病呢。不過後來薛先生被皇上看中，請到了京城為皇子上課，這是多大的榮耀，也正是因此，季英堂才逐漸地聲名顯赫。薛先生曾經在金鑾殿上說過，皇子資質，不如季英五子。這五人便是大爺、二爺、齊先生、已經過世的驕陽公主駙馬寧元浩，還有您所聽過的楚攸。」

雖然彩玉年紀不大，知曉的也不多，但是她自小在季家長大，還是知道一二的。

嬌嬌從她的話中挑到了幾分重點。「那他現在人呢？」

彩玉嘆息。「據說他現在已經是刑部左侍郎了。」

對於本朝的這些官階，嬌嬌並不太懂，不過這並不是重點。「那他與季家關係如何？」

彩玉猶豫了一下，不過終究還是開口。「不好！咱們家兩位公子是支持四王爺的，可是楚攸卻突然倒戈，支持了八王爺；還有就是，京城流傳甚廣，說駙馬爺是被楚攸一手害死的，咱們家的兩個公子甚至與楚攸割恩斷義了。」

嬌嬌皺眉。「倒是個養不熟的白眼狼的故事。」

嬌嬌將手放進茶碗，用手指沾水作畫，雖然畫得一般，但是倒也能看出是一條狼。

「小姐……」

「那今日的表少爺呢？」嬌嬌問道。

彩玉看一眼鈴蘭，鈴蘭撇嘴道：「表少爺是大舅爺家的公子，如果不是老夫人的幫襯，大舅爺和小舅爺是怎麼也不會到今日的。今日之事，他們太欺負人了，我看啊，他們就是欺負我們家沒有能作主的男人。」鈴蘭原本就是老宅這邊的小丫頭，自然是對這邊的事更懂些。

「好了，別胡說了，妳們下去吧。」嬌嬌抬頭，眼神清明。

「是！」

她們雖然也知曉自家的小姐機靈，但是現在她們看到的，是小姐更加不為人知的一面——冷靜、聰慧、沈著。不再多言，兩人連忙退下。

嬌嬌倚著軟榻，望著外面的樹枝出神。

有些話，彩玉怎麼都不敢說，可是嬌嬌卻是明白幾分。男女同席，所以晚晴姑姑喜歡楚攸。那麼楚攸呢？對晚晴姑姑又是怎樣的心思？這個朝代一般女子十五便議親，十六也有，但是大體到了十七、八歲已經算年紀大了。

成親要準備的可多，如若沒有一年，是怎麼都不可能成形，而晚晴姑姑現在還沒提這事，那料想一年之內不可能成親，對此，嬌嬌揣測，是不是她本身就在等那個楚攸？

還是說心傷難以修復？

雖然季家看起來人際簡單，大家也都好相處，但是現在看來，家家有本難唸的經，說不定這季家的秘密更多呢！

又想到了金鑾殿上說皇子不如季英五子的薛老先生，嬌嬌撇嘴，這人若不是成心害人便是智商極低，他這般說，皇上心裡怎麼可能滿意，還有那被批判的年輕氣盛的皇子。

嬌嬌想不通其中的彎彎曲曲，索性深吸口氣，放下心來，左右這些也不是她能干涉的，她不過還是個小女孩，還是做些孩子該做的事情才好。

想到這裡，嬌嬌面色緩和過來。

話說，今天那個英俊卿吃了虧大概不會善罷甘休吧！雖然沒有見到他挨揍，但是嬌嬌心情還是很愉悅的，就是不知道，這個壞傢伙還會不會做什麼其他的事情了。

「鈴蘭……」

「小姐可是有何吩咐？」

嬌嬌伸了個懶腰。「我想睡了。鈴蘭，有些人情世故我也不需要過多地叮囑妳，妳該明白的。」

鈴蘭認真點頭。「奴婢曉得的。」

這個時候的鈴蘭已經隱隱有了幾分的明白，自家小姐絕對不是看起來那般和氣單純，沒有心機……

第九章

清晨空氣清新。

嬌嬌進門請安，恭敬地福了一福。

「妳這丫頭，每日都這般早。」老夫人笑著拉她坐到身邊。

「祖母起得也很早啊，早睡早起身體好。」嬌嬌笑咪咪應道。

恰在這時，二房的三位小姐一同過來請安。

三個姑娘齊齊開口。「祖母早安！」

老夫人笑得和藹，指點三人坐下。

嬌嬌謙遜地開口。「秀寧見過大姊姊、二姊姊、小妹。」

「秀寧妹妹早。」秀雅溫和地開口。

秀雅今年九歲，比之秀慧的冷淡高傲、秀美的稚氣可愛，她如今正是小小少女的感覺。一身鵝黃色的裙裝、碧玉朱釵、楊柳細眉，整個人十分神似二夫人，如若是二夫人小的時候，大概便也是這個樣子的吧。

老夫人端詳著四個女孩，看了許久，言道：「我們季家的四個女孩果然都是精緻俏麗，妳們大家和和氣氣的，便是祖母最大的福氣。」

「祖母莫要憂心，我們一定都會好好地相互友愛。」仍是秀雅開口，另外幾個小丫頭也忙不迭地點頭。

老夫人笑著點頭。

「秀寧。」

「祖母可是有何吩咐？」嬌嬌連忙抬頭。

老夫人摸了她的頭一下，又看身邊另外幾個孩子，言道：「昨天我和妳們齊先生商量過了。從明日起，秀寧調到下午時段，和秀雅、秀慧一同學習。」

見幾個孩子無一例外地張大了嘴不解的樣子，她繼續道：「秀寧，許是剛開始學的時候比較艱難，但是祖母相信勤能補拙，妳會努力的，對嗎？」

嬌嬌連忙起身，微微一福。「秀寧一定會努力的。」

老夫人讚道：「嗯，祖母相信妳。秀雅、秀慧，妳們兩個做姊姊的也要多幫襯些妹妹，當初秀寧剛與子魚、秀美一同學習之時，兩個小不點兒可沒少幫助她，妳們做姊姊的，更是不能輸給了弟妹。」

「我們知道了。」

「祖母，秀美也想和姊姊一起學習。」聽到老夫人這般說，氣鼓鼓嘟著嘴的秀美小包子也開口，她也要和姊姊一起。

老夫人笑。「妳這孩子，妳與秀寧如何一樣呢？妳年紀小，和子魚一起跟著齊先生好好學習。妳秀寧姊姊已經七歲了，和你們一起學習不合適。」

老夫人這番話說得極有技巧，她只提到了年紀，卻不提其他，倒是讓幾個姑娘心情略好了些。

嬌嬌看秀慧直愣愣地看她，靦覥地笑。「秀寧資質愚笨，少不了還要麻煩兩位姊姊，姊姊可是莫要嫌棄妹妹煩。」

「妹妹說的這是什麼話，我們都是一家人，能幫妳的，我們自然會義不容辭！祖母，您看秀寧，可是要好好教育她一番，哪有說自己愚笨的，我倒是覺得，秀寧妹妹聰慧得不得了呢！」秀雅打趣般言道。

老夫人什麼也沒說，只是笑。

待子魚知道嬌嬌要與大姊姊她們一同學習時有些失落，他自是喜歡和嬌嬌在一起的。

「我喜歡和姊姊一起上課，不要讓姊姊去和大姊姊她們一起啦。」他嘟囔著。

彼時大夫人也在。「子魚乖，秀寧姊姊學好了，以後也可以教子魚啊。」

「可是我都會啊，我不需要別人教啊。噢！我有辦法啦，我也什麼都會，我是不是也可以和大姊姊、二姊姊一起學習呢？」他興奮地仰著臉，眼睛裡亮晶晶的。

大夫人看向了老夫人，老夫人失笑。

「你這孩子，想什麼呢！你和秀美都乖乖地繼續在上午跟著齊先生好好學習，不是說會不會，只是你秀寧姊姊的年紀不適合和你們兩個小不點兒一起學了，聽話。」

大家都知道老夫人的性子，看似最是溫柔大氣的一個人，可是就是這樣一個人，卻是季家的掌權人，她已經做出的決定，別人很難讓她改變。

子魚自然是不敢違背祖母的，窩進她的懷裡嘟囔。「那以後我們長高、長大了，是不是就可以和姊姊一起了？」

「嗯。」

聽到孩子如此稚氣的話，大家都笑了出來。

嬌嬌在眾人眼中就像是一個透明人，在角落裡乖乖巧巧地站著，也不多言，偶爾說個一、兩句也是謙遜有加。

「老夫人、大夫人，幾位小少爺、小小姐，可以用早膳了。」陳嬤嬤說道。

嬌嬌略看了一眼，發現今早的早膳缺了兩個人，二夫人及三小姐，不過又看老夫人並不在意的模樣，知曉這必然是知會過了，不然斷不會如此。

「稍後秀寧下了學堂來祖母這邊，陳嬤嬤會仔細交代與妳，妳的課程既然調成了與秀雅、秀慧一樣的時段，那麼其他課程也該適當調整。」

「我知道了。」小小少女規規矩矩地答道。察覺到背後有人看她，嬌嬌回頭，見看她的人正是二小姐秀慧，便露出一抹羞澀的笑容。

出乎意料之外，秀慧柳葉眉一挑，別開了臉蛋。

靜謐的室內。

二夫人細心地為躺在床榻上無知無識的男子擦拭，待周身都打理妥當，她接過丫鬟手中的帕子，拭了拭額上的汗珠。

「夫人，三位小姐過來了。」

「讓她們幾個進來吧。」二夫人隨手將帕子遞給丫鬟，略整理了下頭髮。

秀雅、秀慧、秀美齊齊微福。「女兒見過母親。」

「今日下學倒早。」二夫人端坐在床榻邊的高椅上，看自己的三個女兒。

「嗯，今天早了一刻鐘，季英堂那邊有事。父親今日可有好些？」秀雅回道。

二夫人面上顯出幾分的柔情。「還是如往昔一般，不過母親不是和妳們說過了嗎？每天都要過來將每日做的事講給妳爹聽，他什麼都知道的，時間久了，他就會醒過來。」

「我們知道。」

一場意外造成了這個局面，二夫人很痛心，可是她還是感謝上蒼，感謝上蒼留了致霖一條命。相比於大房的孤兒寡母，她覺得自己最起碼還是有個牽絆的。

「妳們幾個要努力用功才是，今兒老夫人已經知會過我了，說是讓秀寧也和妳們一同學習，她一個沒有基礎的孩子都能做到這般，母親相信，妳們該是更加優秀才是。」

「母親，我們會努力的。」

「母親自然是相信妳們會努力，但是付出一分的努力和十分的努力又哪裡相同？母親要的，是妳們付出十分的努力，成為季家的驕傲。秀雅、秀慧，妳們比秀寧年長，今日妳祖母這麼重視秀寧，是看中她小小年紀處事處變不驚，妳們是季家嫡出的小姐，更是不能落於人後。」二夫人教導自己的幾個女兒。

三人俱是點頭。

「妳們三人，秀慧資質最好，可秀慧，娘親還是要叮囑與妳，要強能幹皆是好的，可女兒家的那些嬌柔，妳也不可全然不顧。娘親看到今日的秀慧，便想到了十幾年前的晚晴，都說……唉，我與妳們幾個孩子說這個作甚，總之妳記得娘親的話便好。」薛氏既希望自己的女兒能夠成為季家的驕傲，優秀出色，又希望自己女兒能顯露出嬌羞小女兒家的一面，說到後來，她竟是自己也笑了起來，凡事皆是如此，哪能事事如意？

不過提到晚晴姑姑，秀雅猶豫了一下，開口。「母親，有一件事，女兒、女兒想徵求母親的意見。」

「何事？」薛氏看大女兒語帶糾結，問道。

「我、我不想和姑姑繼續學琴了。」秀雅說完，扯了扯衣角，心裡有幾分忐忑。

果不其然，二夫人薛氏面色一下子便凝重起來，仔細端詳秀雅，許久，她雖口氣未變，但是也能聽出幾分不滿意。

「為何？當初妳沒有選擇放棄任何一項，如今卻要放棄？」

秀雅到底是個九歲的孩子，她強撐著將自己的心思說了出來，看母親似有不願，更是多了幾分的忐忑，不過饒是如此，她仍舊是將自己不想學的原因說了出來。

「母親，我琴藝一般，又不是頂喜歡，原本學著就是為了錦上添花。當初以為自己時間夠用，多學一些總是好的，可是如今年紀漸大，有些力不從心；更何況，我更是喜愛學習那些持家之道，所以這才斗膽與母親提起此事。」

二夫人眯眼看了秀雅好一會兒，問道：「妳是覺得，母親太累，想為我分憂？」

秀雅被人說中心事，小臉一紅。

可不正是如此。她只希望，能夠快些上手這些持家之道，這樣也能為母親分憂一些，雖然這家裡女眷多，可除了祖母，便只有她們母親終日忙碌。

大伯母身分高貴，對那些人情往來、管家算帳一竅不通，姑姑被嬌養大，每日冷若冰霜，只會撫琴傷秋；也只有她們母親，每日除了照顧患病在床的父親，還要操持府裡一大堆的活計。

二夫人摸了摸自己女兒的頭，勸道：「秀雅，妳雖然才九歲，但是也是到了該學學這個的時候了，母親很欣慰妳有這分心思，但是切莫因小失大，母親不管如何忙碌，總是遊刃有餘的，而且很多事，妳不懂。」

「母親，秀雅從來不覺得哪邊是大，哪邊是小，只是我確實是對彈琴不太喜歡，母親且讓我學管家吧……」

「妳這丫頭，且不說我這邊同意與否，單說妳祖母那邊，妳就能說得過去？」二夫人其實也想過了，如若是真的喜愛管家，那麼早些接觸，對一個女孩兒來說不見得是一件壞事。她與母親想法有些不同，母親向來便說男女平等，男子能做的事女子也是一樣，對幾個孩子的教養也沒有分出個彼此；可是現在就她來看，她是怎麼都不希望自己的女兒如同小姑子晚晴一般的。女兒家多學學如何持家，找一門好的夫家，這才是正經的。

「如若母親同意，我自己去與祖母說。」秀雅看薛氏的表情有些鬆動，也將手舒展開來。

薛氏笑著點了點她的頭。「好好好，我同意。不過這事妳去說並不妥當，交予娘親來吧。真是娘親的貼心小棉襖，竟是知道心疼人了。」

薛氏笑著笑著竟是落下了一滴淚，她轉身抹掉，看床上昏迷不醒的相公。「致霖？你可知道，我們的秀雅會心疼我了呢！」

「母親……」三個姑娘都圍在了二夫人薛氏的身邊。

「母親，我也會乖乖的……」秀美摟住薛氏的脖子。

「妳們都是我的好孩子，過幾日便是妳們祖母的壽辰，雖咱們並不打算辦大，但是地方上總是難免有些人要過來的，屆時秀雅妳便跟著我多學習幾分；倒是也不須妳幹什麼，妳只要細細觀察便是。」

「好！」秀雅認真點頭。

見她如此，二夫人欣慰地笑。

時光飛逝，這大壽的日子轉眼便已到來。

彩玉邊為自家小姐梳頭邊感慨。「小姐眉眼秀麗，真是個出色的美人兒，待他日年紀稍長，想來會更加出色。」

嬌嬌回頭。「妳最會誇獎人了。」

「彩玉姊說的都是實話啊，我也覺得咱們小姐長得好看。」

嬌嬌噗哧一聲笑了出來。「妳們兩個啊，出去可別胡說。」

「奴婢自然曉得。」

「行了，已經很好看了，彩玉妳不用繼續梳啦。」嬌嬌看著鏡中的自己，倒是個喜氣的洋娃娃的樣子，如果再肉一點，那就更像了。

「小姐，您看您穿哪件比較好？不如穿這件玫紅的？您膚色白皙，穿這件一定好看，定然能襯得您水靈靈的。」鈴蘭將幾套衣服拿出來供嬌嬌挑選。

嬌嬌瞄了一眼，搖頭。「那件淡黃色的吧。」

呃？鈴蘭不解，這幾件，單是這件淡黃的最為淡色，還想說什麼，就聽彩玉開口——

「鈴蘭，聽小姐的。」大爺剛剛過世，即便這是喜慶的事，可終究也要避諱一些，小姐的顧忌不無道理，如若今日小姐打扮得花枝招展，怕是他日就要傳出什麼不好的閒話。

鈴蘭從小姐和彩玉的表情中恍然明白了其中的道理，吐了下舌頭，連忙將其餘的衣裙放了回去。

嬌嬌容貌出色，淡黃的衣裙更襯得她整個人給人一種恬淡的感覺。

今日是老夫人的壽辰，嬌嬌收拾妥當便前往大夫人那邊。

「秀寧見過母親。」嬌嬌請安。

宋氏上下打量嬌嬌，之後點頭。「今日妳與子魚一起，我那邊有許多事情要忙，妳多照看他些。」

子魚笑咪咪地看著嬌嬌。「姊姊，我們一起吧，我牽著妳，這樣妳就不會走丟。」

嬌嬌失笑。「好啊，那子魚可要保護著點姊姊。」

「那是自然。」

這季家雖然是出了事情，可終究也是名門大戶，季英堂又在江寧赫赫有名，不少達官貴人都前來祝賀，嬌嬌與子魚規規矩矩地跟在大夫人身後。其實不少人都聽說了大夫人認了一個養女的事，但是若說真的瞧見，倒是沒有幾人見過。

饒是如此，英家那邊倒是對這個女孩子多有不喜。自然是的，誰都曉得前些日子英俊卿的事，自家人向著自家人，他們當然是看不上這個小孤女，心機深沈的小孤女怎麼能和他們自家人相比？

季家這邊的長輩倒是見過嬌嬌的，當日嬌嬌拜了家裡的列祖列宗，他們作為長輩都在場。其實如若是心裡有數的人也該明白，宋氏是安親王府郡主，她便是嫁給了季家，也還有著郡主的身分，是他們這些人無論如何都得罪不起的。至於說小孤女，既然祥安郡主願意養著，左右又不花他們的銀子，另一方面看，一個女孩子，能花什麼銀錢。基於這一點，季家這邊倒是對嬌嬌沒有那麼大的敵意，說不定，頂著祥安郡主養女名義嫁出去的小孤女，還能為他們季家多撐起一條路。

宋氏本就性子冷淡，雖然頂著長房長媳的名兒，可到底是新喪，整個人穿得極為素淨，臉色也冷淡，大抵因著身分的關係，她並不十分熱絡招待眾人，相比之下，二夫人薛氏和季英堂的主事齊放倒是更顯熱絡許多。

嬌嬌跟著大夫人，見人就乖巧問好，至於旁的，她倒是也不多說，只乖巧地拉著子魚的手。

「呦，這便是表弟妹家新認的丫頭吧？」有時候妳乖巧懂事，可不代表別人不找妳麻煩。尖銳的女聲響起，丹鳳眼挑起，有些挑剔地打量嬌嬌。

宴席是辦在園子裡，自然是人多，旁人也沒有注意這邊。

「大表嫂。」宋氏聲音略冷淡。她自成親以來也只不過和相公回過一次江寧，能認出人來已是不錯，自然是不會有多熱絡。

「表弟妹，妳瞧瞧哦，前些時日我便是想著過來看看妳們，可是姑母那人偏是說剛搬回來有些事情需要打理休整，硬是謝絕了任何人探訪，這要不是大壽，我們還不得相見呢？」大表嫂是英家大舅舅的大兒媳王氏，正是先前惹事的英俊卿的大嫂。

宋氏表情冷淡。「秀寧、子魚，和大表舅母問好。」

「舅母好。」兩人清脆叫人。

王氏勾著笑臉，實際上是假惺惺。「好好，這就是子魚吧，長得真像遠哥兒小時候呢。長大了必然是個俊俏的佳公子。」誇獎完子魚，王氏只掃了嬌嬌一下便別開了眼。「表弟妹，表嫂這人最是直腸子，就是容不得沙子，雖然表弟去了，妳傷心，但是這來路不明的野丫頭，還是莫要太過信任才好吧，更何況是將她認為義女，登堂入室，這天底下啊，哪有這樣的好事。」

嬌嬌將頭垂得低低的，這傢伙是哪兒冒出來的，找死嗎？真心是把自己當盤菜了啊，雖然嬌嬌與宋氏並不十分親熱，每日也不過是請安用膳才相見，交流不多，但是嬌嬌也能分析出幾分宋氏的性子。自小嬌養大的姑娘，不顧父母的反對嫁給季致遠，夫妻和睦，老夫人又是良善待人的，她自是驕縱慣了。妳一個外人，在她面前說這樣的話，不是觸她霉頭一樣嗎？

嬌嬌扯了扯衣角，並不說話。

「大表嫂未免管得太多了，還是說，英俊卿回去沒將話說明白？」宋氏勾起嘴角，微微冷笑。

如若是一般人，見宋氏如此大抵也該明白人家的態度，偏王氏不是個靈透的，還想著，自己是表嫂，輩分總是高一些，便言道：「說起二叔這事，表弟妹可真是冤枉二叔了啊。咱們是嫡親的一家人，她是誰，一個不知出處的野丫頭罷了；便是那丫鬟，也是她的，怎麼的就能說什麼是什麼了，可憐俊卿回去之後竟是鬱結於胸，病了好久，他也是冤枉啊！」

「晚晴說的，還能有假？」

王氏神神秘秘道：「表弟妹，有些話，按理是不該我這表嫂來說的，但是想來妳也是該看明白了，這晚晴哪裡靠譜？說不定啊，她便是心心念念地向著那齊放呢！如今子魚還小，家裡沒有個男人，少不得需要男人在外操持，他齊放圖了什麼？指不定便是季家的家產啊。之前那楚攸都能翻臉無情，齊放未必不會啊！女大不中留，說不定便是晚晴聽到俊卿說出了實情，惱羞成怒罷了。」

宋氏一句話也不說，只是看她。

王氏以為自己說中了宋氏的心裡話，完全不顧兩個孩子還有一干的隨從，再接再厲。「表弟妹還是要早做籌謀才好啊！就是那季英堂，一年需要消耗多少的銀兩都未可知，養了那麼多人，又有多少是離了季家便翻臉不認人之輩？倒是不如早早解散。」

「夠了。」宋氏聲音略大。「季英堂如何，倒是不用妳一個外人來操心，妳是存著真心還是假意，妳自己最清楚，便是季家的銀錢省下來，也與妳英家無甚關係。我季家有沒有男人，更是不勞你們置喙。季英堂對於季家每一個人，對於致遠的重要，都是妳這種只認錢的人所不明白的；晚晴好與不好、秀寧好與不好，這些更是輪不到妳一個表嫂過來過問。」

宋氏本就豔麗，語氣又如此激烈，整個人倒像是一團火般。

聽到這邊的爭吵，許是之前不知道王氏說了什麼，但是看大夫人宋氏如此激烈的措辭，大家也可以揣測出幾分。

「表、表弟妹這話說的，我、我也是好心不是？再說了，我是妳表嫂，妳如此這般，未免太過沒有禮貌……」王氏聲音弱了下來。

宋氏冷笑。「表嫂？表嫂是什麼？表嫂便可以隨便地編排我的家人，質疑我全家的心血？說句不好聽的，你們這些人，有幾個不是仰仗我季家生活，難不成胃口漸大？今日也不怕母親不高興，我把話撂在這兒，誰敢打季家的主意，誰對季家有意見，我宋氏便是死了，也不會讓他好過。萬般不濟，我還是安親王府祥安郡主。」

宋氏此言一出，眾人鴉雀無聲。

她這話說得對，不管如何，她還是祥安郡主。

再想到聞名京城的小霸王世子，眾人默然，這姊弟總不至於相差太多。弟弟胡混縱橫京城，姊姊又哪裡會是善茬兒。雖然她嫁與了遠哥兒，可是說到底，致遠已經不在了，人家身分在那兒，完全不顧及他們，也是……有可能的。

伏。

「這邊出了什麼事，怎麼大家都不坐？」老夫人適時地出現，一時間道賀的聲音此起彼伏。

「祝老夫人福如東海，壽比南山。」

「年年有今日、歲歲有今朝……」

看著再次熱鬧起來的人群，嬌嬌猛地回頭，望向了不遠處的齊放，竟然見他略勾著嘴角，似有幾分笑意。

她當下便警覺起來，擰眉。

嬌嬌不明白，齊放為什麼笑，為什麼會在這個時候笑，他真的沒有問題嗎？

王氏他們懷疑的，有沒有依據？人是最善於偽裝的，就像是剛才還劍拔弩張的情形，因著老夫人的到來恢復了熱熱鬧鬧。

「姊姊，怎麼了？妳不高興了？」子魚雖然還是個小孩子，但是他也能聽出話裡的好壞，特別是經歷了那次綁架，他其實改變了許多。他知道，剛才那個大表舅母不喜歡姊姊，他甚至感覺得到，很多人都不喜歡姊姊。

「我沒有不高興。」嬌嬌語氣淡淡的，露出笑臉。

子魚拉扯她的衣角，嬌嬌略傾身。

「難看死了，姊姊不高興了，姊姊高興的時候笑，這裡會有小坑坑。」子魚戳了一下嬌嬌的臉蛋。

呃？有嗎？嬌嬌仔細想，這孩子要不要觀察得那麼仔細啊！還有，那是梨渦，嗚嗚！不是坑坑啊！

「姊姊不要因為大表舅母不高興，我娘會罵她的。娘沒有不喜歡妳，祖母沒有不喜歡妳，子魚也沒有不喜歡妳，我們這些人都沒有不喜歡妳。」子魚試圖表達清楚自己的感情。

嬌嬌看他努力想安慰自己，真誠地笑。「我知道的，子魚，我真的沒有因為她不高興，你相信姊姊好不好？」

「可她罵妳了。」

嬌嬌繼續笑，不過說出的話卻不那麼友善了。「罵我又怎麼樣呢？狗咬了我一口，我總不能也去咬牠一口吧？記住，我們是人。」

「噗！」子魚笑了出來。「姊姊說得對。」

「那就是了。」

兩人正在說話，就見門房慌張地跑了進來，嬌嬌趕緊拉子魚站在一邊。

就見門房小哥神情緊張地到齊放身邊說了什麼，他竟是呆住了，隨即快步走向了老夫人。

「姊姊……」子魚拉扯嬌嬌的衣袖。

「子魚聽話，我們要乖乖的。」

「嗯。」

老夫人竟然也皺眉，不過隨即又舒展開來。「既然來了，便請人進來吧，將人拒之門外也不是我們季家的作風。」

能讓老夫人如此重視，嬌嬌倒是有些好奇起來，不過她心裡隱隱有一種感覺，這人並非受歡迎之人，不然也不會如此。

許是老夫人與齊放的異常，眾人也感受到幾分的不妥當。

門口大大的唱聲響起——

「刑部左侍郎楚攸恭賀老夫人福如東海、壽比南山……」

嬌嬌立時覺得果真如此。

倒真是個敏感的人物。不過對此人，她也是有幾分好奇的。

遠遠看著男子走近，嬌嬌細細打量，一身青色官服，二十來歲，高大修長、美如冠玉的男子隨著小廝踏進園子。端看這男子的長相，女子尚且不及，就見他抿嘴一笑，嬌嬌感慨，當真稱得上是豔若桃李。只是，這人，便是楚攸？

園子裡因為他的到來，再次陷入一片寂靜。

第十章

「老夫人，楚攸祝您身體健康、長命百歲。」楚攸單膝跪下。

楚攸身著官服，如若正式跪拜，怕是也要招惹大事，如今這樣的行為已是特殊。

「難得左侍郎有這分心，快請起。齊放，為左侍郎安排位子。」老夫人面上掛著笑，不過卻也客氣得緊。

「大家也入席吧。」

在場江寧人士誰人不知，老夫人相當於楚攸的養母，倒是不想，今日竟是如此。再想那些有關楚攸的傳言，眾人皆是瑟縮一下。

「老夫人客氣了。楚攸近期在江南辦案，想到近日正是老夫人的壽辰，便想著過來賀壽，總算是趕上了。」楚攸這一笑，更是讓大家心驚膽寒。

子魚拉著嬌嬌的衣袖，往後退了一下。

嬌嬌拍了拍子魚的手安撫。「沒事，姊姊在。」

她聲音極小，不過楚攸的目光還是看了過來，嬌嬌的眼神與他對視，見他那雙桃花眼看她，不禁將頭低下。

「這便是致遠哥家的子魚吧？都長這麼大了。這是？秀慧還是秀雅？許多年不見，竟是分不清了。」楚攸面上一直帶著笑容。

老夫人也是面上掛著笑，但是卻看不出其中有幾分真心。「這是秀寧，是你致遠哥的養女。」

就見楚攸挑眉，似乎是來了幾分興致。「致遠哥的養女？大家同居京城，我竟是不知呢。難不成秀寧是來江寧才認下的？來，過來，讓叔叔看看。」

汗！不知怎的，嬌嬌竟是有了幾分怪叔叔的感覺。

她看向了老夫人，見老夫人點頭，乖巧地走到楚攸身邊微微一福。「秀寧見過楚大人。」

楚攸饒有興致。「秀寧？當真是人如其名，秀麗安寧。真是個有福氣的小姑娘呢，能讓老夫人看中，能讓咱們祥安郡主看中，倒是不知有什麼不同。」說罷，楚攸看向了大夫人宋氏。

嬌嬌眼光的餘角瞄過去，竟見宋氏臉色蒼白，似乎有幾分怕楚攸，嬌嬌壓下心裡的不解，規矩答道：「祖母和母親菩薩心腸，是秀寧前世修來的福氣，能夠遇到季家。」

「哈哈哈……秀寧，妳多大了？」

「秀寧年七歲。」

嬌嬌心裡的不解更加擴大，楚攸問這些已經有些逾矩了啊。為什麼沒有人阻止他呢？別人不阻止是正常的，但是老夫人呢？

「七歲。」楚攸笑著望向了老夫人。「老夫人，楚攸剛來季英堂的時候，比她還小呢！」

老夫人點頭。「是啊！不想一晃眼這麼多年就過去了。」

「楚大人還請這邊坐。」齊放客氣地開口。

也算是為嬌嬌解圍，她依舊是福在那裡，楚攸看她一眼，笑著點頭。「好啊。對了，秀寧小姪女，快起來吧，真是個好福氣的小姑娘。」

偏他說這話的時候，嬌嬌竟然有一種被蛇盯上的感覺，渾身發涼。

嬌嬌起身之後連忙退到了後面。

「齊放，我們好幾年沒見了吧？」楚攸似乎主導了現場的氛圍。

「自前年京城一別，我們再無相見。」如若細細觀察，齊放表情與往日也有幾分不同。

楚攸笑著看老夫人。「那更要感謝老夫人今年的壽辰了，能讓我們有這樣一個機會相見。」

幾人坐在主桌敘話，嬌嬌與晚晴一桌，見她有些呆滯，嬌嬌似乎瞭解了幾分。不得不說，楚攸的到來，讓原本還虛張聲勢的熱絡一下子弄得寂靜起來。

「呃……」晚晴有些漫不經心，一不小心將杯子弄倒。

「彩虹，伺候妳家小姐回去換件衣服。彩茹，妳也跟著，今日園子裡吵雜，妳們服侍好三小姐。」二夫人安排兩個人都跟著，話裡的意思也是提點。

「是，奴婢曉得了。」

嬌嬌偷偷用眼角的餘光看楚攸，見他絲毫沒有在意這邊，似乎晚晴的失態與他一絲關係也無，倒是齊放明顯地看了過來。不過這個時候嬌嬌對這個傢伙也是有幾分懷疑態度的。

也不怪嬌嬌如此，穿越之前，嬌嬌是警校畢業的，通常從事這一行的都有一個顯著的特點，以懷疑的眼光看待一切事物。

看完了這兩枚，她的視線又游移到英家那邊，今日英俊卿也到了，這是必然，不管怎麼說，老夫人都是他的姑母。見英俊卿似乎說了什麼站起來，嬌嬌想了一下，和身邊的子魚嘀咕了兩句。

就見子魚蹬跳著跑到了大夫人身邊，與她耳語。

大夫人一聽，站了起來，也往後院而去。

嬌嬌放下心來，認真吃菜。

沒過一會兒，就見大夫人與晚晴臉色不太好的歸來，不過倒是沒有什麼其他的事發生。

嬌嬌臉色有些尷尬，低低地告罪。「母親，秀寧、秀寧要去方便一下。」

大夫人宋氏點頭。

嬌嬌連忙帶著彩玉離開，呿，吃得多就想上廁所，唉！

待方便出來，嬌嬌伸了一個懶腰。

「彩玉，我們回去吧。」

「是，小姐。」

今日可不能行差一步，至於逛花園、躲清閒什麼的穿越小說必備情節，嬌嬌統統不打算做，誰知道會碰到什麼事！她還是乖巧的當好季家小三小姐，可不想摻和那許多。

不過有些事情，老天偏是不會如你的意。嬌嬌看著直直杵擋在大路中間的兩個大男人，無奈扶額。

如果可以形容，這大概就是兩人氣場的廝殺了，當然，如果被現代的眾多腐女看到，大概會意淫出許多故事版本。可這個時候嬌嬌偏是不這麼想，她心裡鬱悶，不過仍是上前打招呼。

「秀寧見過楚大人、齊先生。」你們擋在這裡究竟是為哪般，為哪般！

楚攸挑起一抹笑。「呦，這不是我的小姪女嗎？齊先生？怎麼，秀寧也是跟著齊放學習？」

嬌嬌縱然心裡不斷腹誹，仍是答道：「正是。」

楚攸聽了嬌嬌的話不置可否。「齊放，你教出來的學生都是如你自己一般溫吞？你也不怕誤人子弟，許是人家本有十分的心思，讓你一教，倒是耽誤了這番天賦。」

齊放表情木然。「人各有志。」

嬌嬌瞄著這兩人之間濃濃的火藥味，再看兩人選的這個地點，還真是「好地方」啊，周圍四通八達，只要有人過來，便輕易可見。自然，這也要歸功於之前老夫人的設計。

「秀寧，妳先回去吧。」齊放開口。

嬌嬌微微一笑，告退。

這些亂七八糟的事，她本就不欲多摻和，作為一個七歲的小蘿莉，她表示，自己操不了那分心，可即便是如此想，嬌嬌還是將耳朵豎得高高的。

果然是既怕事，又好奇心重的傢伙！

見嬌嬌漸行漸遠，楚攸收回了自己的視線。

「你倒是好心性，甘願留在這裡。」

齊放認真看他，道：「如若人人都和你一般離開，那麼季英堂誰來管？每個人的要求不一樣，我需要的，只是安穩的日子和值得等待的人。楚攸，你得到了許多，也許這些對你來說很重要，可這不是我想要的，我一直都不明白，為什麼我們大家會走到今日這個局面？」

「道不同，不相為謀。」楚攸看齊放，似乎也有了幾分惆悵，然這思緒不過一閃而過便被其他的東西所取代。

「我不想知道那些誰是誰非，支持哪個皇子這些事我更是不該過問，但是楚攸，我們是兄弟，我們是自小一起長大的，你能不能告訴我，究竟是為了什麼？元浩到底是怎麼死的？大哥、二哥的事，究竟和你有沒有關係？」齊放問出這話的時候已然顫抖。

楚攸挑眉，表情諱莫如深。「是與不是，日後自然會有一個決斷，今日不管我說什麼，又有什麼意思呢。」

「你說，我便信。不管你今日變成這樣是為什麼，我都記得我們從小一起長大的情誼。楚攸，究竟，與你有關嗎？」齊放性子溫和，鮮少這麼咄咄逼人地問，可是今日他偏是需要一個結果，一個對他們所有人都至關重要的結果。

即便如此，楚攸卻只一笑，繞過他逕自往裡走去。

「楚攸！」

待重新入席，楚攸順著眼角的餘光望向了嬌嬌，見她心思也放在這邊，莞爾一笑。他這一笑，當真是蓬蓽生輝。

「老夫人，楚攸這次匆忙來到江寧，恍然想到了年幼之時季英堂的諸多時光，也想到了當初住在這老宅的日子，感慨良多。」

老夫人自然是知曉他話中的意思，雖不知為何，但是老夫人卻也有自己的心思。

「許是年紀大了，我倒是不太願意想那些年輕之時的事，我更喜看著幾個孩子健康茁壯地成長。」老夫人顧左右而言他。

「人常說年紀大了便願意想起年輕之時的事，老夫人倒是一貫的與眾不同。」楚攸將自己的杯子斟滿，將杯子抬起。「老夫人，楚攸敬您一杯。」

老夫人回敬。「楚大人客氣了。」

看著今日這般的楚攸，老夫人的思緒恍然就回到了十幾年前，那個風雪交加的深夜，蜷縮在門邊小小的身影，那倔強卻又堅定的楚攸，那個一言不發警戒地看著她的楚攸。

今時今日，這個滿臉笑意，客氣有加的楚攸早已蛻變成了另外一個人。

一飲而盡。

「老夫人，楚攸有個不情之請，這次來江寧，除了為老夫人賀壽，還有一件公務在身，想是需要待上些時日，不知可否在府上借住幾日？」

此言一出，眾人皆是看了過來。

老夫人無奈地笑。「楚大人想來也知道，我們季家皆是一干女眷，楚大人一介男子，住在這裡，怕是不太合適吧？」

同在一桌的楊知府連忙打圓場開口。「如不嫌棄，還望楚大人光臨寒舍，既然是公務，想來這也更加方便幾分。」

不過楚攸倒是不領情。「我既然出自季英堂，便相當於季家的一分子，既然回了江寧，哪有不住在自己家裡的道理？」楚攸加重了「家裡」兩字的音。

老夫人抬眼看楚攸。「楚大人過謙了。老身成立季英堂從來不是為了他日這些孩子飛黃騰達借助什麼，只希望給孩子們一個可以棲身的地方，既然楚大人自認為是季家的一分子，那老身這時再推託倒也顯得不近情理。」

「多謝老夫人。」

「既然大家都在，老身也希望楚大人明白，我們季家現在已經只剩下老弱婦孺了，只希望，楚大人的公事不要過多地影響我們內宅婦人的生活。咱們女人家，本就與男人想的不同，也不過是盼望安安穩穩的生活。」老夫人嘆息，望向了幾個孩子。

不少婦人皆是有感觸地點頭。

楚攸言道：「這是自然，不管如何，我都不會害季家。季家養育我長大，我若是如此，倒是不配為人了。」

在場之人莫不是達官顯貴，即便不是，也是當地名戶商賈，誰人沒聽過楚攸這人。

這朝裡多少人的死或多或少都與這位刑部左侍郎牽扯上些關係，就連……就連季家的兩位公子出事，京裡又有不少的消息暗指其是幕後真兇。看他面上如此，再想他那些心狠手辣的做法，眾人莫不提起精神。

想來除了不知事的孩童，旁人這頓飯都吃得極為痛苦，不知滋味。

秀雅是真的打算好好學著這些，一直都是跟著二夫人的，秀慧帶著秀美，嬌嬌帶著子魚，見眾人撤席便也悄然地先行退下。

嬌嬌帶著子魚回到自己的住所，又安排了鈴蘭為其擦臉。

子魚坐在榻邊，雙腳晃來晃去，眉頭皺得緊緊的。

嬌嬌看他這樣便曉得他是有心事的，不過她並沒有問，只又吩咐鈴蘭上些小吃食，子魚剛用膳時吃得並不多，小孩子總是很容易餓的。

今日的壽宴雖然是辦得極為成功，但是因著楚攸的到來，這事情顯得有幾分偏向詭異。

想到這裡，原本就是小警員出身的嬌嬌胡思亂想起來，嗟，警校畢業綜合症啊！

「秀寧小姐，秀慧小姐和秀美小姐過來了。」彩玉低聲道。

「二姊姊和小妹過來了？快請進。」嬌嬌拉回思緒。

兩個粉裝玉琢的小丫頭進門。

幾人互相見了禮，嬌嬌忙命丫鬟上茶。

秀慧拉著秀美坐下，打量了一下嬌嬌這裡，這是她們倆第一次來。這屋子無甚特別，與她們的屋子在擺設上更是差了不止一點，簡單得緊。

秀慧皺眉。「是有人苛待妳嗎？」聲音雖然冷冷的，但是問出的話倒是讓嬌嬌笑了出來。

「這裡一點都不好看，也沒有什麼。」秀美補充道。

說起來，嬌嬌這裡確實是擺設簡單，她並不喜歡太過複雜的家具，空出的地方倒不如放些需要的。

「沒有的，我不喜歡太過複雜，而且我剛開始學習事物，總是有許多不會的，將空間空出來放些常練習的，倒也方便。」嬌嬌指了指幾人左手邊的大檯子。

秀慧疑惑地走了過去，回身看她。「我可以看看嗎？」

嬌嬌點頭。「當然啊！」

秀慧輕輕翻著檯面上的紙，臉上的表情有了一絲變化，本來還坐在那裡四處看的秀美，見自己二姊變了表情，也湊了過去。

這裡全是已經用過的宣紙，嬌嬌雖然有穿越的優勢，但是她的字卻並不能拿得出手，因此她和老夫人提了下，將這邊的櫃子改成了大檯子，沒事便可以練字。

嬌嬌原本就是個比較跳脫的性子，這練了一段時間的字，竟是覺得自己沈靜了許多。老夫人說她安寧，她倒是覺得，自己在練字彈琴的時候才是真的安寧。

「這些都是妳寫的？這麼多？」秀美回頭問嬌嬌。

嬌嬌點頭。

確實是的，她們不過是疑問罷了，其實心裡也明白，這必然是她寫的，嬌嬌的字很有特色，她雖然長相甜美，但是寫的字卻極為剛勁，更似男子。

「妳每天要寫多久啊？」秀美呢喃說道。

嬌嬌略想了下回道：「大概一、兩個時辰吧，不一定的，有時候練琴多些。」

這個時候秀慧認真地看著嬌嬌。「秀寧，我娘說要我們看到別人的優點，祖母那麼聰明的人都喜歡妳，一定很有道理。我和秀美都不知道原因，所以我想，還是親自過來看看，雖然我不是全部明白，但是還是有點明白了。妳機靈又勤奮，這點都是我們不及妳的。」

嬌嬌有些詫異她的話，不過還是會心一笑。「我們每個人都有自己的優點啊。笨鳥總是要先飛的，我既然沒有基礎，再不付出更多的努力，怎麼能跟得上呢？我不期望自己學得多麼好，但是我也不希望出去說自己是齊先生的弟子時，給他丟臉。」

說到這裡，秀慧露出唯一一個笑容。「是啊，不能給齊先生丟臉的。」

幾個孩子之中，秀雅沈穩，秀慧高傲，秀美嬌蠻，可縱使如此，她們三個都是心地善良的小姑娘，這一點嬌嬌看得很明白。

秀美還是嫉妒嬌嬌搶走了子魚的注意力啊。於是便吐槽道：「妳的字一點都不娟秀，不如我大姊、二姊寫得好看。」

「是啊。」嬌嬌點頭。

見她不接話也不生氣，秀美鼓起小包子臉。

秀慧中肯道：「妳寫字的時間短，如若不是常練，想來還達不到這樣的水準。不過妳這字不是按照一般女子寫字的習慣寫得吧。」

看她個子不高卻一本正經地說著中肯的話，嬌嬌露出小梨渦。

「嗯。」嬌嬌翻出自己的字帖。

「齊先生建議我跟著父親學。」

秀慧看到字帖上的題名——季致遠。

許是想到了自己的父親，秀慧的表情也有幾分的暗淡。

「秀寧尚且能模仿大伯的字跡，我們幾個卻不能夠做到，不知父親是否有幾分遺憾。」秀慧垂頭。

「二姊姊莫要想得太多，二叔會好的，紀念一個人也從來不需要用這種方式。齊先生建議我學習父親的字，只是覺得我比較適合，並不是說要紀念誰。」嬌嬌淡淡說道。

秀慧頷首。「我又發現妳的另外一個優點，比較會安慰人。」

嬌嬌忍不住笑了出來。「怎麼，現在二姊姊是要來總結我的優點嗎？」說完俏皮地眨眼。

秀慧並不笑，抿著嘴言道：「我只是善於總結，知道別人的優點才能學習。」

噗！嬌嬌挽住了秀慧的胳膊。「姊姊怎麼這麼老氣橫秋啊，什麼學習不學習的，我們不用那麼嚴肅啦。」

幾個孩子正在說話，就聽外面傳來陳嬤嬤的聲音——

「秀寧小姐在嗎？」

嬌嬌應道：「在呢，嬤嬤進來吧。」

陳嬤嬤進門，見幾個人都在，笑容可掬。「原來秀慧小姐、秀美小姐、子魚少爺都在呢。既然這樣，那老奴也不用多跑一趟了，老夫人說了，讓幾個小主子都去主屋。」

幾個孩子聽了連忙準備。不多時，幾人便跟著陳嬷嬷來到了主屋。

老夫人見幾個孩子到了，便拍了拍自己身邊的位置，子魚、秀美年紀小，自然是連忙坐了過去，屋內所有人都在，嬌嬌站在小几邊。

見眾人都到齊，老夫人開口言道：「將你們大家都喊來也是有些事情要說。想來今日你們也聽到了，楚大人近期要借住在咱們家，楚大人身居要職，又是季英堂走出去的，於情於理，我都推辭不得；不過雖然他住在了咱們季家，有些事也還望大家能夠清楚，楚大人是客人，更是不得了的貴客，然而他也是男子，總是要有些避諱，我已將他安排在外院，如果沒事，我不希望你們過多地往外院走，不管是任何人。」

「是，我們知道了。」

「楚大人的事，自有齊放來處理，旁人，我想無須參與過多。」

眾人又紛紛道是。

老夫人只這麼一個交代，將眾人交代好，似乎是極為困乏的樣子，並未留人，只揮了揮手，示意大家離開。

嬌嬌是第一次看見老夫人如此，縱有不解，卻仍是規矩離開。楚攸，這個人對老夫人的影響還真大。

回了房間，嬌嬌開始練字，不為別的，只為靜心。

彩玉和鈴蘭見自家小姐開始練字，悄然地退下。

嬌嬌練字的時候很不喜歡別人在身邊，似乎是專心做一件事的時候時間總是過得很快。

今日老夫人破天荒地竟然沒有安排大家一起用膳，反而是提出今晚都各自在房裡用膳，這又是一點特別之處。

嬌嬌已經習慣了晚上吃得少，簡單地吃了點小吃便在院子裡散步，她每日的生活極有規律。

「小姐。」彩玉低低開口。

「怎麼了？」

「剛才我在內院聽到一個消息。」彩玉有些猶豫，不過想了下還是開口。

嬌嬌聽出了她話裡的遲疑，不過並沒有什麼反應，繼續散步。

「有人說，三小姐回去換衣服的時候表少爺也跟了過去，不過幸好被大夫人發現了。」

「誰傳的？」嬌嬌停下腳步，緊緊盯著。

彩玉見狀，連忙表示。「小姐放心，我想應該沒有幾個人知道的，是老夫人身邊的彩心，她與我關係很好。」

嬌嬌擰眉。「只要傳了出來，就不是好事。不管怎麼樣，妳不要再與任何人說起此事，祖母會處理好的。」停頓一下，嬌嬌又想了想說道：「近來妳少出去，有什麼事差遣鈴蘭出去辦，少與旁人接觸，免得有事被牽連到。」

彩玉仔細一想，也想到了其中的利害關係，認真應道：「是奴婢疏忽了，小姐放心，奴婢曉得了。」小姐是養女，身分上與其他人自是不同，不管什麼事，都不能多摻和，小心為上；如若有人存心算計，說這事是從她們這房傳出去的，處境會越發艱難。

「近來家裡有客人，許多事情糾結在一起，我們還是謹慎些好，凡事注意些。」嬌嬌稚氣地交代，不過彩玉確實聽了進去。

「小姐今晚不去三小姐那裡學琴了？」

嬌嬌搖頭。「不了，祖母說今晚休息一次，昨天就定好了，我忘記告訴妳了，不好意思啦。」

彩玉連忙微福。「小姐莫要如此客氣，真是折煞奴婢了。」

嬌嬌不在意地笑了笑，看著天空飄過的幾朵雲，仰頭呢喃。「好像要下雨了呢……」

「是呢，小姐今天要不要早些休息？」

嬌嬌想了想，開口。「我們去書樓吧，我要找一本書晚上看看，今天不練琴，覺得時間很空呢。」

「那奴婢陪您過去。」

「嗯，好。」

第十一章

季家有一棟書樓，建在內院的大門附近，裡面藏書極全。說句有點俗氣的，這裡是季家所有孩子的精神食糧。嬌嬌第一次進去的時候就在感慨，這裡好像她大學時候的圖書館。

老夫人對藏書樓的管理也參考了大學時的狀態，這裡安排了專門的丫鬟管理，每個人進入都要進行登記，帶走了什麼書也是要登記的，而這裡的進出記錄，老夫人也是定期要看的。後來老夫人搬到了京城，據說也有這樣一個書樓，只不過不似這裡這般的全，這次回來，有很多行李便是藏書。

負責管理藏書樓的是老夫人身邊曾經的大丫鬟，如今的翠姨。

「小三小姐好。」翠姨鮮少出現在眾人面前，但是與老夫人關係卻極好。

嬌嬌微微頷首。「翠姨，我要找幾本書看。」

「不知小姐要看什麼類型的呢？奴婢可以幫您找。」這藏書樓共有四層，藏書也多，一般大家都是拜託翠姨，或者是由翠姨指點。

嬌嬌歪頭想了下，有些迷茫。「我也沒想好，不過我最近在練字，我想看一些父親寫過的字，多參考參考。」

翠姨許是看出嬌嬌沒想好找什麼類型的書，微笑道：「小三小姐有心了，咱們家裡幾位主子的字帖文著都是放在四樓，不知小姐是由奴婢安排人陪您上去找，還是您自己挑選？」

嬌嬌微微一福。「我自己上去找就好，麻煩翠姨了。」

「巧兒，帶小三小姐上樓。」

「是。」

藏書樓是翠姨在管理，她手下有兩個小丫鬟，巧兒是其中之一。將嬌嬌和彩玉帶到樓上，巧兒乖巧地將油燈支上，同時將室內的幾個油燈點燃，將一切處理妥當，微微一福開口言道：「小三小姐，這邊都是大少爺的文著，您慢慢看，奴婢在門口等您，如若有什麼需要，喊奴婢便可。」

嬌嬌點頭。接著吩咐身邊的彩玉。「妳也出去等我吧，我自己慢慢看看，妳在這裡也無事。」

彩玉與巧兒一同出門，嬌嬌開始細細地翻閱，見不遠處還有一個踩椅，嬌嬌感慨這裡的貼心。

其實嬌嬌對季致遠這個「父親」還是挺有興趣的，不只是因為他是她名義上的父親，都說由字看人，嬌嬌這幾個月一直都在練字，當初她不過是草草寫了幾個字，甚至不如秀美和子魚，但齊放覺得她寫字有男子的灑脫，給她準備了幾本字帖，問她更喜歡哪個，嬌嬌選了其中一本，也是齊放最希望她選的。齊放很欣慰嬌嬌喜歡季致遠這個「父親」的字。

而他不清楚，嬌嬌選擇季致遠的字，是因為她覺得，從這字中便可看出一個人有稜角的性格，蒼勁有力！

藏書樓靜靜的，似乎只有嬌嬌翻書的聲音，不知怎地，翻了一會兒，嬌嬌竟是感到有幾分不對勁起來，似乎有一雙眼睛一直在盯著她。

嬌嬌翻書的動作沒有停，不過心思卻放在了別處，她只想知道，究竟是不是自己的錯覺，如果藏書樓有人，必然不是季家的人，季家的人沒有必要躲，那麼這個人是誰？

她心緒起伏，霍然想到了一個人，然而還不待她有更多的反應，那人似乎已察覺她的反常，瞬間感覺有人站在身後，嬌嬌剛要轉身，便被一個人捂住了嘴。

「唔……」嬌嬌被捂住了嘴，說不出話來。

那人氣息低沈，低語道：「妳是乖女孩，不准喊。」

嬌嬌點頭。

可饒是如此，身後的男人卻沒有動。又過了一會兒，嬌嬌覺得時間過得慢極了，又彷彿，時間靜止在了這一刻。她不斷想著可能的發展，這個人、這個人會殺了她嗎？不會，自己想多了，一定不會的。

她強迫自己鎮定。鎮定下來之後，嬌嬌迅速地分析形勢，想著自己究竟該怎麼做，又過了許久，她抬手，身後的黑衣人並沒有制止她，嬌嬌伸手在書架上劃了兩個字。

身後的人笑了出來，雖然沒有出聲音，但是嬌嬌知道，他是真的笑了。

那人將手拿開，嬌嬌迅速回頭。縱然那人蒙面，嬌嬌看他的眼睛仍是猜到了他是誰，或者，就在剛才她還沒有回頭的時候，她已經猜到了身後的人是誰。

蒙面人扯下了面上的黑巾，這人赫然正是楚攸。

楚攸看著她寫過的地方，雖然知道不可能有字跡，但仍是看了下——

楚攸。

嬌嬌竟然寫了他的名字。

楚攸看她沒有大喊大叫，繼續言道：「妳倒是不同，為何不喊？」

嬌嬌稚氣地笑。「您剛不是還說乖女孩不准喊嗎，我是乖女孩啊。」與一個只有一面之緣的人調侃，嬌嬌也算得上是膽大。

楚攸並不看她，反而是看著書架上的書籍，漫不經心地問她。「為什麼知道是我？我自認為沒有露出任何破綻，包括聲音。我倒是沒想到，妳一個只見過我一面的小姑娘能一下子認出我，而且，妳就不怕說出來我殺了妳？真是不符合常理呢！」

嬌嬌往後退了幾步，抱著胳膊看他，雖然在她看來，這屋裡並沒有什麼安全距離，但是她仍是退到了讓自己舒適的範圍。

「我隨便猜的。我們季家的人根本不需要這樣，這裡只有您一個外人。」

楚攸笑，轉而看她。「我們……季家。呵！季秀寧，年七歲，不過學習幾個月有餘，妳，真的以前什麼都沒有學過嗎？」

嬌嬌才不怕別人查她的底，作勢冷笑。「您既然那麼多疑，倒是可以隨便去調查呢。楚大人，這裡恐怕不是您一個外人可以來的吧？如果我現在就喊人，您覺得您跑得掉嗎？」

說到這裡，楚攸才是真心的笑了起來，走到嬌嬌身邊，看她眼裡有擔憂，仍然強撐著沒動也沒喊人。

楚攸點頭。「妳做得很好。妳知道嗎？我從來不做沒有把握的事，我既然敢放了妳，就說明，我有把握讓妳不能開口，而妳，深深明白這一點，虛張聲勢的小姑娘，我似乎有點明白老夫人看中妳的原因了。」

嬌嬌自然是早就想到這一點的，這也是她沒有輕舉妄動的原因，她相信，且不論武功高強與否，單就楚攸對季家的瞭解，一定是比她多的。她仍是記得，楚攸小時候在季家住過。

「老夫人心腸好，肯收留我，倒是您，楚大人，這樣不好吧？」

嬌嬌暗道一聲，這隻妖孽，笑起來太他媽的好看了。

破天荒的，楚攸竟然摸了摸她的頭，又是一笑。

「季致遠的養女，真是有趣，這事真是有趣。好了，季秀寧，我不希望任何人知道我今天站在這裡，妳那麼聰慧，是能明白的，對不對？」

嬌嬌瞪眼看他，不開口。

「想告訴老夫人？」

嬌嬌並不隱藏，點頭。「我是季家的人，我必須全心全意為季家著想，誰知道您有什麼企圖。」

她這個時候更像是一個維護自己家的執拗小姑娘。

楚攸看她。「即便是妳告訴了其他人，也不會有什麼改變，只會讓季家的人更加地糟心。秀寧小姪女，妳的戲演得很好，但是眼神出賣了妳，我知道，妳不會說的，妳這樣，無非是為了探聽更多我的虛實。」將手滑到嬌嬌的眼睛上，楚攸低沈地笑了。

「我不需要探聽您的虛實。楚大人，楚叔叔，我只是一個小孩子呢。」嬌嬌再次後退，不過卻因為楚攸的手而不能動作。

「小孩子也不見得沒有心計。季秀寧，咱們，來日方長。」說罷，楚攸將手鬆開。

嬌嬌睜眼一看，竟然發現屋內的油燈已然熄滅。

「彩玉……」嬌嬌大聲喚道。

彩玉、巧兒進門，見油燈全都熄了，也怔了一下。巧兒熟知位置，連忙再次將油燈燃起。「小三小姐，可是有什麼事？」

嬌嬌緩了下心神，搖頭。「沒事，剛才油燈突然熄了嚇了我一跳，妳們檢查一下吧。」

「是。」

看兩人並沒有檢查到什麼，嬌嬌自己也迅速地往四下查看，不過卻也是一絲線索都沒有。嬌嬌有些不服氣，你妹的！她學過勘查啊，再次查看一遍，她突然往橫梁望去，可是就著油燈的照耀，仍是可以看出，完全沒有問題。

人是不可能憑空消失，也就是說，這裡一定有個她不知道的密室，或者，有個她不知道的死角；但是如果真的有這樣一個地方，天天負責打掃這裡的巧兒怎麼可能不知道呢？

帶著這些疑慮，嬌嬌找了幾本書便迅速地離開，這裡並不能讓她感覺到安全，那麼她自然是不會在這裡久留。

待三人下樓，翠姨迎了上來。「小三小姐找到需要的書了吧？」

嬌嬌頷首，主動過去在本子登記上自己的借書日期和書名。

翠姨看她拿的都是大少爺的書，嘴角也浮出一絲的笑容。那也是她看著長大的孩子，不過卻是個命不好的，年紀輕輕便出事，想到這裡，翠姨斂起了笑容。

嬌嬌將書交給了彩玉，兩人離開。

這時已然有些天黑，遠處的人影都看不清楚臉，也起了風，眼看就要有一場暴風雨了。嬌嬌順著臺階走，突然停下了腳步，回首向書樓望去，雖然那裡並不能看到什麼，但是嬌嬌仍是感覺到了那縷盯著她的目光。

楚攸還在，他剛才利用了她的盲區。嬌嬌突然明白了過來，剛才熄燈那一刻，楚攸一定是站在了門口，她反射性地喊人，門外的人自然是要進來，而她的位置那麼靠裡，兩人勢必要奔到這邊，這便給了他一個很好的機會，就在她們將油燈點燃的時候，楚攸已經順利地離開了四樓。也許，那時他已經躲在三樓或者二樓的任意一個角落，伺機而動。

可是，他究竟在那裡幹什麼？楚攸的動機是什麼？

由此來看，便有兩個問題，一是他去幹什麼，找什麼呢？二便是為什麼要現身？

「小姐，烏雲來了，眼看便要下雨了，咱們稍微走快些吧。」眼看屋子就要到了，彩玉見小姐有些失神，提點道。

嬌嬌「唔」了一聲，加緊了腳步。

雨來得急，果不其然，兩人剛進屋就看見外面大雨傾盆而下。鈴蘭見嬌嬌回來，正高興呢，她剛為嬌嬌準備了熱水，倒是抓準時機了呢！

嬌嬌聽說有熱水，也顧不得看書了，連忙準備先洗個澡。

窩在漂著玫瑰花瓣的水裡，嬌嬌聽著外面瓢潑的雨聲，恍然想到了什麼，抿嘴笑了起來。

「小姐剛還悶悶不樂呢，這會兒倒是又開懷起來，可真是個孩子。」彩玉為嬌嬌擦拭後背，唸道。

嬌嬌自得其樂，又吹起口哨。

彩玉和鈴蘭並沒有打擾嬌嬌的這分快樂，待她一曲終了，兩人俱是讚道：「小姐的曲子很好聽，我們從來沒有聽過有人吹口哨能吹出曲子呢。」

嬌嬌將胳膊搭在水桶邊，像魚一樣讓自己的腿浮起，露出了小小的梨渦。「鄉間小曲，好聽吧？如果妳們喜歡，我也可以教妳們呢！」

兩人俱是擺手，連稱學不會。

兩個丫鬟以為嬌嬌是小女孩，高興不高興都是來得快，但是唯有嬌嬌自己心裡清楚，這一直不停的大雨，怕是一定會被某個宵小給遇上，落湯雞什麼的，必不可少，想到這裡，怎麼就能不高興呢？

雖然她不知道他是什麼來路，更不知道他會給季家帶來什麼，但是在這一刻，知道這個傢伙正被雨淋，她就覺得一個字，爽！三個字，爽歪歪！

「妳們知道嗎？老天爺是最公平的。」洗漱之後，嬌嬌趴在床榻上念叨。

本朝的人歷來也是信奉這些的，自然點頭應是，不過彩玉倒是好奇自家小姐為何會發出這樣的感慨。

嬌嬌不置可否，想了下，還是回道：「犯錯的人，一定會被小懲大誡的。」說罷，聽著窗外的雨聲，再次笑了出來。

聽著外面嘩啦的大雨聲，楚攸擦拭已然被淋濕的身體，同時也吩咐身邊的人。

「我要沐浴，備水。」

小廝應了一聲是，連忙離開，楚攸看著小廝離去的身影，面無表情地打量這屋子。在許多年前，他便是住在這裡，許多年過去，縱使已經物是人非，可是他猶記得當初在這裡那些美好的往事。

也許，季家給了他許多的溫情，可是，他終究是有自己的路要走。

待沐浴結束，楚攸坐在書桌前寫字，想到剛才在藏書樓中的那一幕，楚攸勾起了嘴角，真是個狡猾的小姑娘，不過，想來她也並不知道自己要幹什麼吧？

聽到外面有些急促的腳步聲，楚攸將筆放下。

「啟稟楚大人，您的隨從到了。」

楚攸應了一聲，命人進屋，來人正是他身邊的護衛。

此人進屋單膝跪下。「參見大人。」

「李蘊，如何？」楚攸抬頭看他。

李蘊似乎比楚攸年長些許，他面色剛毅。「大人，果不其然，您今日出現在江寧已然引起了軒然大波，已經有不少人動了起來，接下來便是看那些跳梁小丑的好戲。」

楚攸冷笑。「好戲？我不需要看戲，我需要的，是該露出馬腳的人真正地露出馬腳。」

李蘊想了一下，言道：「屬下覺得，他們露出馬腳的日子一樣也是指日可待。」

楚攸起身，來到李蘊身邊。「等待從來都不是我喜歡做的。添把柴，我喜歡火燒得旺旺的。」

李蘊語氣並沒有什麼起伏。「大人只管吩咐。」

楚攸這時才是真的笑了出來，將袖中的摺紙遞給李蘊，李蘊並沒有什麼疑惑，只打開一看，便將紙燃盡。「屬下明白。」

「起來吧。」

「是。」李蘊站起，繼續言道：「大人，您這次住在季家，咱們許多事情未必方便，只我一人與您住進來，會不會有什麼不妥？」

楚攸搖頭。「無事。要的便是這般地讓人捉摸不透，更何況，我就不能懷念一下年少的時光嗎？」

他如此一說，李蘊愣住。

大抵是李蘊的表情有些驚悚，楚攸面色柔和些許。「通知李蔚，給我詳查季家的這個養女季秀寧，我要知道她的一切事宜。」

李蘊應道：「是。不過大人，她不過是個小女孩罷了，會有問題嗎？」

楚攸隨意地翻著桌子上的書，看似漫不經心，不過卻也實實在在地回道：「她不會有問題，如果有問題，老夫人是不會將她認作季致遠和祥安郡主的養女的；可就是因為她沒有問題，我才更加地好奇。李蘊，你知道的，我是出自季家一手創建的季英堂，可你知道嗎，便是當初駙馬爺寧元浩那樣的天資，都不能讓老夫人認作養子；可是今日，她偏是將她留在了季家，給了她一個十分體面的身分，如果是一般富貴人家，這事也未必不可能，但是對老夫人則不是。別忘了，季家有專門收留孤兒的季英堂，為什麼還要將她認作養女？這足以說明，季秀寧有讓老夫人極為看重的地方。」

李蘊雖然明白，但是還有幾分的不解。「也許只是老夫人年紀大了，季家又遭逢變故，老夫人更加渴望親情？季秀寧小姐不過是個七歲的娃娃，她就算是聰慧，老夫人也不見得能用得上她一個孩子啊。倘若說是等她長大，那更是需要許久，完全說不過去。」

「渴望親情？你說的那是老夫人？她自己已經有三個孫女、一個孫子了，她不需要從外人身上尋找親情。我相信老夫人的眼光，她若是看中一個人，那這人必然是有極為過人之處。」楚攸自認為，自己是十分瞭解季老夫人的，他甚至曾經用了一年的時間專門分析老夫人這個人，得出的結論甚至有些可怕。

李蘊接著說道：「就算季秀寧小姐有特殊之處，老夫人看中她，我們查到了之後做什麼呢？」

「什麼也不做，我只要知道，她是特別的就好。凡事，要走心經。」楚攸將話說得似是而非。

而李蘊顯然也是知道的。「屬下明白。」

「你說，今天祥安郡主為什麼會突然去找季晚晴呢？」

李蘊開口。「屬下在暗處觀察了，是小少爺與祥安郡主說了什麼。」

楚攸在紙上寫下「秀寧」二字，看李蘊。「是季秀寧先與季子魚說了什麼，所以季子魚才去找了祥安郡主。英家的胃口越來越大，季家的兩個少爺一死一傷，季子魚又那麼小，他們不會沒有想法的。」

「大人，那這事咱們要管嗎？」

楚攸挑眉。「管了，於我們又有什麼好處呢？李蘊，不該管的事，不必管。往日我說過許多次，不過你卻並沒有實際見過，這次正好是個好時機，你倒是可以見識一下季家老夫人的處事風格。」

李蘊疑惑。「可是英家是季老夫人的娘家，而且，如果沒有英家幫襯，季家這種情況，這邊的親戚未必不會對季家的產業虎視眈眈。如今的季家看起來算是腹背受敵，風雨飄搖。」

楚攸低頭寫字，口氣平靜。「那你便是看著吧，李蘊，這想來是一個極好的學習機會，你會發現，季家靠的，從來都只是一個季老夫人，其他人，一點都不重要。至於英家，聽話的時候，它是老夫人的娘家，如若是危及到了季家，那麼它便是一個隨時可以搓掉的毒瘡。在季老夫人心裡，有的永遠都是季家，那些旁支親戚也是一樣，沒有人能夠奪走屬於季家孩子的任何東西。」

第十二章

輕煙裊裊，老夫人跪在蒲團上唸經，季家的三個女眷均是站在身邊。

「娘……」季晚晴見老夫人起身，連忙上來攙扶老夫人坐到佛堂的小椅上休息。

晚晴有幾分難受，跪在了老夫人的腳下。

「娘，是我不對，都是我不好。」晚晴眼眶紅了起來，兩位夫人均是立在一邊沒有說話。

老夫人看著自己的小女兒，晚晴自小便是在兩個哥哥的呵護下長大，而自己也因為她是小女兒而對她格外地縱容，何時見過她委屈成這樣。

「晚晴，這件事妳沒有錯。」

晚晴搖頭，淚水落了下來。「不，我有錯，我知道的，其實我讓許多人都很為難。」

老夫人表情沒有變化。「妳沒有讓任何人為難，妳只是在為難妳自己。晚晴啊，不管妳信不信，我看得清楚，楚攸是不喜歡妳的，他甚至連多看妳一眼都沒有，妳又何苦這麼為難自己呢？今天妳沒有錯，俊卿圖謀不軌，這事我斷不會輕易就這麼算了，可是娘希望妳明白，楚攸不是妳的出路，更加不是妳的未來。」

晚晴倔強地跪著，並不動，也不說話。

二夫人看不下去，勸道：「三妹，娘說得有道理，妳聰慧美麗，更是有名的才女，愛慕妳的男子比比皆是，不說旁人，便是齊先生，也是一直都對妳癡心不改，妳又何苦非得念著那不會屬於妳的呢？」

「楚攸不會屬於我，可是我卻喜歡他，即便是他一輩子都不會喜歡我，我也喜歡他。娘、大嫂、二嫂，妳們都是過來人，這感情之事，如何能夠由著自己？我知道我和他是不會有結果的，只求娘能讓我就這樣下去，就讓我如此吧。」晚晴咬唇，不斷流淚。

「妳何苦如此。」老夫人嘆息。

見兩方僵持不下，大夫人宋氏開口。「娘，三妹，這些事情，以後再說吧。三妹性子拗，咱們以後慢慢教便是，現在最迫切的問題是表弟。表弟這般地尾隨三妹，如若不是我過去得及時，怕是就要鑄成大錯。」

二夫人冷然道：「這二表弟是越發地不把我們當成一回事了，上次便是欺負到了我們的頭上，如今還是如此，他究竟要如何，難不成真以為我們家沒人了不成？」

「我也覺得，這人不該放。」大夫人附和。

老夫人看兩個兒媳都不贊成，還是開口。「人不能不放，他也不算是做了什麼，我們如若是不放，怕是會傳得更加地難聽，倒是不如將人放出去，下一步再做打算。妳們以為這事便是如此？我是晚晴的親娘，我不會讓她受一絲的委屈。俊卿這孩子小時候便是有些驕縱，倒是不想今時今日被大哥、大嫂教養成如此的德行，既然他們不知道如何教養孩子，那麼我便幫幫他們。」

幾人點頭稱是，不再說話。

「陳嬤嬤，扶三小姐起來。」

晚晴站起，表情難過。

老夫人想了下，言道：「可盈，明日妳帶晚晴和兩個孩子去寺廟住幾天。」

宋氏應道：「是。」

看她表情有幾分疑惑，老夫人表情諱莫如深，叮囑道：「旁的妳不須管，家裡事更是不用多想，只好好散心便是。子魚和秀寧都鮮少出門，妳也多照看著他們些，至於晚晴，妳更是好好吃齋唸佛，待妳回來，妳二表哥不會再出現在妳面前。」

「是。」

「母親，那楚大人那邊？」二夫人還是有些擔憂的，楚攸莫名其妙地非要住進來，她怎麼都不可能放心。

老夫人站起，走到了佛龕前，就在大家以為她不會回答的時候，她開口了。「他既然要住，就讓他住吧，楚攸這次來未必是衝著我們。」說到這裡，老夫人停頓一下，繼續。「楚大人如今已經是刑部左侍郎，想來也沒有時間來算計我們，他這次出現在江寧，怕是要有大事發生，我們獨善其身便好。季家已然全是一干女眷，沒有必要摻和他們那些朝堂之事。」

嬌嬌聽說要跟著宋氏去山上拜佛，有些疑惑，雖然不曉得為什麼，但是她還是挺高興的，出去散心有什麼不好呢？

「秀寧小姐，夫人說，要您快些準備，下午便出發。」過來通傳的小丫鬟如實交代宋氏的話，嬌嬌點頭應好。

嬌嬌動作快，而且她也沒有什麼要準備的，只略作收拾便出門。
子魚看見嬌嬌出門，蹦跳過來。「姊姊，我娘說帶我們出門耶，真是太好了。」
「子魚要保護姊姊哦。」嬌嬌親熱地拉著他的手。
「好。」子魚笑得眼兒彎彎。
「姑姑。」晚晴一身素白出門，子魚、嬌嬌俱是乖乖一福。
「乖。」晚晴板著臉蛋，更顯得有幾分冷豔。
不多時，眾人準備妥當出門，老夫人並沒有出來相送，嬌嬌不明所以，但是還是規規矩矩的，照她看來，這次匆忙出門，八成有兩個原因，一則英俊卿，一則楚攸。不過似乎人是極為禁不住念叨的，剛想完，就見楚攸策馬歸來。
眾位女眷俱是微福，楚攸挑起眉毛。「郡主這是要出門？」
宋氏點頭言道：「正是，母親壽辰剛過，我等打算去廟裡為母親祈福，楚大人儘可住在季家，萬事不會耽誤您的。」
一陣微風吹來，嬌嬌的髮絲被吹到臉上，她將頭髮撂到一邊。
楚攸看她，笑。「小姪女也跟著出門？」
嬌嬌清脆地答道：「回楚大人，是的。」
楚攸伸手摸嬌嬌的頭，子魚本是牽著嬌嬌，看楚攸動作，有些瑟縮地躲了一下，嬌嬌並沒有動，任由楚攸的手摸頭。
「小姪女怎麼就這麼見外呢！叫什麼楚大人，叫楚叔叔便好，叔叔最喜歡妳了。」

他這話說得有幾分的不正經，雖然是長輩對小輩說話，但是到底男女七歲不同席，如此有幾分的不妥當。

宋氏臉色不太好。「楚大人還請慎言，秀寧年紀還小，您如此說話，對孩子的風評並不好吧？」

楚攸毫不在意。「郡主想多了，她不過是個孩子罷了，不是每個人都是妳。」

這話說得挑釁十足。

宋氏被噎在那裡，靜靜看楚攸。

「楚大人，我們還需要趕路，不能在這裡多加耽擱了。」微微一福，宋氏表情更是冷了幾分。

季晚晴站在一邊，癡癡地看著楚攸，卻見他完全不理自己，心裡難過，不過卻並不顯現出來。

嬌嬌見幾人僵持在這裡，心裡嘆息，這都是成年人嗎，我暈！再看身邊的小子魚，嬌嬌微微皺眉，子魚還真是怕楚攸，似乎每次楚攸出現，子魚都有些反常呢，嬌嬌想到這裡，緊緊地盯著楚攸，想看出什麼破綻。

看她大眼瞪得大大的，楚攸再次笑。「可是我有何不妥？秀寧小姪女，妳真是有趣呢！怪不得老夫人這般地喜歡妳，如若我是她，也必然喜歡妳。」

楚攸對嬌嬌的示好讓在場的人都不解，任誰都不明白，為什麼楚攸就認準了秀寧小姐，不斷地調笑於她。

嬌嬌看他總是找自己的事，張嘴就要反駁，不過還未開口，就聽遠處傳來一陣急促的馬蹄聲，所有人俱是揚頭望去。遠遠疾馳而來幾匹駿馬，領頭的是一位紅衣少年，嬌嬌看他大約不過十二、三歲的樣子，眉目俊朗，呃，嬌嬌又低頭看了一眼子魚，怎麼有點像大號的小子魚呢？

「俊寧？」宋氏錯愕。

楚攸挑眉。「小世子？」事情倒是越來越有趣了呢！

「籲……」少年終於近前，拽著韁繩停下馬，一個俐落地翻身。

「阿姊。」男孩聲音脆脆的，似乎還未進入變聲期，給人清清爽爽的感覺。

「見過小世子。」楚攸抱拳，禮數有，不過卻也透露著幾分的張狂和不以為然。

小世子只看他一眼，便別過眼神。「楚大人多禮了。阿姊，妳這是幹什麼？」

「你怎麼來了？」宋氏雖然錯愕，但是倒是不見驚喜，反而是表情凝重。

嬌嬌看看這個，打量那個，表示不解，這都是啥事啊！

「阿姊，父王說昨日是老夫人壽辰，讓我過來送禮，順便探望阿姊，不過我路上因為有事耽擱，遲了一日，阿姊，妳生氣了？」少年笑嘻嘻地將臉湊到了宋氏眼前，有些嬉皮笑臉。「阿姊，妳打我吧。」

宋氏表情鬆動了幾分。「你怎麼不下個月再來？」這話是埋怨。

小世子拉著宋氏的衣袖搖晃。「別介意啊，阿姊，妳別生氣啦，我錯了還不行嗎？這是子魚吧？子魚過來，讓舅舅看看。」

子魚咧嘴。「舅舅。」說罷便一把撲到小世子的身上，不斷地用臉蹭。「舅舅，我們要出門呢！我們要去拜佛，你和我們一起去好不好？」

「阿姊，你們要去拜佛？」

宋氏看一眼小世子，又看一眼楚攸，嘆息。「你來了，我們自然是去不了了。來人，馬上進去通知老夫人，就說安親王小世子到了，是來祝壽的。」

真是計劃趕不上變化，她弟弟到了，宋氏自然是不能帶著幾人離開去寺廟，丫鬟進去通傳，連忙將人引了進去。嬌嬌看著現場的情況，微微揚了揚嘴角。

不多時，就見老夫人和二夫人等人俱是迎了出來。

「老身見過小世子。」說罷便是參拜。

小世子也懂事，連忙扶住了老夫人。

「老夫人客氣了，我父王之前便交代過，讓我定要規矩守禮，老夫人如此大禮，我是怎麼都擔當不起的。」小世子笑嘻嘻的，並無什麼氣勢，更像是個長不大的孩子。

「快裡面請。」

看著季家一眾人等俱是往主屋而去，楚攸反而沒有跟著，若有所思地看著所有人的背影，打了個響指，馬兒嘶叫一聲，靠了過來，楚攸一個翻身上馬，策馬而去。

門房見楚大人這般地奇怪，疑惑不解，不過卻也並不多言。

嬌嬌自然是感覺到楚攸沒有跟上來，她只管好自己，老實地跟著。待所有人來到大堂，宋氏為他介紹。「俊寧，來，想來這是誰你還不知道吧。阿姊認了一個義女，秀寧，過來見過舅舅。」

嬌嬌一聽，微微一福，規矩地喊道：「舅舅好。」

小世子果然是不知道此事的，愣了一下，隨即打量嬌嬌，許久，他回身問道：「為什麼啊？」

噗！這孩子，你也太實誠了，你私下問你姊姊不會啊，這麼光明正大的，多不好看啊！再說了，哪有那麼多為什麼！嬌嬌感慨。

很顯然，宋氏也知道自己弟弟的性格，看他這麼問，自在地應付道：「緣分。」

一句緣分，小世子撇嘴。

「我們本是要出門祈福，既然你來了，看來我們也走不成了。母親，您看？」宋氏望向了老夫人，俊寧來了，她自然是不能離開的；而二夫人更是離不開，如此看來，怎麼都不可能讓晚晴一個人出門，這樣更加地不妥當。

老夫人面帶微笑。「既然如此，那就改日再去吧，這也不是非去不可。小世子既然到了，定要好好地多住幾日，想你還未來過江寧吧？此時正是江寧的好時節，我讓齊放帶著你四處轉轉，你必然會喜歡這裡的。」

小世子作揖。「多謝老夫人。我也有好幾年沒見齊大哥了，不知齊大哥可好？」

老夫人想到了齊放的性子，打趣道：「瞅瞅，我倒是疏忽了，齊放性子還是那般，想來，你倒是未必願意與他一同呢！」

小世子面色一頓，似乎想到了什麼痛苦往事，擺手。「那老夫人還是不要安排他陪我了，他必然是陪不好我的，性格不合是大礙啊！」

幾人都笑了起來。

宋氏翻白眼。「你這孩子，還是這般的淘氣，淨給安親王府丟人，父親可不是讓你來耍寶的。」

嬌嬌鮮少看到宋氏如此鮮活的表情，心裡感慨，果真是親弟弟，就是不同呢！

小世子一把將子魚抱了起來。「阿姊，我可是來散心的呢。老夫人都不說我，妳倒是數落上了，嘖嘖，真是……」嫌棄不言而喻。

「母親，不要欺負舅舅啦。」子魚幫腔。

「還是我家子魚最仗義。」小世子給子魚臉上一個響吻。

小世子是宋氏的親弟弟，安親王府唯一的男丁宋俊寧，年十三，據說是個橫行霸道，招惹是非的角色。

嬌嬌一絲不苟地沏茶，想著今天發生的一切。

「小姐，本來今天能出門的呢，這下可好，來了客人，我們哪兒也去不了了。」鈴蘭感慨。

嬌嬌不置可否，倒是彩玉，表情有幾分的凝重。

「小世子來了，未見得是一件好事。」

嬌嬌聽到彩玉此言，停下動作看她。「為什麼呢？」

彩玉正色道：「奴婢覺得，不好有二。一則是不能出門，二則是小世子為人。小世子飛揚跋扈，我們總是會有許多為難的。」

鈴蘭笑。「原來彩玉姊姊也想著出門呢。」

彩玉搖頭。「不是的，我想的不是這件事。出門並非是為了散心或者是其他，單純是因為，這樣對許多人都好。畢竟，如今楚大人住在咱們季家，還是有許多不方便的。」

彩玉沒有明說，但是嬌嬌明白了她話裡的意思，這個不方便，想來是單指三小姐晚晴而言。

「既然不能出門，那我準備一會兒去找姑姑學琴了。」嬌嬌並沒有多說旁的，反而是站了起來。

彩玉一聽，點頭道：「我伺候小姐。」

主僕幾人這廂正在談話，那廂宋氏也與自己的弟弟閒聊。按照常理，這男女總是有許多需要避嫌，但是老夫人不興那些，小世子身分又不同，如此一來，倒是沒有那諸多的規矩了。

宋俊寧打量著屋子，雕花的屏風雅致精巧，廳裡燃著的香料也正是自家姊姊最喜愛的味道，再看其他地方，處處透露著典雅，看到這裡，他放心地點了下頭。

「阿姊，這屋子倒是有幾分像妳在府中的閨房。」

宋氏露出笑意。「老夫人心細，還未回來的時候便是安排地處處得當，你也曉得，阿姊雖然不在乎那些，但是能夠被人重視，心情總是不同的。」

宋俊寧撇嘴。「她倒是敢不重視妳，妳是堂堂的安親王府郡主，他們季家能夠迎娶妳，那是高攀。」

聽到這裡，宋氏冷下了神色，喝斥小世子。「我說過，不想再聽見你說這樣的話，嫁雞隨雞，嫁狗隨狗，能夠嫁給致遠，我很高興。」

小世子不服氣。「他季致遠有什麼好？我看，他就是個沒福氣的人，好不容易娶了妳，現在又先一步而去，留下你們孤兒寡母，這是好男人嗎？」

啪地一聲，宋氏一巴掌打在了小世子的臉上，整個人也是霍地站了起來。

「既然你那麼看不上季家，那你給我走，你給我回京，這裡不歡迎你，我也不想看見你。我已經是季家的人了，凡事不用你多管。」宋氏胸口不斷地起伏，想來是極為難過。

宋俊寧知道自己犯了錯，說了不該說的話，顧不得挨揍，拉著宋氏的袖子便求饒。「阿姊，妳別生氣，妳別生氣好不好？是我胡說八道，可是、可是我也是心疼妳啊。阿姊，妳別趕我走，娘還讓我給妳帶話了呢。阿姊……」說罷可憐兮兮地直作揖。

不管在旁人面前如何，小世子在自己的姊姊面前，一貫便是如此的。

宋氏看著自己弟弟伏低做小，終究是不捨。「你這孩子，總是這樣的胡說八道，我說過了，我從來都不後悔自己的決定。致遠待我極好，我不後悔嫁給他。」

宋俊寧縱然心裡多有嘀咕，但是表面上卻不敢多說了，他自然是知道自己姊姊對季致遠的癡情，便是當初母親以死相逼，姊姊也沒有改變初衷，甚至寧願脫離王府嫁進季家，最後還是母親服了軟，如此看來，便可知姊姊對季致遠的深情。

「阿姊，我知道錯了，我真的知道錯了。阿姊，回到江寧，妳過得可好？」在江寧不比京城，在京城的時候季家可是不敢多惹阿姊，畢竟有他們王府撐腰，可是這裡天高皇帝遠的，阿姊不會被欺負嗎？想到這裡，宋俊寧開始上下打量起宋氏來。

宋氏緩了緩心神，坐下。「我很好，你且放心，回去與母親也要如實說，莫要說那些有的沒的，你也該知道，季家的人都是好心腸。」

小世子看宋氏表情，坐了下來。「我自然是知道季家的人都很好，如若不都是老好人，季家怎麼可能鬧成今日這樣。妳不知道，妳回到江寧，母親哭了許久呢，說是不放心妳，也不放心子魚。當時父親便說，季家的人，人品總是沒有問題的，只可憐了妳失了夫君，怕是要辛苦許多。」

提到季致遠，宋氏原本堅強的外表有幾分的脆弱。「致遠不在了，如若不是念及父母，念及子魚還小，我怕是要追隨他而去的。但是現在你們且可放心，我必然好好生活，不為自己，也為這身邊的許多人，我還要看著子魚成家呢。致遠做不到了，但是我不能做不到，這是我當初答應他的。」

「阿姊……」宋俊寧攬住了宋氏的肩膀，似乎想到了什麼，欲言又止。

「你可是有什麼事瞞著我？」宋氏自然是熟悉自己的小弟的。

宋俊寧連忙搖頭。

看他這樣，宋氏更是篤定了幾分。「如果你沒有事，怎麼會是這個表情，告訴阿姊，有什麼事嗎？可是爹娘有事？」

想到這裡，宋氏有幾分驚慌。

宋俊寧連忙搖頭。「不是的，爹娘很好，阿姊放心。」

「那怎麼了？吞吞吐吐的，真是不像你的性格。」

宋俊寧又猶豫了一下，低聲道：「阿姊，我、我來之前，偷聽到了爹和幕僚的談話。」

「哦？」宋氏挑眉。

想了一下，宋俊寧再次開口。「好像刑部那邊找到了什麼，說是當初姊夫出事的事情是有貓膩的。」

「什麼！」宋氏霍地站了起來，震驚不已。

一年多前季氏兄弟兩人出事連皇上都震驚了，畢竟季家兄弟不是尋常人，可是當初也是查了許久，結果還是判定為意外，也正是因為這份判定，老夫人和宋氏才決定離開京城。而今，不過是幾個月的光景，她弟弟便來告訴她，這事可能另有內情，這讓宋氏怎麼都不能相信。

「你給我說清楚，到底是怎麼回事？父王他們怎麼說的？」宋氏焦急地詢問，完全不似之前的冷靜，這個時候的她整個人都變得瘋狂起來。

宋俊寧囁嚅嘴角，不過還是向自己姊姊開口。「其實具體是怎麼回事我也不清楚，我就是偷聽到的。周叔告訴父王，說是刑部那邊有證據，本來、本來我也不想說的，但是我剛才在大門口看見楚攸了，他好端端地不在京城待著，來這裡幹什麼，說不定這事還真是有幾分可靠吧？」

宋俊寧與宋氏感情極好，如若不是這般，他也不會將此等機密之事告知宋氏。

宋氏呢喃。「對，楚攸，楚攸為什麼要來，為什麼要住在季家？他是刑部的，他一定知道，我去找他……」說罷，宋氏便衝了出去。

宋俊寧一看，連忙過去抱住她的腰。「阿姊，妳可別衝動啊，阿姊……」

「你放開，我要去找楚攸，他一定知道真相，他是刑部的左侍郎，如果確有其事，他不可能不知道的。」宋氏喝斥自己弟弟。

小世子哪裡敢放手。「阿姊，阿姊，妳冷靜啊，妳這麼去找他，他如果堅稱不知道呢？再說了，這事本就是我偷聽來的，即便是妳現在去問父親，他都未必肯承認，妳有沒有想過，阿姊，妳就沒有想過嗎？這事多大，兩屆的文狀元俱是出事，當初聖上都調查了啊，可是還不是沒有結果。」

宋俊寧現在只想抽自己一個大耳光，怎麼就沒有管住自己呢，阿姊是個什麼性格，他還不知道嗎？如今這樣，實屬為難。

宋氏身邊的丫鬟是自小跟著她的，對她也最為忠心，自然也是幫著小世子勸。「小姐，小世子說得對啊，這事萬不可衝動，還是需要從長計議才好，您這般莽撞，那楚大人豈是等閒之輩？京裡當時本就有傳言，說不定這楚大人與姑爺的死都是有關係的，您這般去了，不是打草驚蛇嗎？」

聽到這話，宋氏停下了要往外衝的動作，見此情形，宋俊寧總算是鬆了一口氣。

「阿姊，不管楚攸與這事有沒有關係，咱們真的不能妄動，就算一絲關係也沒有，他楚攸是刑部左侍郎，對此事，他也必然知道一二。妳就沒想過嗎？他在這個時候出現在季家，真的一點問題也沒有？咱們倒是不如靜觀其變。阿姊，我知道妳最是不捨姊夫，可是，既然要找到真相，那便要能夠隱忍啊！」宋俊寧摳心挖肚地想著勸慰之詞，他本就是個跋扈的小世子，如若不是此人是他阿姊，他必然是不會管這些閒事。

宋氏想了一下，看宋俊寧。「這事還有其他人知道嗎？」

宋俊寧正色認真地搖頭。「不知道，這件事我還是有分寸的，我哪裡敢胡說。」

宋氏吐了一口氣，拳頭緊緊地攥起，復而鬆開。

「這事，稍後我會與母親詳說，不過我不希望再有其他人知道。俊寧、婉兒，你們要將此事爛在肚子裡，知道嗎？」

「阿姊，我知道的。」

「小姐，奴婢明白。」

宋氏看兩人答應，點頭。

「對了阿姊，妳那個養女是怎麼回事？妳怎麼平白無故地認了一個養女呢？真是奇怪。」宋俊寧想到那個小女孩，有些疑惑道，這本不是阿姊的風格啊！

宋氏表情沒有什麼變化。「回江寧的途中，子魚出事，是她救了子魚，我很感激她，老夫人也很喜歡她，就將她認作了養女。」

宋俊寧知道子魚被綁架的事，也知道他脫困，但是具體細節卻是不知曉的，現在聽說是那個瘦弱的小姑娘救了人，吃驚不已。「她救人？就憑她？」

「如若你真的瞭解她，就不會說出『就憑她』三個字。我還是對她很看好的，我也相信，她是一個懂得感恩的好孩子，我不求她能回報我們什麼，只求她和子魚姊弟情深，子魚一個人太孤單了。」宋氏也是有自己的想法的。秀雅、秀慧、秀美雖然也是子魚的親人，但是畢竟她們都是二房那邊的，人家也是嫡親的姊妹，和子魚總是差了一層關係，如今有了秀寧，她覺得，自己的兒子似乎沒有那麼孤單了。

宋俊寧不置可否。

「俊寧，父親這次遣你來，可還有其他事情嗎？」

宋俊寧搖頭。「沒有，父親只是讓我過來給老夫人祝壽，禮車稍後就到，我著急，先到了一天，不過沒想還是遲了。母親倒是叮嚀了許多，還給子魚和阿姊妳準備了許多東西呢。」

宋氏嘆息。「我讓母親擔憂了。」

「阿姊。」宋俊寧將手放在姊姊的手上。

打起精神，宋氏認真看宋俊寧。「俊寧，阿姊會堅強，不管怎麼樣，你都放心好了，也讓母親放心。」

「嗯，阿姊，妳要堅強。」

宋氏將小世子安排在距離自己並不太近的外院，雖然宋俊寧不過十三歲，但是到底也是一個少年了，這內院女子甚多，如此並不合適。

宋俊寧對於住在哪兒倒是沒有什麼特殊的要求，他雖然貴為小世子，但是也是個能隨遇而安的人。

話——將一切安排妥當，宋氏緊擰的眉毛依然沒有放鬆，不為別的，就是因著剛才宋俊寧的話——

致遠的死，不是意外！

想到這裡，宋氏深深地吸了一口氣，往主屋走去。

一人計短，兩人計長，這件事是她的命，也是老夫人的命，是他們季家每一個人的傷痕，想到這裡，她更加毫不猶豫。

如果讓她知道真相，知道那個害了致遠的人是誰，她定將毫不猶豫地手刃仇人。

沒有任何猶豫！無論是誰！

第十三章

「啊……」楚攸在噩夢中驚醒，擦乾臉上的汗水，他勾起一抹嘲諷的笑。

他起身將蠟燭燃起，來到案前看書，不過今夜他的心緒似乎並不能平穩，看了一會兒，楚攸有些煩悶地將書放下。

許是他的定力還是不夠吧……楚攸嘆息。

「大人，可是有事？」李蘊在門外問道。

「無事，你休息吧。」楚攸回道，再次細細打量起整個屋子來。說起來，季家所有屋子的格局都特殊得緊，便是京中也有不少人模仿季家的格局，可是要說最特殊的開始，想來便該是這裡了——季家老宅。

楚攸站起，開始摩挲這屋裡的每一樣家具，每一面牆壁，甚至是每一根柱子。

「季致遠，你到底把東西放在哪兒了呢？」喃喃自語。

誠然，季致遠是絕對不會把東西放在這個季家老宅的，當初他根本就沒有那麼多時間，而且季致遠一年也只回來一次，可是楚攸就是想透過這裡熟悉的種種推測季致遠的動作、他的行為。

按照季致遠的習慣，最有可能的地方，一定是藏在書中的某一個角落，當初季家的書已經被老夫人都運了回來，書房已經檢查過一次了，到底在哪裡？

楚攸為難地揉了揉自己的眉心，既然名單不能馬上找到，那麼他現在在其他方面也不能放鬆，小世子宋俊寧在這個時候來，就沒有一絲的問題嗎？

楚攸本就是個多疑的人，又是出身刑部，更是對所有事都保持了十分的戒心和懷疑。

安親王、小世子、四王爺、九王爺。楚攸以手指不斷地沾水寫著幾人的名字，想著每一個人。許久，他露出一抹笑容，萬變不離其宗，他著急要得到的東西，別人更加著急，如若他亂了分寸，旁人倒是會從中找到幾分機會，不如靜觀其變，他越是深不可測，別人才會更加忌憚。

想到這裡，楚攸靜下心來，將蠟燭熄滅，他打了一個響指。

「大人，有什麼吩咐？」

「李蘊，最近盜賊猖獗，季家家大業大，想來也是容易招人注意的。」楚攸恍若是自言自語，但是又確確實實地說了什麼。

李蘊一聽，明白，回道：「大人放心。」

寂靜的夜。

季家庭院一片安靜。寥寥幾個身影正是巡夜之人，季家向來如此，不管是哪方面都做得極好，原本就是這樣，現在內宅全是女眷，老夫人將安全看得更加地重要。

一身黑衣的李蘊靜靜地待在房頂，琢磨著從哪裡弄出些聲音最為合適。

而此時本該睡下的內院主屋卻燈火通明，老夫人轉著佛珠，靜靜地看著情緒有些激動的大夫人，一旁的二夫人狀態也並不很好。

「這件事，切不可張揚。」老夫人情緒倒是平穩，像是結果她早已預料到一般。

大夫人點頭。「兒媳明白，我已經仔細地叮囑了俊寧，他不會與旁人說的。母親，您說，這事到底是如何？他說的有幾分可信？還有那楚攸，楚攸這次來咱們江寧，到底是所為何事？」

大夫人與以往的冷靜相比，激動了許多，事已至此，她如何能不激動，那個被人害死的，是她最敬重心愛的相公。

老夫人沈吟半晌，看兩個兒媳。「妳們與我說說，對楚攸，妳們是怎麼看的？」

宋氏只一思索，便開口。「兒媳覺得，楚攸不會害致遠和二叔。」

二夫人薛氏點頭同意。「媳婦兒也是這麼看的。」

老夫人看兩人意見統一，問道：「說說妳們的理由。」

宋氏垂下眼瞼。「當初致遠他們出事，外面傳言甚多，最多的，都說兇手是楚攸。當時兒媳想了許多，可是最終，兒媳找不到楚攸這麼做的理由，他完全沒有必要做這些事。雖然意見相左，但是在許多時候，致遠他還是念著與楚攸一起長大的情誼的。我相信，楚攸也是如此。我曾經動用安親王府的勢力努力找過線索，但是並沒有找到什麼，也正是因此，當時我信了那是意外。」

老夫人又看向了薛氏，薛氏誠懇道：「我與大嫂看法相同，雖然我沒有力量找什麼線索，但是，我相信的是楚攸這個人，即便我們現在走在不同的路上，甚至是針鋒相對，可是大家總是有自小一起長大的情誼的。楚攸是變了，可是變了不代表就一定要害了從小一起長大的兄弟，致遠、致霖都是處處與人為善的，我相信，楚攸不會害他們。」

老夫人點頭。「妳們說的也正是我想的，我也一直都認為，楚攸是不會害他們的。好，既然如此，那便衍生了另外一個問題，既然楚攸沒有害他們，為什麼要緊咬著這件事不放？如果刑部真的有證據，他為什麼不說？要知道，楚攸是聖上面前的紅人。」

薛氏略一思索，開口。「不能說，有不能說的理由。」

老夫人點頭。「我也如是想，所以對楚攸，不能用往日的法子。」

「那怎麼辦？」宋氏焦急。

老夫人看她一眼，低頭。「秀寧。」

宋氏和薛氏聽了老夫人的話俱是呆滯。

宋氏疑惑地問道：「秀寧？這事和秀寧有什麼關係呢？」

老夫人微笑。「既然我們不能讓楚攸說出真相，那倒不如讓別人試試，秀寧是個很好的人選，至於具體如何，妳們暫且不要管了。」

但是宋氏與薛氏不同，秀寧是她名義上的養女，她自然是想得更多。「母親，秀寧已經七歲了，雖然還是個孩子，但是到底男女有別，如此這般，於秀寧的閨名，怕是有礙吧？」

老夫人將手中的佛珠放下，看她們兩個。「秀寧會有分寸的，妳們放心好了。」

「三妹……」薛氏也補充了一句，她想得更多一層。

老夫人面色不變。「此事不須妳們操心，晚晴不是孩子了，什麼事該做，她自是該知曉，這事我會與她說清楚的。」

宋氏和薛氏俱是微微一福，應道：「是。」

李蘊潛伏在房頂，遠遠地看著宋氏和薛氏一起從老夫人的房裡出來，琢磨著如何弄些動靜，思來想去，他霍地起身，迅速地踩瓦而過。

他動作不輕，而季家的護院又多是經過精挑細選，自然不是等閒之輩，如此一來，果真是被發現了。

「什麼人？」

李蘊並不多言，迅速離開，而護院也不甘示弱，訓練有素地分成兩隊，其中一隊追了上去，李蘊自然是不會與人交手，宋氏與薛氏聽到吵雜聲，轉而回屋。

一時間現場亂成了一團。

「出了什麼事？」老夫人見兩人進屋，自然也是聽到了外面的聲音。

宋氏平靜了一下心緒，回道：「有人闖了進來。」

老夫人皺眉望向了門外，表情晦暗不明。

因著李蘊的動作，季家幾乎所有人都被吵醒，他要的也正是這樣的效果。

嬌嬌聽到外面說話的聲音，爬了起來，揉了揉眼睛，看向了外室。

「彩玉。」

「小姐，您醒了？」

「可是出了什麼事？」嬌嬌不解。

彩玉進門，將蠟燭燃起。「回小姐，聽說是有人闖了進來呢。不過您放心，已經有護院追過去了，不會有問題的，您且先休息便可。」

嬌嬌抱著被子看彩玉，有些迷糊，疑惑地問道：「進來人了？」

「正是呢，也不知是什麼人，咱們家可是從沒發生過這樣的事。」彩玉略有些憂愁。

嬌嬌安慰道：「妳們也不需要多擔心的，該休息休息，這些事自會有人處理。」說罷，愛睏地打了個哈欠，之後倒頭繼續睡。

彩玉看自家小姐如此，轉念一想，也微笑起來，微微一福。「奴婢曉得了，小姐，雖說沒有大的事，但是總也驚了一下，蠟燭還是燃著吧，奴婢和鈴蘭就在外屋，有事您喊我們即可。」

嬌嬌擺了擺手，聲音軟軟的。「家裡護院很厲害的，大家都不需要擔心，早些睡吧，不然明天起來會沒有精神。」

「奴婢曉得。」彩玉起身檢查了一下窗戶，見沒有問題，靜靜出門。

鈴蘭看她出來，連忙開口。「彩玉，小姐有沒有嚇到？」

彩玉笑著搖頭，再檢查外屋的門窗，見一樣沒有大礙，坐了下來。

「小姐沒事，她又睡了。」

鈴蘭聽了，言道：「小姐還真是個孩子，連這麼大的事都不當成一回事，想來也只有孩子才是如此吧。」

她這麼一說，彩玉倒是失笑。「妳呀，我看妳才真的是個孩子。小姐沒有受驚，沒有害怕，她說啊，咱們季家的護院都是很厲害的，不會有問題，我們只須安靜休息便可，那些抓壞人的事，我們無須多操心，也不用想太多。」

鈴蘭瞪大了眼，囁嚅嘴角。「小姐還真是膽大。」

彩玉正色道：「這是豁達，也是看得明白，鈴蘭。」

「呃？」

「咱們小姐，絕對不簡單，以後不見得就會比其他的小姐差，我們跟著也一定會越來越好的。我們不能多幫助小姐什麼，但是也不能給小姐添麻煩，說句大實話，小姐是養女，本就與其他小姐不同，我們跟著她，可萬不能給她多添一絲的麻煩。妳性子單純，常會衝動，不過我想過，不管做什麼，妳都要仔細地多想想，多想想小姐的話，更是要知道，不能多添麻煩。」彩玉頗為慎重。她們幾個人之中，她年紀最大，自然也是將嬌嬌和鈴蘭看成孩子，納在羽翼之下，多的她做不了，但是不給小姐添麻煩，也多看著鈴蘭還是做得到的。

鈴蘭認真回道：「我懂的，我知道季家的規矩，既然老夫人把我們撥給了小姐，咱們便都是小姐的人，不管什麼時候都是，我會懂事的。」

彩玉點頭，兩人相視而笑。

這廂一如既往，那廂剛進入後院大門的幾個宵小倒是慌了，他們不明白，怎麼剛進院子就被發現了呢！幾人略微慌張，還不待有更多的動作，就見一個黑衣人迅速地衝了出去。而這人，正是李蘊，他想的是造成一點動亂便馬上離開，結果卻又在後院的門邊看到了其他的黑衣人，雖不知這些人是個什麼路數，他仍是按照自己的原定計劃，迅速地離開。

這些宵小的頭領一個轉念便明白定是遇到另外一夥人了，這麼想著，便知道不好。「快撤！」

此言一出，還不待他們動作，就被已經追了過來的護院圍住。

「你們是什麼人？」護院頭領徐達大聲喝斥問道。

多說無益，這夥人馬上動手，這個時候說他們是被人家黑了，說出來也沒用，兩夥人迅速地動起手來。

雖然這些黑衣人也是訓練有素，但到底不如季家的護院，不多時便被悉數擒獲。

徐達走過去一把將黑衣人頭領的面巾扯下，當看到此人的長相時，他怔住了。

這個黑衣人不是別人，正是英家的女婿，付得志。

不過徐達也只是一怔，隨即便恢復了正常，打了一個手勢，眾人明白。

當老夫人看到黑衣人的時候，恨鐵不成鋼，似乎是氣極，看她情緒起伏極大，宋氏連忙為老夫人斟茶。

老夫人平復心情之後，恨恨地問道：「得志，你給我說清楚，這是怎麼一回事？」

付得志表情尷尬極了，從被擒獲的那一刻起他就沒有再說一句話，而這個時候他一樣是什麼都沒說。

老夫人定了下心神，冷笑，她鮮少對自己的親眷露出這樣的笑容，這個時候想來也是氣極。

「徐達，將他們所有人都帶下去，今日鬧賊一事，誰也不准聲張，明早我要知道他們進來的原因。」

徐達一抱拳。「徐達明白。」

徐達也是在季英堂長大的，他與其他人不同，他不善文，反而是武藝極好，然他並沒有出去闖蕩，反而是安心地給季家做了護院頭領，也正是因為他的能力，季家一直都很安穩。

命人將黑衣人一行帶下去，徐達欲言又止，老夫人見他如此，問道：「還有什麼問題？可是有什麼不妥？」

徐達略一思索開口。「我覺得，今日之事有問題，剛才我們追的黑衣人，未必是這些人。」

老夫人聽到此言，挑眉。「你說說當時的情況。」

「當時我們是用更快的速度追過去的，但是我覺得，他們的功夫根本不是同一個路數，之前我們發現的黑衣人明顯功夫更高，輕功極好，但是他們並不是，如若不是這般，也不會這麼輕易便被我們擒獲。」徐達仔細回想當時的情形，覺得事情必然不會簡單。

老夫人看他，低頭思索。「行了，我知道了，你下去吧。我要知道他們為什麼而來，至於你說的，馬上帶人仔細檢查蛛絲馬跡。」

「是。」

宋氏和薛氏看老夫人，有些憂心。「母親，您說這事？」

老夫人面不改色，她其實已經猜出幾分幾人的意圖，不過現在還是不便多言，且看徐達審訊的結果吧。想到這裡，老夫人打起精神。「我們季家如今是多事之秋，許多事不是我們不摻和，就不會找上門來，妳們也是一樣，萬事都小心幾分。至於今日的事，妳們也莫要在孩子面前多說，小孩子，自然是有個天真的童年更好。」

「媳婦兒明白的。」

李蘊躲過了季家的追捕，馬上又潛了回來，待他剛收拾妥當，便聽聞外面搜查的聲音。

楚攸一直沒睡，他站在窗前看著月色，即便是庭院吵雜，也並沒有影響他的興致，他與徐達也是自小一起長大，如今再見，竟是形同陌路。

「大人。」李蘊的聲音響起。

「出了什麼意外？」楚攸語氣淡淡的。

「屬下碰到了另一夥剛潛進來的人馬，徐達已經與那些人交上手了，我想，以他的能力，那些人應該會被擒獲。」

楚攸勾起笑容，然這笑意卻並未直達眼底。

「李蘊，這也算是你送給季家的一份大禮，英家還真是按捺不住。」他語氣略微嘲諷。

李蘊嘆息。「本是同根生，相煎何太急。」

楚攸頓時收起了笑容，整個人冰冷得緊。「在權力、金錢、美色面前，許多東西都會被踐踏，包括親情和人性。」

「大人，那咱們怎麼辦？」

「怎麼辦？」楚攸接了一句，回身。「不怎麼辦。你放出風聲，就說我此次來江寧的目的是搜索幽州貪腐案的一本帳冊。」

李蘊縱然不解，仍是應道：「是，屬下知曉。不過大人，此事說出來也略有不通，幽州貪腐案就算有什麼帳冊，也不須來江寧尋找啊！」

楚攸莞爾一笑，頓時懾人心魄。「幽州貪腐案的重要人證許治與懷遠大師關係極好，我找來，也是正當。」

「大人明鑑。」

翌日。

天空晴朗，萬里無雲，嬌嬌洗漱之後便來到主屋共進早膳。見大家都到了，她有些歉然地羞澀笑。

「姊姊快些過來。」子魚衝過來拉她的手，嬌嬌順勢牽起他。

「秀寧給老夫人請安，母親、二嬸、姑姑早。」轉身又與幾個姊妹一福，嬌嬌拉著子魚站在了宋氏身邊。

看眾人到齊，老夫人吩咐擺餐。

今日清晨許是經過昨夜變故的關係，大家都安靜得不行。

嬌嬌的位置正位在季晚晴的斜對面，見她表情有幾分憔悴，嬌嬌暗暗垂下眼簾。大體上，昨夜許多人都沒有睡好吧，雖然不知道最後到底如何，但嬌嬌還是不願意多問，這些不該她管。

「老夫人。」陳嬤嬤從外面進入，表情有幾分的忌憚。
「何事？」老夫人抬眼。
「舅老爺過來了，在門口求見。」
這舅老爺正是老夫人的哥哥，老夫人並不覺得意外，吩咐。「讓他們先去前廳等候。」
見幾個小的都看她，老夫人笑。「繼續用早飯。」
老夫人最是重視早膳，這點大家都是知曉，不過想到昨夜發生的動亂，又想到今日舅老爺的到訪，大家表情都有了幾分的變化。
雖然子魚身邊有丫鬟，他還是很依賴嬌嬌，輕扯她的衣袖，嬌嬌知曉，便為他挾菜。
老夫人看兩個孩子相處得甚好，突然言道：「也許，有些事，開始便是錯了。」
大家聽到這話，俱是抬頭看她，然她這時已經恢復了正常，低頭。
「近來家裡事多，小世子到了，可盈妳也不便陪晚晴去寺廟祈福。晚晴，妳也不是孩子了，倒是沒有必要非得讓妳大嫂陪著，讓秀雅、秀寧、秀慧三個丫頭陪妳一起，她們年紀也都不小了，多誦經祈福，也是好的；誦經之餘，妳也可以多指點指點她們三個的琴技，妳是她們的姑姑，多照看些她們。」
季晚晴怔住，不過隨即應道：「母親，晚晴知曉了，那我們何時啟程才好？」
老夫人抬頭看她。「下午。」

第十四章

車輪滾滾，四人坐在馬車上，相視無言。

嬌嬌倒是沒想到，這本已經決定不去的拜佛之行又再次出發，想到老夫人臨行前的交代，嬌嬌仰天悲嘆，她還是個孩子啊，她還是個七歲的小蘿莉啊，為什麼要管那麼多事啊?!

嬌嬌揚頭，甜甜地笑。「姑姑，我這是第一次出門呢，聽鈴蘭說，寒山寺的懷遠大師是得道高僧，許多人都來找他看相呢！」

晚晴似乎想到了什麼，露出一抹笑容。「當年，他曾經為我批過八字。」想到這裡，她又收起了笑容，整個人倒是露出了幾分的嘲諷。

「那他批得準嗎？」嬌嬌看晚晴姑姑這樣，有些好奇。

季晚晴面色僵住，輕啟朱唇。「不準。」

三個小姊妹難得地對視了一眼，俱是閉嘴不再多問，想來這卜卦的內容必然是讓姑姑十分不喜吧。

寒山寺並不若嬌嬌想得那般遠，不過是一個時辰左右便到了，丫鬟將小凳子放在轎邊，伺候幾位小姐下轎。季晚晴其實對這裡也並不是很熟，她在許多年前就搬到了京城，對這寒山寺，還是小時候的印象。

如此一來，對所有人來說都算是新奇了。

老夫人先前已經安排人先一步到了這寒山寺，許嬤嬤見三小姐和三位小小姐到了，笑著迎了過來。

「奴婢見過幾位小姐。老奴已經安排妥當了，咱們啊，是住在這後山的別院裡，寒山寺都是僧人，前院多有不妥，也俱是男客居住，女眷，大體是住在後山的。不過這轎子要過去委實有些不便，還要煩勞三小姐和幾位小小姐走過去了。」許嬤嬤面帶笑意，俐落地將這裡的情況介紹了個清楚。

季晚晴聽了，點頭。「入鄉隨俗，咱們既然是來拜佛，自然要守著這裡的規矩，許嬤嬤，妳在前邊帶路吧。」

幾人跟著許嬤嬤穿過幾條庭院小路，來到後山，照嬌嬌看，這裡的地方委實不大，想來也是因為離城裡比較近，往日裡是並不需要多住的，因此客房並不很多。

嬌嬌邊走邊用眼角的餘光往四下打量，今日並非初一、十五，寺廟的人倒是不多的。雖不知往日如何，但是想著老夫人既然選擇了寒山寺，那它必然是有自己的過人之處。

原本初時嬌嬌並不信這些神佛鬼怪，但是如今既然她都能穿越，能夠借屍還魂，還有什麼不可能的呢！對此，她是抱著敬重的態度的。

「三小姐，這裡的廂房有幾間已經預訂了出去，現在只餘兩間房，您看，怎麼分配得好？」

季晚晴看一眼三個姪女。「這樣吧，就讓秀雅、秀慧姊妹倆住在一起，秀寧跟我住。」

許嬤嬤沒有說什麼，只是笑。「如此一來便好，主子們帶著的丫鬟便是住在外面，我們和幾個護院則是住在下人房。小姐儘可放心，這寒山寺雖然不大，但還是很安全的。」

季晚晴點頭，舉步入房。

嬌嬌再次打量周圍的格局，看許嬤嬤，嗓音清脆。「嬤嬤，是最近寒山寺有什麼事情發生嗎？」

許嬤嬤不解。「秀寧小姐何出此言？」

「這裡有好多空房，可是卻沒有房間了，難道不是這樣嗎？」嬌嬌稚氣地笑。

許嬤嬤點頭讚道：「秀寧小姐真是細心，寺廟倒是沒有什麼事，不知為何，自中午便不斷有人過來訂房間，前院已然訂滿了呢。也虧得咱們來得及時，不然連這兩間還訂不到呢。」

聽到兩人在門口的談話，季晚晴轉身出了門，打量了一下周圍，問：「今天中午突然如此的？」

「正是呢。」許嬤嬤微福回道。

略一思索，晚晴叮囑。「許嬤嬤，告訴咱們隨行而來的護院，切記要小心謹慎，我總覺得，這事透露著幾分的怪異。」季晚晴也不是完全不食人間煙火的大小姐，老夫人親自教養的女兒，縱然有些驕縱，總也不至於是個繡花枕頭。

許嬤嬤一聽，立馬嚴肅道：「老奴曉得了，小姐顧慮得有道理。」

這廂幾人在寒山寺安頓妥當，那廂老夫人卻才剛在家中佛堂結束唸經。

陳嬤嬤見老夫人唸完，連忙過去攙扶。

早晨舅老爺氣急敗壞地離開，老夫人似乎是不為所動，但是別人不知曉，她跟了老夫人幾十年，是明白的，老夫人她也是心裡難受。

「看此時辰，晚晴已經帶著三個女娃兒到了寒山寺了吧。」老夫人念叨。

陳嬤嬤回。「想也差不多了。老夫人，您且放心吧，別說那邊有許嬤嬤看著，就是咱們安排的護院也不是等閒之人，幾位小姐是萬不會出事的。」

老夫人坐下品茗，問道：「妳就不好奇，為什麼在這個節骨眼上，我反而讓她們幾個離開？如若是大哥他們真的狗急跳牆，如今倒是個大漏洞。」

「老夫人如此安排，定然有必須如此的道理。我跟著您這麼久了，這還不知曉嗎？」陳嬤嬤笑。

老夫人將手中的茶杯放下，嘆了一口氣。「如若有事，對晚晴來說，不見得是一件壞事。許多事，不破不立。不從困局中走出，晚晴很難往前走，也許真的是因為她是小女兒，我太寵著她，也太由著她了，正是因此，以至於她走到今日這個地步。如今既然大家都奔著寒山寺而去，那倒不如讓晚晴也身處其中，只有徹底見識了楚攸的無情，她才會大徹大悟，我相信，只有經歷了許多的變故，她才會知道，齊放才是最適合她的。」

「老夫人，您為晚晴小姐操的心，她會懂的。晚晴小姐自小便是個聰慧的孩子，今日大家都說秀慧小姐聰明，但是照我看來，晚晴小姐小時候更勝一籌呢。她定然會轉過這個彎兒的。」陳嬤嬤勸慰。

「有時候太聰明，不見得是一件好事，聰明反被聰明誤，正是如此。」

陳嬷嬷看老夫人憂心，不再說話。

老夫人擺弄茶杯，想到了近期正在學茶道而且甚有興趣的秀寧，抬頭看陳嬷嬷。

「今晨，我突然覺得，也許當初不將秀寧認為養女，更是妥當。」

聽到老夫人此言，陳嬷嬷訝然，她一直認為老夫人是極喜歡秀寧小姐的，可是老夫人這樣說，倒是讓她有幾分的疑惑。

看陳嬷嬷疑惑不解的臉，老夫人笑。「這話，我也只與妳說。今晨我竟是突然冒出一個想法，如若不將秀寧認為養女，反而是讓她做子魚的童養媳，與季家，與子魚，想來都是更好的；但是現今既然已經認了，那便不可行了。」

陳嬷嬷聽了這話當真是萬萬沒想到，她自是知道老夫人看重秀寧小姐，倒是未想竟是如此看重！想到老夫人早晨那句開始便是錯了的話，陳嬷嬷明白過來，老夫人定然是指這件事。

「秀寧小姐雖好，但是大夫人不見得……」剩下的話隱在口中，不過老夫人也明白陳嬷嬷的意思。

她笑。「如若我堅持，也未必不可。我今晨便想，許是我開始就是錯誤的，她雖然比子魚年紀大，但是卻也是極合我們季家的。然人都有個定數，既然已經認了養女，既然已經是子魚的姊姊了，那就當姊姊吧。強求，反而不美。」

陳嬷嬷安慰。「雖然不能和秀寧小姐成親，但是子魚少爺將來定然能碰見更好的，當初便是如此不是嗎？大少爺終究是遇到了郡主，郡主雖然家世顯赫，但是對大少爺是情真意摯，情深似海。」

老夫人想到幾個孩子當初那番糾葛，點頭，不過她也開口。「雖是如此，但是可盈心裡未必沒有那根刺，當初她們妯娌便是不睦，如今這般安好，且是因為她們都有共同的傷罷！」

「終究過去了啊。」陳嬤嬤嘆息。

老夫人聽到這裡，遙遙看向遠方。「是啊，都過去了。」

一時間一室靜謐。

許久，老夫人開口。「妳去告訴徐達，將人手分成四部分，一部分看家護院，一部分保護晚晴等人，另外兩部分，人不須多，但是要高手，分別盯著楚攸和小世子，這兩個人必然都不簡單。」

「老奴知曉。不過老夫人，小世子那邊需要如此防備嗎？他在京裡便是個張揚跋扈的少年，這次來也是為您祝壽，更是帶來了消息，不見得就是有別的內情。」

老夫人垂下眼瞼。「人看到的，不見得就是真相，楚攸心狠手辣不見得是真相，小世子莽撞嬉鬧也不見得是真相。」

「老奴明白。」

「還有，去請楚攸，我要見他。」

楚攸適才從外而歸，聽聞老夫人要見他，露出一絲不易察覺的笑容，不過他倒是也不耽擱，立時便來到主院。主院與他當初離開的時候相比並沒有什麼大的變化，他只是往四下掃了一眼，便沒做耽擱地來到老夫人所在的主屋。

「楚攸見過老夫人。」一抱拳，並不算是大禮，然老夫人倒是也沒挑什麼毛病。

「楚大人請坐。」

楚攸並不客氣。

陳嬤嬤為楚攸上了他往日最喜愛的茶，楚攸一挑眉，並未多言。

待上完茶，陳嬤嬤退下，屋內只剩老夫人與楚攸兩人。

「楚大人出自刑部，外人皆稱，沒有楚大人破不了的案、審不下來的人，老身今日倒是想和楚大人做一筆交易。」老夫人開門見山道。楚攸是她養大的，她自然是知道楚攸的性子，縱使這些年她是越發地看不懂他，但是她還是按照他以前的性子處事。

自然，楚攸也並未表現出什麼不妥當。

「既然要交易，那老夫人必須有我想要的東西，同等價值的東西，才好交易。」楚攸不置可否。

「我要你審問昨日夜闖府內的付得志，至於你要什麼，你可以提。」老夫人仔細觀察楚攸的神情。

楚攸並不意外，笑。「我還以為，老夫人更想知道季致遠的死因。」

老夫人倒是能沈得住氣，微笑。「我自然是想知道，但是我更知道，老身現在沒有能夠與楚大人交換的東西，不等價的買賣，楚大人怎麼可能做呢？」

楚攸沒有多言。「我要京城的翠玉坊。」

老夫人失笑。「楚大人倒是個爽快人，只不過，這翠玉坊抵付得志，多了；抵致遠的死因，少了，端看楚大人要換哪個了？」

楚攸將茶杯端起。「付得志。除此之外，我負責季家人在寒山寺的安全。您要知道，狗急了還會跳牆呢。」

「這買賣，我並不想做，你該知道，能讓你離晚晴遠點，才是我衷心希望的，你若是處處護著她，我倒是不放心起來。這孩子性子拗，本就對你存了別樣的心思，我不希望她受到更多的傷害。楚攸，你可以離開，可以背棄季家，但是，我不能容許你傷害我的女兒。」

楚攸似笑非笑。「我從來都沒有說過自己喜歡季晚晴，也自認為沒有做過一絲逾矩之事；再說，你們不都說我是皇帝的男寵嗎？季晚晴應該知道男寵的意思吧？這天底下的人都知道了，你們又何苦裝呢？」

聽他如此直白之言，老夫人倒是被梗住了，能讓她說不出話的人也並不多。

「翠玉坊，換三件事。一，審問付得志，我保證讓他把祖宗三代拉過的屎都說出來，只要您想知道；二，負責季晚晴與三個小姑娘在寒山寺的安全；三……」楚攸笑，揚起扇子。「三，負責讓季晚晴死心。一換三，您賺了。」

老夫人看他，擺弄著自己的玉扳指，楚攸注意到她的小動作，繼續微笑等待。

許久，老夫人終於露出笑顏。「這麼優厚的條件，如若不和你換，倒是我虧了。」

「那是當然。」

「既然如此，那麼成交。楚攸，沒有從商，倒是你的損失了。」

楚攸將扇子放下。「我不喜歡太多彎彎曲曲，簡單粗暴能解決，自是更好。」

徐達將自己的人手撤了出來，按照老夫人的意思，還是讓楚攸審問付得志。如說功夫，徐達自然不弱，可是付得志咬死了不說什麼，而那些跟班又根本不知道具體的情形，這一點徐達是有些無可奈何的。在審訊方面，他知道自己不行，那是自然，他本就是看家護院，如何能夠做得了這個。

楚攸自然也沒有出乎老夫人的意料之外，不足一個時辰便從地下室走出，見徐達等在門口，他若無其事地經過他。

「楚攸。」徐達喊了一聲。

「有事？」楚攸停下腳步，卻沒有回頭。

徐達嘆息。「為什麼會這樣？」

楚攸冷笑。「什麼為什麼不為什麼的。徐達，你不覺得問這個很可笑嗎？既然你都聽到付得志說的了，那快些去稟告老夫人才是，與我說這些又有什麼意義呢？」

徐達自始至終都站在門口聽著楚攸的審問，不得不說，楚攸真的是在刑部待久了，這樣的人，更能狠得下心，有時候不光是身體上的打擊，還有心理上的折磨，楚攸的刑訊其實是給徐達上了一課的。

楚攸言語不善，不過似乎自從楚攸離開季家，他更像是變了一個人，他們已然習慣，已然習慣當初那個沈默寡言卻對他們還有一絲溫情的楚攸，變成了現在這樣的六親不認。

「我會稟告老夫人的。楚攸，這次的事，謝謝你。」徐達慎重道。

楚攸笑得近似妖孽，漂亮的丹鳳眼打量著徐達。「倒是不知道，季家需要你徐達來謝了，至於這聲謝，我是不敢當的，各取所需罷了。」

徐達怔了一下，隨即越過楚攸離開。

楚攸垂下眼瞼，沒有說話，跟在他身後出了地牢。

也就在這時，李蘊迎了上來。「大人，李蔚回來了。」

楚攸一聽，臉上有了幾分的真誠。

「走吧。」

待楚攸回到室內，就見李蔚參拜。「屬下見過大人。」

這李蔚與李蘊長得極像，一看便知是兄弟。

「事情處理得如何？」楚攸擺手，李蔚起身回稟。

「京城那邊的事已經布好了暗線，只待大魚上鈎。至於小三小姐那邊也已經都查清楚了，小三小姐秀寧原名季嬌嬌，背景簡單得完全沒有查的必要。季父是大災之時逃難到荷葉村的，身分並沒有什麼可疑，她父母去世後，秀寧小姐在荷葉村也過得並不如意，不過倒是個機靈的孩子，如若不然，今時她已然是別人家的童養媳……」李蔚將自己調查的結果稟報給了楚攸。

楚攸摩挲著茶杯的邊緣，似笑非笑。「就在離開荷葉村的路上，她便救了被人綁架的季子魚？」

「是的。而且據說，三個綁匪其中一人還被她打傷了，三人因著綁架的是安親王的外孫，已經被斬首了；不過屬下翻看了當時的卷宗，也找了當時負責的捕快瞭解情況，據記載，當時綁匪用了『狡猾』二字形容秀寧小姐，還有就是，他們並不知道她是女孩。」

楚攸笑容更大。「怪不得老夫人看中了她，原來還真不是個簡單的小丫頭。行了，這件事我知道了，你們且收拾一下，稍後我們便啟程趕往寒山寺。」

「寒山寺？」李蔚有些不解，不過他性格與李蘊不同，並沒有多問，雖然疑惑但仍是馬上收拾。「屬下明白。」

主僕幾人收拾妥當並未耽擱，踩著夕陽啟程。

看著幾人策馬遠去的背影，小世子站在門口若有所思。

小世子身邊的侍衛低言。「主子，楚大人似乎也是去寒山寺了，咱們要不要過去？」

小世子收起了那分若有所思，一臉天真笑嘻嘻地言道：「聽說有不少人都湊了過去呢，你自是知道我的性子，留在這裡無趣極了，倒是不如湊湊熱鬧，聽說那帳本可是關係到江南的私鹽大案呢，我哪有不去瞧瞧的道理。」他聲音可不低，不少人都望了過來，但是他仍是不知道般地繼續交代侍衛準備。

待下人將這一情況稟告給老夫人，她並沒有什麼特殊的表情，只淡淡地交代陳嬤嬤。

「陪我去看看致霖吧。」

自季致霖陷入昏迷那一日起，老夫人便堅信，總有一天他會醒來，也正是因此，她每日都要抽一些時間與季致霖說話，她相信，只要家人不斷地努力，即便是植物人，也終究會好的，終究會的。

見老夫人到來，二夫人微微一福。「兒媳見過母親。」

老夫人微笑擺手。每每這個時間，老夫人都喜歡單獨和兒子閒話一些近來發生的事情，她並不太喜歡旁人也在。二夫人自然也是知曉這一點的，福過身之後便偕同陳嬤嬤出了房門，出門之際還貼心地將門掩好。

老夫人見室內通風極好，贊同地點了點頭，又將季致霖的薄被向下略微拉了拉，看著兒子蒼白的臉龐，老夫人心疼，卻又無奈，這世上總是有太多的事不能盡如人意，她曾經以為，自己是穿越之人，必然能夠左右人生。然而事實總是會告訴她，這世上之事，實難能盡數掌握，她的丈夫終究是因病早走，她的三個孩子都很出色，結果卻如今日一般。

老夫人一手拉著他的手，一手摸他的頭。「致霖，你還要睡多久呢？」

這個時候的老夫人並不像在大家面前那麼堅強、能幹，彷彿這個時候的她更像是一個五十多歲的老人，疲憊、脆弱。

「如今局勢越來越亂，你知道娘有多累嗎？你快些起來，好嗎？你難道忍心見娘一個人如此操勞，忍心見你媳婦兒年紀輕輕便要操心忙碌嗎？你大哥已經不在了，晚晴又不省心，致霖，你何時才能起來幫娘一把？」老夫人嘆息，摩挲著致霖的臉。

「致霖，娘知道，你們兄弟二人都是聰慧有加，更是有大局觀，如若你現在好好地，想來更加能為娘分憂吧？你可知道咱們季家現在的處境？你舅舅家沒有一個省心的，季家遠親這邊也是虎視眈眈，子魚年紀小不頂事，楚攸分不清是敵是友，娘真的很累了，你到底要偷懶到什麼時候？

「如今局勢紛亂，便是我們躲到這小城，仍是不得安寧。致霖，你還要繼續偷懶嗎？今日他們所有人齊聚寒山寺，你可知，娘心裡也是不放心的，不放心你妹妹，不放心三個小丫頭，可是娘沒有辦法，娘希望晚晴死心，娘更希望得知你們那起意外的真相。娘不能不為你們做些什麼，縱然知道這是楚攸的一個局，我們也必須往裡鑽。致霖，你那麼聰明，如若你醒著，必然會明白，這是一個局，一個人人都沒看穿的局，不是他楚攸太聰明，怪只怪，大家俱是亂了分寸，他們都忘了，楚攸是一個什麼樣的人。」

老夫人拉著兒子喃喃自語，寒山寺卻已經熱鬧起來。

嬌嬌立在窗邊，看著不斷地有人住進這小院，嘴角彎了起來。

「姑姑您看，這住進來的人越來越多呢，不知道的，還以為明日是廟會呢！」嬌嬌回身與晚晴清脆地說道。

季晚晴並沒有抬眼，繼續做著自己的刺繡。

「莫管旁人，管好自己便是。」雖是如是說，但是季晚晴還是有幾分不安的，不知為何，她自進了這寒山寺便多有不安，如今人聲鼎沸，她更是覺得心裡發冷，她不是笨蛋，自然曉得，必然是有什麼事情發生，而發生的這件事使大家心照不宣地住到了這裡。自己一家人並不知曉原因，算是一個局外人，可是局外人被牽扯了進來，且還不知道原因，這讓晚晴心裡發怵。

將手中的針線放下，晚晴交代。「妳且去找兩個姊姊玩，將許嬤嬤喚來，我有事情交代。」

「好。」嬌嬌露出大大的笑臉，出門。

然剛出了門，還不待進隔壁房間，就見一略顯妖嬈的女子扭腰過來。「呦，這是季家的幾小姐啊！看這小臉水靈的。」

嬌嬌細細打量此女子，年約二十開外，不足三十，雖衣衫整齊，但是給人風情萬種之感，一身玫紅的抹胸裙襯著蓬鬆的髮髻，金燦燦的髮釵更是在這抹豔麗裡添了幾分的妖嬈。

嬌嬌略微一福。「姊姊好。」雖是問好，倒也並沒有介紹自己，禮貌地打過招呼之後嬌嬌就要離開。

女子格格笑。「呦，人長得俊，小嘴也甜，我可當不起妳這一聲姊姊，如若我肯生，大概女兒都妳這麼大了呢！季小姐怎麼稱呼？」

這時另一女子出門，狠狠地瞪著先前說話的女子，嘲諷道：「真有意思，人家不愛搭理妳，還上杆子往上湊，也不看看自己是什麼身分。人家是大戶人家的小姐，不管是哪房的，人家的爹都是狀元爺；妳是什麼人，一個窯子裡出來的賤人，除了會攀著男人，妳還會做什麼？如今看妳這做派，真真兒可笑至極。」

嬌嬌聽聞此言倒是並沒有吃驚，這女子氣質本就有些風塵味，她初見的時候便有了幾分這樣的猜測，也正是因此，她並未多言，倒不是說看不起她或者如何，只是她要顧及季家的臉面。

「我呸！唐婉茹，妳還真以為自己是什麼好人啊，妳倒是不賤，妳還真好意思說，眼巴巴地嫁給自己姊夫做妾，氣死自己姊姊，妳好意思嗎？照我看，妳更讓人看不起，不就是妳們家吳大人如今喜歡我嗎，妳嫉妒了吧？我鳳仙兒可不是妳，敢做不敢認。瞅瞅你們家的吳公子，都恨不得扒了妳的皮，妳就是誦一萬次經，也不能消除妳身上的孽障。」鳳仙兒也是個嘴巴不饒人的。

她此言一出，唐婉茹氣得渾身顫抖。

「這好好的清淨之地，竟是有如此風塵女子撒野，妳、妳，我告訴妳，我非打死妳個小賤人。」眼看著唐婉茹就要衝上來打人。

嬌嬌見兩人鬧了起來，並不多看，直接轉身進了隔壁房間，這時季家的小姐倆都坐在那裡，有幾分臉紅，想來是聽到了外面的叫囂。

「見過兩位姊姊。妹妹忘了敲門，實在是失禮了。」嬌嬌有幾分靦覥。

秀雅緩和了一下氣氛，言道：「這有什麼，咱們都是自家姊妹，外面亂，妳著急也是正常。」

就聽兩人潑婦罵街般叫囂了起來，秀慧撇嘴。「有辱斯文。」

嬌嬌卻笑。「其實有時候如此這般也不見得有什麼不好，鬱結在胸，總是難受，倒不如發洩出來，只不過，她們有些過了，然而這也無礙，總是會有人來制止的。」

秀雅和秀慧皆是吃驚地看嬌嬌，許久，兩人點頭。「好像……有幾分道理。」

果不其然，外面沒吵多久，就聽有小沙彌過來勸架。

秀雅真心道：「秀寧妹妹料得倒是準。」

嬌嬌搖頭，俏皮道：「才不是呢。我只不過是進來之前，已經看見小沙彌往這邊走，嘿嘿。」

兩人見她撓頭笑，緩了一下，跟著笑了起來，一時間三姊妹的關係似乎近了幾分。

叩叩，外面傳來敲門聲。

「什麼事？」秀雅柔聲問道。

「三位小姐，三小姐讓奴婢過來喊妳們過去。」

「知道了。」

季晚晴聽許嬤嬤言此時前院人並不多，打算帶三個小姑娘過去參拜，她人本就喜靜，也正是因此才會在這個時辰帶三個小姑娘過去。

許是剛才經歷了吵架風波，院子裡倒是沒什麼人。來到前院，嬌嬌這才正式地打量起這寺廟，龍飛鳳舞的「寒山寺」三個大字牌匾正居其中，再看兩側對聯——

芸芸眾生，善善惡惡一抔土

茫茫大地，真真假假總成空

嬌嬌恍然，其實世間事，可不正是如此。

這時並沒有什麼外客，四人跪下參拜。

「你求名利，他卜吉凶，可憐他全無心肝，怎出得什麼主意。殿偈煙雲，堂列鐘鼎，堪笑人供此泥木，空費了多少精神。」清朗的男聲響起，幾人回頭。

站在大門邊的，不是楚攸還是哪個！

楚攸視線掃過幾個女孩，略顯輕佻。「幾位季小姐好。」

季晚晴總是有幾分分寸，略回禮之後便繼續參拜，並不多言。

許嬤嬤跟著她們，笑言。「楚大人好，倒是不想在此地也能碰到楚大人，若是參拜，還望楚大人稍等片刻，男女大防，便是如此肅穆之地，也該謹慎才好。」

許嬤嬤雖然八面玲瓏，然也不敢多得罪楚攸，不說他的身分，如此連神佛都敢不敬之人，還有何事做不出！當今世上，便是天家也極其信奉佛教，然他楚攸卻敢說出這番言論，實為大膽！

楚攸玩著手上匕首，望著嬌嬌。「雖男女大防，倒是也要看跟誰。妳家老夫人托了我看顧幾位小姐，我若是不看，如何看顧，寺廟裡也未必就沒有登徒子。」

瞅瞅，說得這是什麼話，真真兒的不像話！嬌嬌心裡嘀咕。

許嬤嬤被噎了一下，仍是笑臉相迎。「楚大人說得都對，然還望楚大人顧及些幾位小姐的閨譽，這世間，女子本就生活得不易，也較為苛刻，大人是明白事理的人，該是知道，越是大戶人家，規矩越是嚴苛，望大人多多體諒。」

不知許嬤嬤這話觸動了楚攸心裡哪根弦，他表情霍地冷下幾分，哼了一聲，轉身出門。

其實許嬤嬤也不是第一日認識楚攸，就算是從小看著他長大，見他變了神色，也悄然無奈地搖頭。

嬌嬌等人虔誠地參拜，不過並未見到懷遠大師，據聞懷遠大師明日會誦經講佛法，嬌嬌有些好奇，然想到明日便可見到，又覺得自己有些心急。

參拜之後並未見到楚攸的身影，嬌嬌鬆了一口氣，卻仍是見季晚晴有幾分落寞，即便是她掩飾得很好。

自古情字最傷人。

第十五章

深夜。

嬌嬌與晚晴一個房間，感覺到她左右翻身，似乎是睡不著，終是忍不住問道：「姑姑，您怎麼了？」

季晚晴悶哼了一聲。「無事，秀寧，妳睡吧。」雖然如是說，不過她卻起身了，不多時，她推了推嬌嬌。「秀寧，我有些不太舒服，妳今晚去和兩個姊姊一起擠擠睡可好？」

嬌嬌連忙起身，季晚晴見她起身，轉而去將蠟燭燃起。嬌嬌眼尖地看見一抹紅，心裡明白，原來季晚晴來癸水了，怪不得她不舒服呢，前世還沒有穿越的時候，嬌嬌每次來癸水都要死去活來一陣，所以甚是理解她的感受，乖巧地點頭。

嬌嬌連忙穿衣。「姑姑，我知道了。」

經過季晚晴這麼一番折騰，秀雅和秀慧也醒了過來，這地方本就不寬敞，嬌嬌不想幾人多忙，堅持要睡在秀雅房間的軟榻上，幾人說不過她，又是深更半夜，便由著她了。

「許嬤嬤，姑姑身子不舒服，還望您多照顧些。」嬌嬌稚氣地交代許嬤嬤，許嬤嬤笑著應了。

待一切收拾妥當，嬌嬌聽著秀雅、秀慧淺淺的呼吸聲，知曉兩人已然睡著，這麼一番折騰，她倒是睡不著了。

嬌嬌悄悄起身，抱膝坐在榻上，歪頭琢磨，先前來寒山寺的時候老夫人千叮嚀、萬囑咐她的兩件事，其中一件便是多多看顧季晚晴，她最怕季晚晴出了什麼問題；可是，既然如此，老夫人幹麼又拜託楚攸呢？楚攸在這一點上，完全沒有撒謊的必要。嬌嬌表示自己看不懂了。

又想到季晚晴來癸水，嬌嬌望了一眼秀雅、秀慧，見她們沒啥反應，便起身披了件外衣出門。這時院子裡已然靜悄悄，那是自然，深更半夜的，沒有人還如她一般。季晚晴的房間已經熄了燈，嬌嬌過去張望，見沒什麼異樣，放心幾分，她最怕的便是季晚晴私會楚攸。呃，雖然可能性不大，但是才子佳人的話本看多了，這樣的事也不見得不會發生。

既然有些睡不著了，嬌嬌也不強求自己，反而是坐在了門口的臺階上，今夜的星空似乎格外地亮眼，她支著下巴仰視。

嬌嬌自得其樂，本也快活，然就在這時，她竟然見到兩個黑衣人踩著房梁而過，而這兩人顯然還不是一夥的，似乎更像是一個人在追逐另外一人，嬌嬌一骨碌爬起來躲到柱子後面，生怕被人發現殺人滅口。

媽媽咪呀！嬌嬌不敢回頭看，而兩人的動作很輕，似乎也並不想驚動其他人，她瞬間一身冷汗，小手緊緊地握成了拳頭，只希望兩人快點打完，或者是快些去其他地方。

「唔。」嬌嬌背身站在柱子後面，突然一隻手從後伸出，捂住了她的嘴。

嬌嬌反射地動作，企圖狠狠地咬此人，結果卻並未得逞，那人身子轉到前邊，嬌嬌一看，略鬆了口氣，此人正是楚攸。

楚攸見嬌嬌似乎放心，抿了抿唇。

「妳是小野貓嗎？若不是我反應快，怕是就要被妳咬到了。妳這孩子，果真不乖巧又具有攻擊性。」

聽著楚攸似乎極為熟稔的口氣，讓嬌嬌一口氣差點上不來。

媽的，我們沒有很熟好不好！我正嚇得半死好不好！你背後捂人嘴的習慣很惡劣好不好！

她似笑非笑地說：「大半夜的，我害怕也是自然。不過楚大人，您這習慣還真是有夠特殊。」

楚攸拉著嬌嬌迅速地閃到了另外一邊，還不待嬌嬌反應過來，已經置身在院子裡比較隱蔽的一處空隙之地了。難道這就是傳說中的輕功？嬌嬌一臉黑線。

「楚大人不是要殺我滅口吧？」

楚攸丹鳳眼一挑，笑道：「那哪能呢，妳怎麼著也是我的小姪女，再說了，總是楚大人、楚大人地叫多見外，我不說過嗎，叫我楚叔叔便好。小姑娘戒心就是重，我若是害妳，也不會等到這時候，其他時間機會可多了。」

「您說，那兩個人是誰？」嬌嬌轉換話題。

楚攸衣著正常，自然不會是黑衣人。

楚攸並不好奇。「是誰並不重要，小孩子家家的，莫管閒事，好奇心太重可不好。」

嬌嬌難得孩子氣地翻了個白眼。

不過兩人的話題並沒有繼續下去，似乎這平靜的表面下俱是暗潮湧動，黑衣人且剛消失，就見一個男子閃進了院子，因著嬌嬌二人位置隱蔽，那人雖往四下張望，然並沒有看見她與楚攸二人。

見他迅速閃進一間廂房，楚攸倒是不客氣，拽著嬌嬌就湊了上去。

嬌嬌默寒，如若聽到人家偷情可咋辦！

不過事實證明，很顯然，嬌嬌是想多了，完全地想多了。

裡面的人並沒有將蠟燭點燃。

「你怎麼在這個時候過來了？」

一聲女聲響起，嬌嬌皺眉，這不是她白天聽到的那兩人的聲音。不過這院子小，住的人也不多，想來她總是會知道是哪個。

「剛才有人企圖偷襲懷遠大師，不過被另外一夥人馬發覺，兩方交上手了，照我看，是有人在保護懷遠。」男子言道。

「哦？如若真是這樣，那必然是楚攸無疑。想來也是，事情已經傳了出來，但凡有關係的，莫不是想將這事與自己撇清，如何能不動手，楚攸防著也是自然。」

「他死咬著這件事不放，不如咱們……」男子比了一個下手的動作。

女子皺眉制止。「不可，我們斷不能胡來，主子說讓我們要加倍小心，我們切不可對楚攸動手。且不說他刑部左侍郎的身分位高權重，端看天家對他的態度，咱們也不可胡來。人人都道楚攸是天家的男寵，此事雖未經證實，但是總也流傳甚廣，無風不起浪，主子都不敢斷言此事真假，一旦龍顏大怒，更加徹底調查，咱們今日所做一切便是得不償失了。」

嬌嬌聽到這裡，偷瞄楚攸面色，見他倒是並沒有什麼異常，嬌嬌感慨，這人臉皮真厚啊！還是說，他以為自己是小姑娘不懂男寵這樣的字眼？阿門，這更不可能，在他心裡，自己不就是心眼多的熊孩子嗎？

男子捶了一下屋內的桌子，嘆道：「這等陰險小人，怎就能平步青雲？難不成就因為有個妖嬈惑人的臉龐，便可讓人忽略他的狡詐歹毒嗎？如此做事不留情面，朝中反而都不敢招惹於他，天家更是對他寵信有加，如此惑主歹人，將來必定不得好死。」

「好了，你說這些有什麼用，與其在此咒罵楚攸，倒不如想想如何找到帳本，這才是正經。幽州貪腐案、江南私鹽大案、懷遠大師，這其中一環套一環，咱們可不能掉以輕心。」

「我知道，如若不是幽州貪腐案牽扯私鹽大案，咱們哪須找什麼帳本，也不知我們能否搶在楚攸前頭。」

聽到屋內的談話，嬌嬌掩住自己的嘴，一句不敢多言，朝中之事牽扯甚廣，她一個小女孩，實不想牽連其中。

似乎是看出了嬌嬌的態度，楚攸迅速地拉著她離開。就在兩人閃開之際，屋內男子也出門迅速離開。

嬌嬌不發一言，楚攸拍拍她的臉蛋。「好了，小丫頭，趕緊回去睡覺吧，這裡的事，與妳無關。」

嬌嬌抬眼看他，點頭，轉身，恰在此時，鳳仙兒推門出來，事發突然，三人目光碰上，嬌嬌一驚。

夜會外男，即便她是個孩子，也是不妥當的。

嬌嬌一瞬間極為驚慌，然鳳仙兒幾乎像是沒有看見兩人一般，直接關門回去，甚至連多看的一眼都沒有。慌亂之後，嬌嬌也鎮定下來，她不過是個小孩子，即便心裡是個大人，但是現在只是七歲的小女孩，雖不妥當，但是想來也不見得別人就會多想。

自我安慰之下，嬌嬌竟然莫名也就平靜了。

嬌嬌微微一福。「楚叔叔，告辭。」倒真是個聽話的好孩子。

楚攸看她，笑得有些妖孽。「這麼小就這麼聰慧，不見得是一件好事。」

嬌嬌低眉順眼，不卑不亢。「早慧與否，端看對誰而言，活出自己才是正經。」

楚攸面色不變。「倒真是老夫人看中的小姑娘，就是不知，她是否後悔當日將妳認為季家養女。不過我想，她大概會後悔吧？這麼聰明，不永遠留在季家，多可惜。」他話中有話，伸手要摸嬌嬌的頭，小丫頭躲了一下，有些惱怒。

「真是有趣，其實這世上，沒人能夠活出真正的自我。妳季秀寧也不例外。」

「能不能活出，自由我自己體悟，與他人無關，楚叔叔還是憂心自己才好。」言罷，嬌嬌轉身回自己的房間。

楚攸看著她的背影，若有所思。

許久，他低言。「既然站在門口偷聽，何不開門呢？比起妳的姪女，妳倒是讓人覺得無趣得緊。」

「嘎吱」一聲，就聽開門聲，季晚晴一身雪白的裡衣，淡藍色的披風襯得她整個人清麗脫俗，她咬唇看著楚攸，喃喃道：「為什麼？」

楚攸冷笑，不置可否。

見他如此，季晚晴繼續言道：「你為什麼要這樣？為什麼要對秀寧這麼好？你有什麼居心？」

楚攸正色看她。「季晚晴，妳可知道，我最是討厭妳這副嘴臉。」停頓一下，楚攸上下打量季晚晴。「妳這副自認為高人一等的嘴臉，妳覺得，什麼都是妳自己對的嘴臉。」

此言一出，季晚晴當即落下淚來，心裡心心念念的男人如此厭惡自己，她如何能夠承受得住。

「楚哥哥……」

「當不起，季三小姐，我可當不起妳這聲哥哥，妳是大小姐，我不過是個無家可歸的孤兒，叫我哥哥，倒是真的讓人看你們季家的笑話了。」楚攸言語不善。

季晚晴哽咽。「為、為什麼會這樣？楚哥哥，為什麼？」如若不是那抹驕傲還支撐著她，季晚晴怕是就要癱軟在地。

「妳，還記得虞夢嗎？」楚攸看著她的淚顏，突然開口，聲音很低，但是卻有幾分恨意，藏都藏不住。

季晚晴霍然抬頭，錯愕地看著楚攸，結結巴巴。「你、你、你說、說什麼？」

「虞夢！」楚攸言語間彷彿淬了冰碴兒。

季晚晴的臉色倏地變得蒼白。「為、為什麼你會提到她？你、你和她……你、你喜歡她？」季晚晴有些語無倫次，她震驚地看著楚攸，怎麼都不明白，事實竟然是如此。

楚攸並沒有接話，只是冰冷地看著季晚晴。

「你、你愛她？」季晚晴顫抖。

楚攸不置可否，只認真地看著季晚晴。「當年害過虞夢的人，我一個都不會放過。寧元浩死了，妳季晚晴，還有所有的幫凶，你們一個也別想好，她死了，你們也別想得到幸福。」說罷，楚攸轉身離開。

「我沒有，我沒有害虞夢……」看著他的背影，季晚晴一下子癱軟在地上。

嬌嬌倚著門偷聽，聽到楚攸離開的腳步聲，打算回榻子，然而一個回頭，就見秀慧站在那裡靜靜地看她，嬌嬌吃了一驚，拍胸。「二姊姊，妳嚇了我一跳。」

秀慧看她。「妳偷聽。」

嬌嬌噓了一聲，拉著秀慧連忙來到裡屋。「二姊姊，我不是故意的啊。」

秀慧倒是直言。「剛才妳也在外面。」

嬌嬌知道瞞不過，低語。「我不放心姑姑，剛過去看她，結果碰到了楚大人，也不過是說了幾句話就回來了，結果又聽到姑姑與他說話的聲音。」

嬌嬌解釋得模稜兩可，秀慧點頭。

「臨走前老夫人單獨見了妳，是交代妳看著姑姑？」秀雅的聲音傳來。

原來秀雅也醒著。嬌嬌吃驚地看過去，抹了抹頭上的汗，現在的孩子怎麼都這麼早熟啊，啥都知道。

嬌嬌搖頭。「沒有啦，我是看姑姑不舒服才多留意的。」

秀雅扯了扯衣角，不置可否。

「不早了，早些睡吧，明天還要早起。」

「嗯啊。」嬌嬌躺在小榻上，心裡嘀咕，怎麼她們好像反了過來，姑姑是不懂事的，她們三個倒像是大人一樣。真心淚奔，這都什麼事。

楚攸離開後院，慢悠悠地回到了自己在前院的房間，將蠟燭燃起，就見一個女子坐在小几邊，而這人，赫然正是先前碰到的鳳仙兒。楚攸並不意外也不吃驚。

「屬下見過大人。」

楚攸坐下。「怎麼樣？」

「我接觸了幾家，目前還可以，下一步我們該如何？」想來兩人是早就約好見面的，而鳳仙兒也不如之前看起來那般，這個時候的她幹練冷漠。

楚攸笑，然笑意卻未達到眼底。

「鬧，我要事情亂成一鍋粥，只有事情鬧大，大家才會相信真的有這樣一個帳本的存在，而也只有這個時候我拿出所謂的帳本才能更加地名正言順。」

「屬下明白。不過大人，您剛才提到了虞夢三小姐，將事情和盤托出，會不會與我們的計劃有礙？」鳳仙兒就事論事。

楚攸搖頭。「他們不會知道三姊的身分的。既然季晚晴自作聰明地要認為我愛慕三姊，那麼便讓她這樣以為吧。這與計劃無礙，相反，倒是可以迷惑旁人，而且，讓她死心也是交換翠玉坊的代價之一。妳以為我不知道那個院子裡有好幾撥人偷聽？然我根本不在乎，我就是要讓他們知道，寧元浩是我害死的，我就是要讓他們知道，我也同樣不會放過季家，早晚而已。」

「可打擊季家並不在我們的計劃範圍內啊！」

「我說了，我要讓他們知道，讓他們知道，不代表我要這麼做。」楚攸話中有話，鳳仙兒瞬間明白。

「屬下懂了。一會兒李蘊、李蔚就該回來了，扮演打鬥雙方，倒是不知能迷惑多少人。」鳳仙兒笑了起來，言語間又多了幾分風情。

楚攸斟茶。「什麼李蘊、李蔚，那是咱們的人，緊盯著、監視著他們的人，而他們，有人窩裡反。」

說罷，兩人相視而笑。

這一晚上發生太多事了，多到嬌嬌不能消化，她雖然聽到晚晴姑姑在門口低泣，但是卻並不敢去扶，只怕她更傷心，好在，不過一會兒就聽許嬤嬤過去將人拉進了屋裡。

早晨起床後，嬌嬌因著睡眠不足有些懨懨的。

秀慧看她沒有精神，譏嘲道：「晚上當小耗子聽牆腳，白天自然是沒有精神。」

嬌嬌溫和地笑，毫不在意。

「二姊姊，我今晚要早早地睡。」

秀雅看她認真的小臉，笑了起來。「知道當耗子的辛苦了吧？大家閨秀可不能這樣，這院子裡也有不少外人，讓旁人見了，出去亂傳，妳哪還有閨譽可言。」

秀雅說這話自是為了嬌嬌好，嬌嬌忙不迭地點頭。「我知道了，那個楚攸，還真是陰魂不散。」嬌嬌嘟囔，惹來兩個姊姊的白眼。

「妳呀，還是個孩子呢，管好自己就得了。」

嬌嬌抬手指著她們。「妳們也是孩子啊！」

秀雅瞪她。「妳還頂嘴，我是姊姊，比妳們大。」

說罷，三人忍不住又笑了出來。

「好啦好啦，我們快過去看看姑姑吧？」

三人一同過去請安，季晚晴神色極為憔悴，往日便是冷冰冰的臉蛋更是蒼白木然。

「我身子有些不適，一會兒怕是不能與妳們一道過去聽懷遠大師誦經講佛了，我已與許嬤嬤商量過了，她帶妳們過去，妳們都是大女孩了，要處處守禮謙和，知道嗎？」

「知道了。」三個小姑娘聲音脆脆的。

嬌嬌本來以為，昨兒自己與楚攸相見，今天晚晴姑姑會不待見她，不過看樣子，姑姑待她似乎並沒有什麼異常，而且很顯然，精力也根本沒有放在這上頭。

季晚晴不欲多言，擺了擺手，示意三人離開。

三人面面相覷。

許嬷嬷連忙開口。「來，幾位小小姐跟奴婢一起去前院便是。」

待三人抵達前院，誦經已然開始，出乎幾人意料之外，似乎並不信佛的楚攸也在其中。

三人坐在略靠周邊的蒲團上，靜靜跟著唸。

「今日聽老衲誦經的人頗多，不管緣何而來，然既聽了，便是緣分，是有這分佛緣。人生在世，諸事皆講究一個緣字，這是老衲與諸位的緣，正是這分緣，老衲便想，與各位探討一番。老衲時常在想，世間萬物，何為對錯，似乎每個人都對對錯有一番自己的理解，今日，老衲便想請教大家。」懷遠大師年屆古稀，整個人平靜安詳，誦經結束後並未如同往常一般講佛，反而是說了這樣一段話。

大家聽了此言，不管是否真心聽佛，也都細想了幾分。

「世間萬物，自有對錯，人既然活在當下，便要遵循當下的是非觀，倒不是說當下的主流是非觀一定是對的，沒有什麼是一定的；可不管在什麼時代，大家都有要遵循的主流價值觀。也許我這麼說有些斷章取義，也許隨著生活閱歷的增加，我對人生的感悟會越深，自己獲得的體會更是會大大的不同，就好像參悟禪理一樣。可是現如今，我還參悟不到更多，照我看，殺人放火自是不對，不管緣由為何，這就是主流價值觀，也是我以為的對錯。」

男聲響起，眾人望了過去，驚訝地發現開口的正是小世子宋俊寧。

嬌嬌也歪頭。

懷遠大師的目光掃過所有人，停頓在嬌嬌身上。「這位小友不知如何看待對錯？」

嬌嬌看他，斟酌了下回道：「我倒是有不同的觀點。私以為，世間萬物，本就沒有什麼對錯，它更多的是一種感覺罷了。每個人都有自己的立場，角度也不同，你站在你的角度上以為自己對，我卻偏是不那麼認為，既然判定的標準都不同，如何能夠說出真正的對錯呢？其實真正的對錯，從來都不是自己來說，而是時間，我覺得，時間才是檢驗一件事或對或錯的真正標準。」

嬌嬌聲音嬌軟，淺淺說完，她低頭不再言語。

不過大家俱是望了過來，楚攸面無表情，宋俊寧不置可否。

懷遠大師點頭。「小友果然見解獨特。我想，許多人即便企及一生，不見得有小友這樣的頓悟。」

「大師謬讚了，我不過是說出自己的觀點罷了，對錯也許放在這裡也是一樣，立場不同，想法不同，無所謂對錯。」

懷遠大師更是讚賞幾分，舉一反三，孺子可教。

「不知楚大人對對錯，又有何看法？」懷遠大師看向吊兒郎當的楚攸。

楚攸笑得肆意。「何謂對錯，我就是對，所有讓我不痛快的，就是錯。」

汗！聽聞此言，嬌嬌頓時無語。

眾人都看了過去，楚攸不為所動。

懷遠大師倒是沒有什麼吃驚，看楚攸，又看宋俊寧，再看嬌嬌，許久，唸道：「不知季小姐是否知曉自己的生辰八字？」

嬌嬌搖頭。「我不記得了。」
「那老衲可否看一眼季小姐的手相？」
嬌嬌點頭，來到懷遠大師身邊，將手伸過去。
嬌嬌玉手纖細修長，懷遠大師只看一眼便點頭。「季小姐，不知老衲能否與妳單獨談幾句？」
「你現在是重要人物，你與人家單獨談，不是害人嗎！到時候大家都以為你把帳冊給了季小姐，她可是後患無窮了，有一百張嘴也說不清。」楚攸在一邊閒閒地開口。
懷遠大師微笑。「那老衲懇請楚大人與我們一起，這樣倒是無礙於季小姐的安危了。」
「我是她舅舅，我也要聽。」小世子一骨碌地從蒲團上站起。
嬌嬌頭上再次布滿黑線。媽的，你是誰的舅舅啊！不過……從理論上看，還真是，呃！
嬌嬌瞬間感覺整個人都不好了。
懷遠大師看他二人如此，低頭，繼而抬起。「三位隨我來。」
「秀寧……」秀雅有幾分不放心，不過嬌嬌還是握了握她的手，逕自跟了上去。
大殿後面的禪室並不大，楚攸與小世子俱是不客氣，直接坐下，嬌嬌水靈靈地立在那裡，懷遠大師看仨人，搖頭。
其實嬌嬌並不太想聽懷遠大師說什麼，可是也算有些騎虎難下。
「季小姐與楚大人、小世子均是有緣人。然，當斷不斷，必受其亂，還望季小姐謹記老衲此言。」

有緣人？三人這下子還真是都錯愕了。

「我？與他倆有緣？」嬌嬌重複。

「自是。」懷遠大師看她驚呆的樣子，笑了起來。

「怎麼可能！」宋俊寧大吼一聲，隨即視線在楚攸和嬌嬌身上游移。

楚攸反應得快，早已收起那分吃驚，他微笑。「若真是如此，還望小世子不要與我爭搶才是，我趕明兒便上季家先將季小姐預訂下來。」

「老牛吃嫩草，楚大人倒是好意思。什麼大師，照我看，你就是神棍。我是她舅舅，這個更是她家仇人，你說的這些，根本就不可能。」小世子叫囂。

嬌嬌倒是不想，有人會為她一個小女孩看姻緣，不過，這兩傢伙似乎沒有一個合適她的吧？她不要求大富大貴，但是總也要是個正常人啊，可是據她目測，這兩個都不是正常人啊！

「秀寧自會謹記大師所言。然，大師所言未必就是必然，如若不然，又怎麼會有兩個人都與我有緣呢？是否他日再見到另外一個人，大師還會覺得第三人與我有緣？有緣，不代表將來一定會如何，至於牽扯，更是斷不可能。楚大人位高權重、小世子身世顯赫，都並非秀寧高攀得起，秀寧不過年七歲，如今談此，怕是為時尚早吧。」

懷遠大師仔細打量嬌嬌，認真言道：「老衲所言緣分，並非單指姻緣。我只說有緣，天下間有緣之人甚多，且不論男女，只一提醒，秀寧小姐不用多想，還望楚大人和小世子也切莫多想。」

「你這不玩人嗎，有你這麼說話的嗎？小爺不和你說了。」小世子旋風一樣地衝了出去，嬌嬌目瞪口呆。媽的，果然是有背景，這背影都不一般，風一樣的男子啊！

「楚大人，老衲也只這一句而已，請吧。」

回去的路上，嬌嬌看起來有幾分鬱卒。

進屋後秀雅、秀慧俱是看她，嬌嬌伸手做投降狀。「我沒事，妳們不用擔心我，其實懷遠大師沒說什麼。」

秀雅、秀慧自然也沒有多問，兩姊妹對視一眼，秀雅開口。「秀寧，妳覺不覺得，這裡氣氛有些不尋常？」

嬌嬌點頭。

「既不是初一也不是十五，人多得反常；還有剛才楚大人的話，誰都知道這裡反常啊，也不知道他們提到的帳冊是什麼，可是回不回去，自然要姑姑作主的。」嬌嬌言道。

三歲孩子都知道這裡不正常，可是既然晚晴姑姑不說離開，她們自然是不能多作主張，想到老夫人另外那個交代，嬌嬌惆悵望天。

是夜。

嬌嬌堅持要睡在小榻上不肯換地方，秀慧睨了她一眼。「妳該不會還想出去聽牆根吧？這習慣不好。」

嬌嬌淚奔，她不是這樣子的人啊！

「才沒有呢，二姊姊笑話人，一起睡太擠了啦，我睡在這裡很好的。」

「擠什麼擠？秀寧今晚回來和我一起住。」

三人正在閒聊，就聽清冽的女聲響起，季晚晴出現在門口。

「姑姑。」三人俱是微微一福。

季晚晴面色沒有什麼變化，交代道：「秀寧今晚回來和我住吧，妳們不用糾結了。」說罷，轉身離開。

嬌嬌吐了下舌頭，連忙收拾被子，彩玉見狀連忙衝上去整理。

嬌嬌乖巧地回到季晚晴的房間。

嬌嬌貼心地坐在季晚晴的下首位置，問道：「姑姑身子可是好些了？」

季晚晴看嬌嬌。「昨夜妳都聽到了？」

嬌嬌裝傻。「啊？」見季晚晴眉毛擰起，又「哦」了一聲。

「妳是不是覺得我很傻？」

嬌嬌誠實地點頭。

季晚晴梗著脖子，咬唇，看起來似乎堅強，但是不知怎地，嬌嬌卻覺得自己看出了她的脆弱，她起身抱住了季晚晴。「姑姑不要難過。楚攸不喜歡您，是他不識貨，您總是會遇到喜歡您的，我們齊先生就很喜歡您啊。呃，您不喜歡他，不過沒關係，總有一天，您會遇見一個您喜歡，也喜歡您的人。在遇見那個對的人前，我們會遇見很多很多錯的人，可是沒有關係的，老天爺從來不會虧待誰，他只是在考驗我們，我們每一個人都會通過考驗的。」

聽她似是而非的安慰，季晚晴似乎覺得自己心情好了幾分，拉開她，板著臉。「妳個小丫頭知道什麼。什麼考驗不考驗的，妳且要管好自己，大晚上的，莫要隨便出門，遇到壞人怎麼辦？還有，聽牆腳也不好。」

嬌嬌看她雖然板著臉，但是似乎沒有那麼悲傷了，吐舌頭作揖。「秀寧知道了。可是，秀寧也是關心姑姑呢。姑姑，您原諒我好不好？喏，也不要將我半夜出門的事告訴祖母、母親好不好？」

她故意表現得滑稽逗季晚晴，季晚晴看她這般，無奈道：「下不為例。」

「好！」嬌嬌笑應。

第十六章

英家。

英家如今是一片慘澹，英美玲握著帕子哭得淒慘。

「爹，我不管，就沒有你們這樣的，你們讓得志去為俊卿抓人，可是如今得志失蹤了，你們明明知道一定是姑母將人關了起來，卻不肯救人，你們就是這樣對我的嗎？爹娘，你們不能這麼狠心啊！」

英老爺揉著太陽穴，覺得整個人焦躁極了。

「夠了，妳到底有完沒完，我已經過去陪著好話要人了，奈何妳姑母如今根本就不承認抓了得志，我有什麼法子，難不成強搶不成？就算是強搶，咱們也得知道人被關在了哪裡。難不成，妳還真的希望咱們家和妳姑母鬧翻？妳可知道如今咱們家的生意是誰在護持？」

提到這個，英美玲更是氣憤，直接就將帕子甩在了桌子上，也不哭了。「爹，您說這話我就不愛聽了。您可真有意思，現在知道不能鬧翻了，您以為得志被抓了，姑母還不明白是怎麼回事？你們既然覬覦人家的財產，就別裝得跟什麼似的。我告訴您，如果得志回不來，那我也不管了，大不了魚死網破。」

英美玲也不是什麼善茬子，哭哭啼啼既然沒用，自己相公又失蹤了好幾天，她如何能不急，這個時候她可不管那些了，直接露出刁蠻的一面；自然，英家父母也是知道女兒的性子，英美玲今日這樣，也是他們慣著的。

「二姊，妳說得這是什麼話，咱們是一家人，一榮俱榮，一損俱損。妳這樣，不是親者痛，仇者快嗎？再說了，當時的主意，也是大家一起想的，何至於今日偏是要為難爹娘呢。」英俊卿勸道。

英美玲狠狠瞪了英俊卿一眼，頗為潑辣，與剛才完全不同。「你給我閉嘴，要不是為你，事情哪會如此。我看你就是個成事不足，敗事有餘的東西，表妹你都搞不定，還需要旁人幫忙，你還是個男人嗎？」

英俊卿被罵，也惱怒了。「二姊，我就不願意聽妳說這話，那齊放在季家多少年，他對表妹都跟得上像條狗了，妳看表妹理他嗎？表妹滿心都是楚攸，我們就算是再優秀也是無用。妳自己也是貪慕錢財，如若不然，怎麼會讓姊夫過去？現在妳倒好，將事情全都推到我們身上，這樣有什麼意思，爹娘也不是沒有過去求情，可即便是說盡了好話，姑母就是一句沒抓到人，妳說這怎麼辦？」

「那就誠心請罪，你們藏著掖著地說，人家自然是不認。」英美玲怒。

「呦，我說小姑啊，妳這麼說可不對，若是實話實說，那這事還不更大了？咱們家如今可是還要仰仗人家呢！」王氏尖銳的聲音響起。

然不待英美玲反應，就聽「砰」的一聲，坐在右側上首的男子拍了一下桌子，幾人俱是不再說話。這男子正是英家的老大，英俊偉，也是王氏的相公。

「還沒怎麼樣，你們就窩裡反，爹娘歲數也不小了，你們能不能多考慮些他們？他們這麼斤斤算計是為了誰，還不是我們三個。美玲，妳且不要急，我已經和那邊的探子溝通過了，得志確實是被抓了起來，而且應該是說出了咱們家，下一步，我們要想的是如何平復此事，我們不會不救他的，不管怎麼樣，大家都是一家人。」英俊偉三十多歲，整個人極為平凡，看起來憨厚老實，但是很顯然，他是英家的主心骨兒。

「大哥，你且說說。」英俊卿狗腿地湊到了自家大哥身邊。

「據我的內線說，季老夫人請了楚攸審問妹夫，不是說我不相信妹夫，只是沒吃過豬肉也見過豬跑，楚攸既然審了人，那焉有沒審出來的道理？所以依我推測，姑母應該是知道了真相。知道真相卻不發難，必然有自己的考量，這個考量最大的緣由八成便是還念著舊情，既然念著舊情就好，我們還是可以操作的，現在我們有三個方案是可行的。」

「你說。」大家都是迫不及待。

「一則，我們選擇性地說出實情，只契合得志的供詞便可，但是這點很難，因為我們不知道得志都交代了什麼，唯有說出全部，如若這樣，那麼當初綁架子魚的事情便要穿幫，就算姑母能原諒我們，祥安郡主和安親王府也未必肯善罷甘休，大家不要忘了，小世子還在。二則，以人換人，我們綁架現在仍在寒山寺的幾人，用以交換得志。不過如果這樣，那麼就要將所有事都推到美玲身上，棄車保帥。三則，俊卿不放棄原有的計劃，咱們將季晚晴擄來，生米煮成熟飯，相信姑母一定也只能打落牙齒和血吞，只要季晚晴和俊卿成了親，那麼咱們原本的計劃也是可以繼續進行的。不過這三點要實施起來，難易程度也是逐項遞增。」

英俊偉白白長了一張老實憨厚的臉，心機歹毒得緊。

幾人聽了英俊偉的話，俱是沈默了下來，照現在來看，第一點、第二點都太傷人，唯有第三點最為可行。

「如此聽來，自然是第三點最可行。可我們怎麼能抓到季晚晴呢？他們不可能沒有準備就出門。」英美玲平靜下來。

英俊偉點了點頭。「我也認為第三點最可行，現在最主要的就是要找到能夠迅速抓到表妹的高手，這個人必須信得過。」

「這事我來想辦法。」英俊卿鬆了一口氣，故作瀟灑一笑。

「你的那些狐朋狗友並不可信，不可尋他們幫忙。」英俊偉冷言。

「大哥放心，此人可靠。」

一時間，英家眾人歹毒地討論起具體的實施計劃和細則。

「唔！」季晚晴連續打了幾個噴嚏，捂著嘴。

「姑姑不舒服？」嬌嬌體貼地為她倒了一杯水。

季晚晴搖頭。「沒事，也不知道是誰總念叨我。」

「姑姑，我們都覺得這裡氣氛怪怪的，咱們什麼時候回去啊？」嬌嬌眨著大眼問道。

季晚晴本來就是為了來祈福的，眼見這裡一片混亂，也不欲多留；可她們本就是來祈福，若是提前走，那還有什麼用。

「咱們既然是來祈福的，總不能來了就走，祈福一般都是七日，再等五日吧，待七日結束，咱們也不休整了，當日便離開。」沈吟一下，季晚晴開口。

「好，那我告訴大姊姊和二姊姊去。話說，雖然才出來三日，我還挺想念大家的，想祖母、想子魚，嗯，也想齊先生了。」嬌嬌掰著手指，似乎自從穿成了小孩子，她的一些行為也徹底地孩童化了，完全沒有底線可言。

季晚晴點頭，隨即想到什麼，問道：「小世子也來寒山寺了？」

嬌嬌應道：「是呢！姑姑，這兩日妳不舒服沒有去大殿誦經，有很多人的，小世子也在其中；還有啊，昨日楚大人提到了什麼帳冊，大家都很尷尬。」

嬌嬌更多的時候表現得更像是一個小姑娘，一個聰明的小姑娘。

季晚晴皺眉，她不知道帳本是什麼，但是看寒山寺氣氛這麼怪異，想來便是這件事鬧的。

「妳告訴秀雅、秀慧，一定要謹慎小心，這段日子，切不可馬虎大意，咱們本就與什麼帳本之事無關，少牽扯其中才是正經。」

「嗯，我知道了。」

嬌嬌這就轉身要出門。

「秀寧。」

「呃？」嬌嬌回頭。

季晚晴看她，突然笑了，她鮮少微笑，嬌嬌一怔。

「秀寧，離楚攸遠點。」

「啊，好！」嬌嬌默寒，她是小女孩啊，怎麼大家都要想多呢？為何，這是為何！

季晚晴垂下頭，語氣平靜。「我是為妳好。」

嬌嬌正色。「姑姑，我知道的。」

不是嫉妒，是真的為她好。楚攸更像是一朵罌粟花，沾染他……大概不會有什麼好結果吧。

看著嬌嬌出門的身影，季晚晴喚來了許嬤嬤。「一定要通知咱們的人，再三小心才是正經，畢竟我們都是女眷，雖然他們的事情與咱們無關，但是難免被牽連；還有舅舅，舅舅未必不會做什麼。」

許嬤嬤點頭。「老奴知曉，來之前老夫人便已千叮嚀，萬囑咐，三小姐放心。」

季晚晴垂下了頭，看不出個表情。「最後一次機會，舅舅，希望你們不要讓母親失望。」

看季晚晴如此，許嬤嬤嘆息勸慰。「三小姐也莫要太過憂傷，路都是人走出來的，所有事情都是自己做的！老夫人和您都念著舊情，可他們卻未必念著，想來到底是富貴權勢迷人眼，如若他們真的一點親情都不顧，那麼咱們也算是徹底地死心。這就如同刺在身上的刺，雖一時拔掉有些疼，但總好過日子久了，腐爛惡化強，那時如若再拔，便是更加痛徹心扉，倒是不如趁著還能忍，一次性地解決。」

季晚晴點頭，許嬤嬤和陳嬤嬤都是老夫人身邊的老人，自然也是見解不同，聽了許嬤嬤的話，季晚晴打起精神。「母親給他們的最後一次機會、一個試探，希望他們不要讓我們失望，舅舅、表哥、表姊，希望你們不要讓我們失望。」

「如果妳是這麼想的，那我看妳要失望了……」清冷的男聲響起。

來人正是楚攸，楚攸看兩人表情，笑著坐下。

「得了妳家的翠玉坊，我自不會看著妳們出事，不過試探人心這種事，沒什麼意思吧？倒是，妳是季家人，你們季家慣是喜歡如此。當然，失望也大，哈哈。」楚攸譏諷道。

季晚晴就這麼看著他不言語。

許嬤嬤陪著笑容。「楚大人怎麼過來了，不過這是女子閨房，楚大人如此，怕是不太妥當吧？」

楚攸長袍一撩，斜倚在榻上。「我不過是來通知妳們一聲，如若說真的長久待在這裡，我怕是也要反胃呢。咦？對了，我的小媳婦兒呢？」

此言一出，兩人面色皆變。

「楚大人慎言。」季晚晴變了臉色。

楚攸似笑非笑。「怎麼？我找自己媳婦兒還不行了？哦，我知道了，必然是小丫頭回來沒說，懷遠大師可是說了，我與小丫頭極有緣分，既然有緣，若不早日去季家下聘，怕是要讓旁人捷足先登了呢！哦，當然，我說的這個旁人不是妳家子魚，更不是小丫頭那舅舅。」

楚攸這番話說得極為討厭，連許嬤嬤都不知道怎麼接話了。

季晚晴平復了一下心情，終於板起了臉。「便是真有這樣的事，楚大人也似乎所言尚早吧。秀寧還小，您如此作為，倒是真的會害了她。」

楚攸不置可否。

季晚晴看一眼許嬷嬷，示意她出去，許嬷嬷有些為難，然季晚晴到底是三小姐，她猶豫了一下，來到了外間，可縱使如此，仍是離內室很近。

「楚攸，如果你是因為我們季家才這樣，如果你是為了報復，那我希望，你不要將那些怨恨放在這些孩子身上，不光是今日的秀寧，也包括秀雅、子魚他們，他們都是孩子。說到底，季家不欠你的，如果你認為虞夢是季家害死的，那麼你衝著我來好了。」季晚晴落下一滴淚。

「其實你知道，我母親沒有錯，錯的是我，不管是因為什麼原因，不管是不是故意，錯的都是我，是我當初說了謊，可是我不知道，我真的不知道虞夢那麼剛烈。自然，如今說這些都是枉然，人死了，就是死了，我們不可能推卸自己的責任；可是楚攸，季家沒有對不起你，母親、哥哥，他們每一個人都把你當成親人啊。」

季晚晴這兩日都在想這件事，也許楚攸說得對，如果不是當初她的謊話，虞夢是怎麼都不會死的，真正害死虞夢的，是元浩哥，也是她。

楚攸似乎不願意多談虞夢，冷笑。「妳真是看得起自己，我報復妳、報復季家？季晚晴，妳當真是可笑至極，妳倒是也太把自己當回事了。」

嬌嬌從秀雅那裡回來，就見許嬷嬷站在簾子外面，面色有幾分緊張，嬌嬌心裡暗道一聲不好。

「許嬷嬷，妳怎麼不進去？姑姑，我回來啦！」嬌嬌聲音又響又脆。

許嬤嬤阻攔不及，就見小丫頭已經鑽進了屋裡，見楚攸也在，嬌嬌露出一個笑容，微微一福。「楚叔叔好。楚叔叔定是聽說姑姑不舒服才過來探望的吧？叔叔放心好了，我和許嬤嬤都會照顧好姑姑的。」

看她落落大方，楚攸對她的行為絲毫不意外，他似笑非笑地看著季晚晴，言道：「看看，這才是你們季家姑娘該有的姿態。」

「多謝楚叔叔誇獎。姑姑處處優秀，自然是我等學習的榜樣，楚叔叔不瞭解姑姑，自然是不知曉姑姑的好。多謝楚叔叔來看望姑姑，然，姑姑身體正是虛弱，想來還不能長時間地招待客人，楚叔叔，您看？」

楚攸習慣性地把玩手裡的刀，看嬌嬌這明晃晃地攆人，興致不錯地站了起來。「這楊子倒是挺舒服的，不過可不適合我，既然秀寧小姑娘都攆人了，我若是還不走，倒是顯得有幾分不知好歹，然不知好歹的總歸不是我一個人，三小姐可切莫想太多。」嘲諷誰都會。

「恭送楚叔叔。」

楚攸走到門口，回身。「既然答應了老夫人保全妳們的安全，我自是不會讓妳們有事，但是，妳們也不能太做作了。哦對，我還想說，三小姐真是好命呢，妳的好表哥，喏，就是英俊卿，他正琢磨著找人綁了妳生米煮成熟飯呢！嘖嘖，真是有趣。」

楚攸說完便大笑離開，完全不管其他人的眼光。

季晚晴聽了楚攸的話呆滯在那裡，不能消化他話中的意思，嬌嬌瞄了一眼，見季晚晴臉色更加難看，看向了許嬤嬤，許嬤嬤連忙過來扶人。

「三小姐，妳也莫要擔心太多。」

季晚晴看她，再看嬌嬌，見兩人有幾分擔憂，挺直了後背。「我沒事，這事我們早有對策，妳們無須擔憂。秀寧，妳是個孩子，我們大人之間的事，妳少摻和，也莫要多言，妳且好好地誦經祈福便好。」

嬌嬌點頭。「我知道了姑姑。」

幾人不提楚攸，不提英家，倒是靜了下來。

楚攸出門動靜不小，只要在院子裡的，稍微留心自然是聽得到，嬌嬌想到這裡，又有幾分氣結，她本就是個沒什麼肚量的小女子啊，這廝這麼討厭，他家裡人知道嗎？真是不講究，如此一來，旁人如何能不說三道四？嬌嬌知曉，晚晴姑姑一直沒有成親，已然遭受了不少的非議，如今楚攸這般，可更是害人不淺。

不多時，秀雅、秀慧便過來了，想來是聽到動靜不放心，見姑姑刺繡，秀寧畫畫，不禁有幾分看不明白。

嬌嬌將筆放下，覺得自己的心緒略微平靜，笑著招呼兩個姊姊。「大姊姊、二姊姊，且來看看秀寧這畫畫得如何？」

「秀寧不是不喜畫畫嗎？」秀雅打趣道。

嬌嬌微笑。「不知怎的，我竟突然覺得，畫畫也挺好，人啊，總是善變的。」

秀雅失笑點了點她的頭。「妳不過是個孩子，卻每每說話老氣橫秋。」

「姊姊笑話人。」一見幾個女孩鮮活可愛，季晚晴想了下，放下手裡的東西。

「也許，我真該徹底醒過來了。」

幾個女孩面面相覷，許久，秀雅過去拉住季晚晴的手。「姑姑，不管怎麼樣，都請姑姑不要忘記，您是季家的姑娘。我娘說，咱們季家的姑娘，不求飛黃騰達，榮華富貴，但求榮辱不驚、蕙質蘭心。」

季晚晴看幾個孩子，唸道：「姑姑竟是不如妳們看得明白，妳們都被教得很好，大抵姑姑是只顧自己太久，也陷入自怨自艾太久，竟是越發地混沌起來。」

秀慧向來不太言語，嬌嬌見狀也拉住了季晚晴的手。「好了好了，姑姑怎麼越發地自謙起來，楚大人真討厭，就這麼大大咧咧地出去，給我造成多大的影響啊！」

「噗！」季晚晴忍不住噴笑出來，作勢打了嬌嬌一下。

「妳這死丫頭，盡是胡說。姑姑知道妳們都是好孩子，妳們無須擔憂姑姑。」季晚晴何嘗不知嬌嬌這是在故意逗她開心，她總是不至於不如孩子的，打起精神，季晚晴吩咐許嬤嬤準備晚飯。

楚攸如此大大咧咧，旁人如何不知，唐婉茹在門口張望，眼神裡有幾分鄙夷。

見到許嬤嬤出門，嘴裡不乾不淨。「這怪不得在京城待不下去了呢，原竟是這樣的人品，往日裡人人都道，世家大戶、書香門第，如何管教甚嚴，如今看來倒並非如此。」

嬌嬌逕自出門，季晚晴剛要起身便被秀雅拉住。「姑姑莫要出去。」她剛才拉了秀寧一把，卻沒有拉住，這丫頭動作忒快，不過這事總不能姑姑出面，她與秀慧對視一眼，連忙跟了出去。

嬌嬌這人便是如此，雖然不挑事，但是別人也休想欺辱於她。許是季家對旁人來說如何不好，但是於嬌嬌而言，卻是極好的避風港，如果沒有季家，沒有季家這些人，她還不知道流落何方。

「秀寧……」秀雅怕嬌嬌惹事，總是會壞了規矩，徒惹人笑話，在門口拉住了她。

嬌嬌回身淺笑。「姊姊，我有些內急。」

秀雅緩了一下，鬆手。「妳這丫頭，不說清楚就出門，就算這裡是佛門清淨地，也難免有些污穢與不好的事，妳不交代清楚，我們哪裡放心得下。」秀雅含沙射影。

嬌嬌格格笑，捏著帕子踮腳。「大姊姊放心好了，我不會有事的。妳想想，若是真的有事，也不該是咱們這樣的好人啊，咱們是在佛門清淨地呢，佛祖自然是會保護我們這些好心腸的人的。」

聽她如是說，秀雅明白幾分，配合道：「佛祖自會保護好人，可是好人不長命，禍害一千年這古語也是有的，妳是個孩子，出門必須交代。」

「知道啦、知道啦，放心吧好姊姊，姊姊待秀寧這般好，秀寧將來都想和姊姊共侍一夫了呢！」她這話原本就在這兒等著，秀雅不往這方面說，她也會找別的話茬兒。

「妳再胡說八道，回去我讓祖母罰妳跪祠堂，這樣下作的事，咱們季家可不興。小孩子家家，莫要胡言，快些去。」秀雅拉身邊的秀慧。

「二妹，妳陪秀寧過去。」

三個小姊妹雖然沒有與唐婉茹說一句話，但是這指桑罵槐的勁卻把唐婉茹氣了個底兒朝天。誰人不知唐婉茹勾搭了自己的姊夫逼死了姊姊，這樣說，可不就是明晃晃地打她臉。

待走到無人處，秀慧開口。「妳這樣，別人也會覺得妳太過厲害，於將來不見得好，同樣，對大姊姊也是。」

小世子坐在樹上，扔了根草下來，笑嘻嘻接道：「她明白，不管是她還是妳大姊，都是故意的，妳倒是枉擔了這個慧字，竟是不明白。」

嬌嬌抬頭。「二姊姊更知道。」

「還真是姊妹情深。」小世子從樹上跳了下來。

「見過小世子。」秀慧雖然年紀小，但是一臉孤傲，微微一福。

嬌嬌跟著一福。

小世子斜眼打量兩姊妹，之後看嬌嬌。「我好心幫妳說話，妳倒是不領情，真心是個不討喜的小姑娘。」

嬌嬌滿臉黑線，仍是笑容可掬，也不說啥，捏著帕子低頭站在那兒。

看她如此，小世子瞪眼。「哼，真是無趣。」

大抵是看這小姐倆沒意思，小世子快快地離開。

秀慧掃了一下周圍，見沒人，認真道：「妳們今日雖然出了氣，但是也不見得是一件好事，最起碼給人過於強悍的感覺。」

嬌嬌笑嘻嘻地挽住了秀慧的胳膊。「二姊姊，我知道了。不過，咱們家俱是女子，總要有個厲害些的，不然可是平白地被人家欺負了，若是一味地忍讓只會讓人家越發地欺負咱們；她今日敢這麼說，他日必然更加放肆，倒不如讓她知道，便是沒有大人，我們也不是那麼好欺負的。其實總的來說，做這件事最合適的人選便是我了。」

秀慧本是與嬌嬌同行，聽她此言，頓住腳步，只認真看她。「沒有什麼合適不合適，妳也是季家的姑娘，如若是妳自己心裡都有隔閡，那枉費祖母對妳的一片心了。」

其實幾個孩子之中，秀慧是最聰明的，隱隱的，她總是覺得，祖母是極為看重秀寧的，那種看重並非功利或者其他，就是一種說不清，道不明的感受。

嬌嬌略垂頭，之後抬起，笑靨如花。「我自然是季家的姑娘，我從來沒有將自己當作外人，如是說，也不過是性子使然罷了。就和剛才的大姊姊一樣，大姊姊不是也配合我了嗎？說到底，還是性子適合，並非因為什麼季家姑娘不季家姑娘的，一家人，為什麼要這麼說呢？」

秀慧聽她如是說，擰住了眉，不過終究是沒有多說。「行了，既然妳這麼想，我便也放心些許，既然是出來如廁，那妳趕緊去吧，我在門口等妳。」

「嗯，好呢。」

其實幾人並不知曉，先前那場糾紛不光是落在了眾位女眷的眼裡。

鳳仙兒站在楚攸身後，開口。「季秀雅、季秀寧都不是簡單的丫頭，便是從頭到尾沒有開口的季秀慧也不簡單。我想，我倒是有些明白大人當初的話了，季老夫人絕對不一般，她教導出來的姑娘更不一般。如今看來，倒是季晚晴將眾人的水準拉低了，大抵也是為此，我們才輕視了季家。」

楚攸低頭想了一會兒，慎重開口。「季致遠死了，季致霖變成了活死人，季家第三代的幾個孩子都小，外有強敵虎視眈眈。妳信嗎？如果我沒有猜錯，下一步老夫人會雷厲風行地收拾了英家，之後季家就會沈寂，徹底沈寂。」

「徹底沈寂？」

「是。然不消多久，只五年，只需要五年，季家就會再次走向輝煌。」

「為什麼？」鳳仙兒鮮少如此追問，她確實是太好奇了，大人為何就如此果斷地認定，季家會再有另一個輝煌呢！季家曾經是輝煌過，但是季子魚未必就能如其父一般聰慧，人人都知曉，季子魚的天賦，是如何都不如季致遠和季致霖的。

楚攸這次笑得有幾分飄忽。「三十年河東，三十年河西，誰能說清楚以後呢？可是俗語三歲看老，妳看季家的幾個小輩，是簡單的人嗎？待到五年，季秀雅十四，季秀慧、季秀寧也十二，我相信，季家會大放光彩的，至少不會比當初差。鳳仙兒啊，不管什麼時候，都不要小看女人。」

鳳仙兒似乎想到了什麼，回道：「屬下知曉。左右季家不是我們的敵人，不然我們可真是要將其扼殺在搖籃中了。」

「扼殺？」楚攸回身。「我倒是希望，季家能夠再創輝煌。」

兩人同時陷入了沈默。

第十七章

深夜。

這夏日常是如此，本還好好的天氣轉眼便如同孩子的臉，真是說變就變。

嬌嬌站在窗前，看著外面的瓢潑大雨，想到了老夫人。「姑姑，我有些想祖母了。」

季晚晴看著大雨，言道：「往日裡母親常說，每次大雨，便是有人在哭泣，妳可是想到了這個？」

嬌嬌點頭。「是呢。不知怎地，看著這大雨就想到了祖母的話。姑姑，您說這雨什麼時候會停？」

季晚晴來到窗邊，看了一會兒。「如此急雨，必然下不長久，不必擔憂的。」

嬌嬌看著打到窗戶上滴滴作響的雨水，呢喃。「如果我要做壞事，就會選在雨天。」

「呃？」季晚晴不解看她。

「這麼大的雨，大家都會窩在屋子裡，鮮少關注旁人，雨聲那麼大，又可以蓋住許多聲音，還有最重要的一點，雨大，再多的痕跡都可沖刷乾淨了。您看，這麼多好處，難道不是做壞事的好時機嗎？」嬌嬌回身看季晚晴，笑咪咪的。

不過季晚晴聽了她的話卻神情凝重起來，她重複嬌嬌的話。「做壞事的……好時機。」

「是啊！」嬌嬌歪頭。有幾分稚氣。

「如此說來，倒是真有可能的，真是，真是好時機啊！」季晚晴暗自警戒起來。

「對了姑姑，您說這裡為什麼叫寒山寺啊！明明這座山是叫岐山的，要叫也該叫岐山寺。」

季晚晴看她。「寒山寺是母親取的，原本這寺廟並沒有什麼名字，懷遠大師也並沒有為它取名，照他所言，不管什麼都需要個有緣人，後來母親捐資修葺了這座廟，懷遠大師便說母親是那個有緣人，因此讓母親為它取名寒山寺。」

聽到這裡，嬌嬌是真的笑了出來，她就說嘛，這寒山寺怎麼就與張繼詩中的名字一樣，這裡明明是架空的王朝；當然，重名也不是什麼稀奇事，然偏是已經出現了老夫人這個穿越者，所以嬌嬌才會有些好奇會不會還有旁人，現在看來，倒是沒有的。

「月落烏啼霜滿天，江楓漁火對愁眠。姑蘇城外寒山寺，夜半鐘聲到客船。」嬌嬌笑著背誦。這詩大抵上過學的妹子都會吧，真是印象深刻。

季晚晴驚訝地看嬌嬌。「妳……妳怎麼會？」不過又一轉念，季晚晴便言。「是母親教給妳的吧？都說隔代親，如今看來，果然如此，我小的時候聽母親唸過一次，當時聽得不真切，細問母親卻不肯說，這事便是一直放在我的心裡，今日聽妳一唸，才知曉具體內容，果然是好詩。」

嬌嬌聽季晚晴這麼說，大體也明白了老夫人的意思，作為一個穿越者，老夫人大概也是不敢隨便亂來的吧。

「姑姑，祖母不准我亂說，我……」嬌嬌扯了扯衣角，有些臉紅。

「妳放心好了，雖然我不知曉母親為什麼不希望他人知道，但是我不會說出去的。」
「嗯，謝謝姑姑。」
「好了好了，時辰也不早了，我們也早些休息吧。」想了一下，季晚晴招了招手，附在嬌嬌的耳邊說了幾句，嬌嬌沒有絲毫地猶豫，點頭應道：「我知道了姑姑。」
兩人熄燈不久，還不待睡著，就聽屋頂上出現了細微的聲響。
嬌嬌拉住了季晚晴的手，靜靜等待……
果不其然，英家確實在今天安排人過來了，他們自然也是踩好了點，不過倒是不想，竟會被甕中捉鱉；且不說季晚晴已安排好了季家的護院，便是楚攸那邊也安排了人。
而事實上，季晚晴和嬌嬌並沒有睡在床上，相反地，兩人在床下鋪了厚厚的墊子，之所以沒有換房間，不過是為了能夠更好地引人下手罷了。
看著被捆綁的人，季晚晴冷笑，本來還心存的一絲幻想，如今看來，竟是自家人心慈手軟了。這些人為了銀錢真是什麼都能做，表姊夫還在自家關著，他們不思悔改，反而再次動手，可見心中並無一絲對他們的親情可言。
「許嬤嬤，通知母親，不必手下留情。」
嬌嬌站在一邊，看著被綁起來堵住嘴的黑衣人，心裡幾多感慨。雖然她不瞭解這個社會，但是她卻知道，不管什麼朝代，不管是不是架空，都有許多為了錢可以鋌而走險抑或放棄親情的人。
「這件事就不要告訴其他孩子了。秀寧，回去妳也不要多說。」季晚晴交代，往日裡嬌嬌總是覺得季晚晴有點不著四六，但是今日看來，倒是並非如此，真正有事的時候，她倒是個果斷的。

「是。」嬌嬌點頭應道。

「三小姐，這人既然沒有成功，想來英家那邊大概也會有新的計劃吧，或者是後續的補救措施，咱們必須更加防範些，或者，咱們早些回去？」許嬤嬤言道。

看幾人商量，嬌嬌微微一福，出了門。

季晚晴見狀並未阻攔，不讓孩子知道也好。

嬌嬌走出了門，果然就如同季晚晴所言，疾風驟雨向來都是停得快。嬌嬌吸了吸鼻子，這山間庭院樹多，雨後的氣息讓人覺得心曠神怡，嬌嬌站在門口望天，烏雲散去，稀疏的幾個星星卻極為耀眼。

嬌嬌直直地看向了院子中的那棵大樹，樹上的小世子被她突然望了過來，一個驚訝，險些摔下來，不過幸好撐住。

小世子是一早就在那裡的，他最近每日都盯著這邊，果真不出所料地看到了一場好戲，只是這演戲雙方的能力差別太大，黑衣人甫一出現便被季家的家丁擒獲，連帶那些幫襯的後續動作也被楚攸控制住，真真兒是一場好戲呢！抓人不難，然而抓人的同時卻又不弄出聲響便不簡單了。看秀雅、秀慧兩個小丫頭不過是一牆之隔都沒有發覺，便可知這擒人的水準。

他本是看得高興，誰想這季秀寧倒是出門了，而且，她似乎發現了他。小世子略想了一下，跳了下來，這院子裡俱是女眷，如此時辰他出現在這裡，還是十分不妥。

嬌嬌見他不顧禮數還真跳下來了，裝作沒看見一般，轉身逕自回屋，如此舉動倒是惹得小世子一陣鬱悶，他從未被如此地忽視過。

「妳……」不過剛發出聲音，似乎又想到了什麼，他終究沒有多說，只哼了一聲，暗唾。「不識趣的死丫頭。」一甩袖子，風風火火地大步離開。

嬌嬌站在外室，聽到那人離開，勾起了嘴角，小小的梨渦若隱若現。

屋內季晚晴與許嬤嬤還在商討，嬌嬌略想了一下，窩到了竹椅上看書。嬌嬌見過「父親」季致遠寫的文章，私以為很好，雖然她文學造詣不高，但就是覺得看著舒爽。她不是做學問，只是消磨時間，陶冶情操，既然如此，自然是挑自己喜歡的讀，也正是因此，她如今都是在看季致遠的書，並非做作，真心使然。

季致遠這人的文章可說是融會貫通，他既有古代人的嚴謹，又有許多現代的氣息融合其中，嬌嬌每次看他的書，都能想到一個大體的印象，溫文爾雅但是內裡又十分有自己見地的儒雅男子。

想來這便是老夫人教導的結果吧。不得不說，每一個讓老夫人教養大的孩子，或多或少都有幾分現代人的氣息，這是嬌嬌最直觀的感受，也正是因此，她又覺得，自己不是那麼特殊，似乎更容易融入這個家庭之中。

這麼看著，竟然也不知不覺睡著了，也不知過了多久，就聽許嬤嬤的聲音——

「秀寧小姐，老奴伺候您進屋睡吧，如今雖然入夏，但是到底天涼，這裡可比不得家裡，莫要著了寒涼，也是老奴照顧得不妥當，小姐年紀小，自然是容易困乏，我竟是疏忽了。」

嬌嬌愛睏地揉了揉眼睛，許是剛醒，嗓音軟軟的。「許嬤嬤莫要自責了，是我自己不知怎地就睡著了。」

依著許嬤嬤的伺候，嬌嬌回到了內室，也不特別收拾便躺了下來。

季晚晴看她消瘦的小身板，唸道：「明兒回去之後可要和母親細說，差人多給她補補，看她細胳膊、細腿的。」

季晚晴難得能說出這樣的話，本朝並不崇尚纖細為美，豐乳肥臀才是正經的審美之道。如今嬌嬌這麼小，自然是不須擔憂嫁人之事，然而許多事情偏要從小照顧起才好。

「可不是嗎，幾個小姐之中，秀寧小姐最是纖細。」許嬤嬤跟著言道。

嬌嬌自遇到了季老夫人，生理時鐘便是正常起來，每日早睡早起的，今日這般情況委實不多見，如今又是下半夜，快要天亮，她實在是困乏得很，雖然能聽到她們說什麼，但是昏昏沈沈的，竟是不想開口了。

「秀寧，秀寧……」嬌嬌昏昏沈沈，感覺有人叫她，不過她剛想應聲，又覺得自己渾身使不上勁，嗓子似乎也是有什麼東西。

「呃……」勉強開口，竟是沙啞得緊。

季晚晴看嬌嬌醒過來，吩咐身邊的彩玉。「快為妳家小姐將粥盛上，吃些東西才好喝藥。」

嬌嬌緩了一會兒，覺得有幾分清醒，這個時候她也是知曉，自己必然是傷風了。

「呃，姑姑，我有些著涼了吧？」

季晚晴有些自責。「必然是昨夜讓妳驚著了，受了些驚又吹風，身體自然是挺不住的。我這麼大個人，竟是疏忽了妳，不管如何伶俐，妳總還是個孩子，我不該讓妳摻和進這些的，如今想來，倒不如讓妳去與秀雅她們擠擠住。」

嬌嬌覺得自己臉蛋熱熱的，配合身邊丫鬟的動作穿了外衣，就要伸手將粥端過來，不過季晚晴卻將粥接過。「妳這丫頭，這個時候還逞什麼強，我來餵妳。」

嬌嬌有些不好意思，臉蛋更紅。

吃了粥、喝了藥，嬌嬌就聽季晚晴在交代許嬤嬤，似乎原本晚晴姑姑是定了今日出發，如今因為自己的這場傷風，回去的時間又要改日了，嬌嬌掙扎了一會兒，本想提出回去，然而實在是提不起力氣，遂作罷。

病來如山倒，這句話用在嬌嬌身上再切實不過。照理說她根本不會如季晚晴所言被嚇到，可還是病了，而且這一病就是好幾日。先頭許是發燒，她整個人昏昏沈沈，誰來看過她，她大體有個印象，卻也並不清醒，之後幾日雖然清醒，可也是虛弱得可以。

嬌嬌自己都納悶，這次怎麼就一下子病得如此重。不過想想也是，自她穿越以來，身子真是好得不行，前期挨餓受凍她堅持住了沒有生病，往季家的途中路途勞累她也沒有生病，到了季家更是生龍活虎，如今倒是只小睡一會兒便病了，大概真是到了身體的極限了吧。

嬌嬌身體虛弱，自然是不須去前院誦經祈福，而這幾日季晚晴月事也結束了，便親自過去誦經，如此一來，便只剩彩玉伺候著。

不過這也是嬌嬌自己要求的，先前季晚晴安排了幾個丫鬟伺候她，她倒是覺得完全沒有那個必要呢。

「彩玉，妳去洗些水果。」

彩玉看嬌嬌氣色尚可，點頭應道：「是，奴婢這就去，小姐若是有事大聲喊我便是。」

嬌嬌笑著嗔道：「能有什麼事，妳且放心好了，我自己也不須什麼，暗處又有家裡護衛，不會有事的。」

彩玉正色。「防著些總是不會錯。我倒是不擔心外人，只擔心小姐又光腳下地，您這習慣很不好呢。」

嬌嬌做了個告饒的動作。

「小姐總是這般。」彩玉笑了，麻利地出門。

「聽說妳病了？」房裡突兀地響起男子的聲音。

嬌嬌抬頭，看是楚攸，不知為何，她竟是沒有覺得有什麼意外。

「楚叔叔如此貿然地闖了進來，不太好吧？」嬌嬌將手中的書放下。

楚攸逕自找了椅子坐下，狀似關切。「是算計太多所以耗了心神？」

瞧瞧這話說的，真心不中聽。

「楚叔叔都沒有因此病倒，我又怎麼會呢？楚叔叔真是愛說笑。」嬌嬌弱弱還擊。

「這算計多少和身體狀況是成正比的。我人高馬大，自然是消化得快；妳那麼嬌小，自然是身體不能負荷，我懂的。」楚攸笑得「美麗動人」。

嬌嬌一聽氣結。「楚叔叔樣樣都好，偏是這點讓人不喜，以己度人可不好，我若是如楚叔叔所言，那麼想來早該想到楚叔叔會來看望，也不至於如此唐突，被人堵在了被窩裡。哦，楚叔叔，您別多想，我自然不是說您不顧禮數，擅闖女子閨房。」

楚攸眉毛挑得高高的，倒是覺得有幾分喜氣，這麼「可愛」的小姑娘，真的讓人很喜歡和她聊天啊！一般女子倒是無趣得緊。

「左右我已經做過許多這種事了，也不在乎多這一樁。怎的，小姪女對季致遠的書感興趣？」楚攸瞄到嬌嬌手上的書，眼裡閃過一絲晦暗，不過仍是口氣輕鬆。

「父親博學多才，自然值得我等學習。」嬌嬌見他將視線放在書上，心裡疑問，不過卻也不動聲色。

「哦，學習？」楚攸念叨，將語音拉得高高的，隨即，他笑得快活。「學習便是許久都沒有看一頁，只拿著書發呆？哦，也許，小姪女是在體會書中的內涵，只是許多人都說季致遠的書有幾分清冷，不知小姪女這麼小，能體會幾分呢？」

嬌嬌也笑，小小的梨渦若隱若現，乖巧可愛。「一雙冷眼看世間，滿腔熱血酬知己。若是覺得清冷，必然不是真正地看個清明，也未必真的看懂了父親。」

楚攸讚道：「果真是個不簡單的小丫頭，瞧瞧這話說的，酬知己……」楚攸似乎想到了什麼，瞬間呆住。

不過楚攸也只是一個瞬間的失神，之後便恢復正常神色，並不多做停留，他斂起了神色。「我還有旁的事，妳且好好休養吧。」

嬌嬌看他表情有變化，抿了抿嘴。「又要去算計別人嗎？小心害人害己。」這話中有幾分調侃。

楚攸認認真真地打量嬌嬌，突然伸手摸了摸嬌嬌的頭，嬌嬌向後一躲，並未躲過，怒視。

「妳還真不像個孩子啊。」

「我是少女。」嬌嬌脆脆地言道。

楚攸失笑，手滑下，捏了一把她嫩嫩的臉蛋。

「那好，少女，我先走了，妳要照顧好自己。季家……季家總算還是比較穩妥的。」

楚攸難得地說季家好，嬌嬌側目看他。

「好像我和您沒啥關係吧？您這麼囑託，倒是有幾分不妥當了哦！」嬌嬌垂著眼，軟軟地說。她其實是不明白的，為什麼楚攸對她那麼關注，只因為她是季家的養女嗎？

楚攸面色不變，嫌棄地上下打量她。「小豆芽少女，我不過順嘴那麼一說，妳也不要太當真，難得我發善心，妳竟然還如此懷疑，真是個多疑且讓人不喜歡的小丫頭。妳這麼不討喜，真不知道老夫人喜歡妳什麼，破天荒地將妳收為養女，如若不是我與季致遠一同長大，怕是我就要以為妳是他的私生女了呢。」

嬌嬌看他成心氣自己，捏著被角不說話。

「怎麼了？」

「畫個圈圈詛咒您。」

噗！難得看她這麼孩子氣，楚攸又捏了一把她的臉蛋。

媽的！嬌嬌燃起熊熊怒火，惡狠狠地瞪他。「您再掐我的臉，我就不客氣了。君子有所為有所不為，楚叔叔實在難稱君子。」

楚攸看她發火，覺得越發歡喜，將手放下，他並未多言，倒是哼著小曲兒出門了。從外面端著水果進來的彩玉見楚攸在此，瞬間懵了。

楚攸若無其事地越過她，彩玉反應過來，連忙進屋，看自家小姐沒有什麼大礙，但是表情可不怎麼美好。

「小姐，楚大人……？」她試探詢問。

嬌嬌怒火繼續燃燒。「他竟然掐我臉，竟敢說我是豆芽菜，真是是可忍，孰不可忍。」

彩玉看著神情忿忿的小姐，默默無語，貌似，小姐關注錯了重點吧。楚大人怎麼就這麼冒冒失失地進來了，這與小姐的閨名有礙啊！

「小姐，咱們還是離楚大人遠點吧！」千言萬語，彩玉終究是只說了這一句，不過她也暗自下定決心，必然要多跟著自家小姐，不然還真是不好處理了。這個楚大人，委實陰魂不散。

「我壓根兒就不想看見他啊。」嬌嬌焦躁。

不知怎地，看著這麼焦躁的小姐，彩玉竟是覺得有趣幾分，似乎很少看小姐這樣鬱悶暴躁呢！

「小姐放心，以後奴婢會寸步不離地跟著您，絕對不會讓他欺負您。小姐吃點水果吧。」

嬌嬌重重地點頭說道：「我要化悲憤為食量。」

彩玉噗哧一聲笑了出來，小姐還真是可愛。

楚攸來看過秀寧小姐，不管如何，護衛都不可能不通知季晚晴，然而季晚晴知道之後卻並未多言。誰都不知道，她怎地就真的放下了楚攸，抑或者，她只是表面放下，心裡如何，旁人並不能知曉。

嬌嬌自然也是知道，待季晚晴歸來，她乖乖地報告了楚攸來過的事實。

季晚晴不置可否，見嬌嬌氣色尚可，便安排了次日啟程歸家。

雖然在外面只待了八天，但是嬌嬌竟是覺得過了許久許久了呢。距離那日抓到黑衣人也有三日了，具體如何，她當真不知曉，更是不清楚英家那邊有什麼動作，而老夫人又是採取了怎樣的措施。

雖然她不知道自己算不算看住了晚晴姑姑，但是卻知道楚攸那邊的任務，她算是沒完成。不過這倒是並無大礙，想來也是，這也不是一朝一夕的事情，楚攸那人雖然看似毒舌，心機都寫在臉上，但是嬌嬌深深感覺得到，這傢伙可不止如此，他不過是將最想給人看的一面展露出來罷了，實際上這人究竟有幾分，沒人看得清，包括將他養大的老夫人。

不過能離開寒山寺，她倒是快活了幾分。在這裡清粥稀飯，她委實不喜，相比粗茶淡飯，嬌嬌還算是一個小小的肉食動物。

「秀寧很想離開寒山寺？」季晚晴察覺她的喜悅，問道，一旁的秀雅、秀慧也看了過來。

嬌嬌老實地點頭。「嗯，我很想回家了。寒山寺雖然坐落山間，透著靈氣，但是我總是覺得現在因著楚叔叔的到來有幾分的違和，沾染了塵事，又彙集了各路人馬，當真是沒意思極了，倒不如早早地回去，也免得看這些亂七八糟。還有就是，這裡不能吃肉耶，我都饞了。」嬌嬌掰著手指。

許是因為生病，這幾日她越發的孩子氣，感受到了大家的關心和親情，嬌嬌又有著孩子的身體，自然是越發地撒嬌賣萌起來，當一個小孩子也很好呢！

「妳呀，就是個小饞貓，在這佛門聖地，妳不想著好好的吃齋唸佛，反而想著吃肉，如此哪行。」秀雅戳著嬌嬌的肩膀，說起來，幾個女孩之中，秀雅與她關係最為親近些，大抵上也是因著秀雅年紀大，見識與旁人不同。

「人是肉食動物啊，而且，大姊姊沒聽過嗎？酒肉穿腸過，佛祖心中留，吃齋守戒都是外在形式，信佛與否，端看心。」嬌嬌反駁。

秀雅怔了一下，倒是認真想了想嬌嬌的話，不過隨即笑了出來。「我看啊，就是妳這個小饞貓找的歪理罷了，如若沒有這清規戒律，豈不亂了套，妳呀，最會詭辯。」

「大姊姊莫要拆穿我嘛！」嬌嬌笑嘻嘻地挽著秀雅。

一直安安靜靜站在一邊的秀慧，她似乎是想過了，認真言道：「秀寧說得有道理。」

秀雅作勢呵兩人的癢。

「好啊，妳們倆倒是聯合起來……」

一時間，三個孩子笑鬧起來。季晚晴看著幾個孩子不似在家那般拘謹了，有些明白母親的用意。共同經歷了一些事，孩子們才能迅速地熟絡，秀寧也能更快地融入季家。

不管她成長到什麼時候，想來都沒有母親這樣的心思吧，一件事，便能有若干種圖謀。自然，這個圖謀不是說害人，只會將事情扳正到自己想要的軌道上。這便是能力，而她，沒有！想到這裡，季晚晴陷入了沈思……

這廂季家敲定了明日啟程，而楚攸則是受到了嬌嬌的啟發，交代了李蘊、李蔚，逕自先行回了季家，他要做的便是再次夜探季家書樓。

沒錯，季秀寧那句話確實是啟發了他，滿腔熱血酬知己，當初他還未離開季家的時候，季致遠曾經寫過一本《獨夜有知己》，此書大抵是講述自己與他的友情，如此看來，這本《獨夜有知己》藏著名單倒是可能性極高了。

根本沒有所謂的帳本，不過卻有實實在在的名單。

第十八章

寒山寺。

嬌嬌收拾東西，只待明日出發，季晚晴看嬌嬌整理書，呆愣住。

嬌嬌發現她的反常，再次看自己的書——《獨夜有知己》。

「姑姑怎麼了？可是……可是這本書有什麼不妥？」不應該啊，這本書是季致遠寫的呢？

季晚晴眼睛閃了閃，嘴角囁嚅幾下，最終開口。「這本書是剛到京城的時候哥哥作的。」

嬌嬌言道：「我帶了兩本書，這本還沒開始看呢，我單是喜歡這本書的書名，獨夜有知己，人生得一知己足矣。」

季晚晴深深地看著嬌嬌，許久許久，她伸手，嬌嬌不明所以，不過還是走了過去，季晚晴摸著她的頭。「如果不是知道真相，我真的會以為，妳是哥哥的女兒。秀寧真的很像哥哥呢，當初哥哥寫這本書的時候也說過，人生得一知己足矣，那語氣竟是與秀寧今日一樣。母親當初希望秀寧能做哥哥的養女，當日我們都是不明所以，今日竟是覺得，人與人的緣分真的很難說，許是母親真的透過外表，看到了秀寧的本質。」說完，季晚晴將嬌嬌摟在懷裡，緊緊的。

「姑姑別哭……」嬌嬌有些喘不上氣來，不過卻伸手環住了季晚晴的脖子。

「獨夜有知己，哥哥的知己——是楚攸。」季晚晴脆弱地哭了出來，雖然並沒有出聲，但是卻默默流淚，淚水不斷地落在嬌嬌的頭頂。

嬌嬌沒有多言，其實季晚晴也不過才十七，她難以擺脫情網也是正常。這個時候，嬌嬌倒是不知道，她是為了季致遠而哭還是為了楚攸，抑或者，為了兩者。

季晚晴哭了許久，似乎是終於將自己鬱結的心情發洩了出來，她恢復了往日的冷淡。「今日的事，不要說。」

嬌嬌嗯了一聲，看著季晚晴。「姑姑，我們談談吧。」

「談？」晚晴有些不懂，再看嬌嬌那般的認真，點頭。

嬌嬌清了清嗓子。「姑姑知道祖母的交代吧？」

季晚晴並沒有說話，只是看著嬌嬌。

「臨出發，祖母交代了我兩件事。一則，看住姑姑，讓妳不能接觸楚攸。」嬌嬌察看季晚晴的神色，發現她並沒有驚訝，知道季晚晴果然是猜到了這件事。她清了下嗓子，繼續言道：「第二件事，便是接觸楚攸。」

季晚晴愣住，不曉得為什麼，她擰眉看嬌嬌，確實，自從嬌嬌來到這寒山寺，與楚攸的接觸莫名地多了起來，似乎兩人互動得極多。

「為什麼？」

嬌嬌極為認真。「姑姑不知道為什麼嗎？便是祖母沒有交代，我也明白，秀雅姊姊明白，秀慧姊姊也明白，為什麼只有姑姑不明白呢？雖然我從來沒有見過父親，但是他也是我的父親，為自己父親做點事，不是做女兒應該做的嗎？妳真的相信京城那件事是意外嗎？哪裡有那麼巧的意外呢？如果真是意外，楚攸為何而來？小世子為何而來？我們看到的，就一定是真的嗎？」

季晚晴抿嘴。「所以母親讓妳找楚攸探聽？」

「為什麼不應該？我們的親人被人害死了，我們怎麼可以什麼都不做？我找楚攸，好處太多了，他不會防備我一個小女孩。雖然我並沒有得到什麼有用的消息，但是凡事不是一蹴而得，我相信，循序漸進，假以時日，我未必不會探聽到真相；楚攸身為刑部左侍郎，皇帝的心腹大臣，妳真的覺得他就只有看起來狠毒嗎？姑姑，我知道，您喜歡他，可是，您究竟是喜歡他，還是喜歡上了喜歡的那種感覺？抑或者是，您只是從小錦衣玉食慣了，一次求而不得，便成了心結？」

嬌嬌說得有幾分嚴厲，可是她總是覺得，季晚晴並不是看起來那般的死心，有時候，置之死地而後生，反而是更有效的解決方案。大家都不捨得苛責她，都放任她，也才造成了今日的困境。楚攸不喜歡姑姑，這點是毋庸置疑的，不管楚攸對季家是個什麼態度，但是他看姑姑的眼神沒有一絲的愛戀，這點嬌嬌看得清楚。

「我不是，我不是的。妳一個孩子知道什麼？我不是求而不得的不甘心，也不是喜歡那種感覺，我是真的喜愛他。妳根本不知道，我像妳這麼大的時候就非他不嫁了，我喜歡他，我是真的喜歡他。那個時候他是待我最好的楚哥哥，他會在雨後默默摘了我喜歡的海棠花放在我的門口，會為我下河抓魚，會為我打跑欺負我的表哥，他那個時候待我很好的。不知道，不知道什麼時候開始一切都變了？也許、也許真的是因為虞夢，虞夢出現了，虞夢死了。原來，一切都變了。」季晚晴再次低泣，似乎每次提到楚攸，她都不是那個堅強冷冰冰的季晚晴了。

「楚攸生活在季家的季英堂，他待您好，也許只是把您當成了妹妹，為什麼您不懂呢？而且您也說了，既然是那個時候，也許這分喜歡都是您的錯覺。我不知道虞夢是誰，但是如果她能讓你們反目，那便說明，她比您重要，甚至比撫養他的季家重要，您該死心了。姑姑，您不能為祖母分擔，但是也求您不要再為她添麻煩了，好不好？」嬌嬌將目光放在那本《獨夜有知己》上，再次看向了季晚晴。

「姑姑，許多事，不是看到的那樣，您有沒有想過，秀雅姊姊為什麼不肯學琴，反而要開始學習管家呢？我們都盡自己最大的能力在為季家盡自己的綿力，可是姑姑，您到底在做什麼呢？我知道，他們每個人都不捨得這樣說您，也不會說這些。我只是一個小養女，說這些更是不妥當，但是我希望祖母不要那麼累，也希望您能明白，縱然您不想長大，縱然您還想沈浸在自己的傷懷中，也不要給別人添麻煩，也要顧及自己的老母親。我喜歡那夜收拾英家宵小的姑姑，姑姑，您能做到最好，為什麼要軟弱呢？每次都要為了楚攸哭，姑姑，您這樣讓我很看不起。」

嬌嬌說完不再多言，該說的，她已經說完，只希望季晚晴能真的想明白，她也相信，季晚晴那麼聰明，應該是會想明白的。

嬌嬌不再與季晚晴多言，季晚晴呆呆地坐在那裡，整個人陷入了沈思，嬌嬌看她一眼，知道她認真在想便好，只希望她能看透。

察覺到嬌嬌看她，季晚晴語氣低低的，其中全是難過。

「季英堂孩子很多的，但是關係最好的，便是我、大哥、二哥、楚攸、齊放、元浩哥、二嫂。徐達他年紀比我們大，那時已經鮮少與我們在一起了，而且他不喜歡讀書，整日沈迷習武。我們幾個孩子天天上課之後便出去寫生、抓魚、玩耍，快活極了。後來、後來我們就長大了。有一日我們聽說城裡百花樓來了一個姑娘，說是才貌雙全，更是被封為了百花樓的花魁，她就是虞夢。我也不知道他們什麼時候去了百花樓，只是後來我就知道元浩哥喜歡上了虞夢，虞夢也喜歡元浩哥的，因為我無意中發現了這件事，元浩哥便央了我，我時常假借去書局或者什麼其他的理由為他們製造機會，為他們遮掩。

「再後來，我們搬去了京城，元浩哥說他會回來娶虞夢的，他說他金榜題名便會回來娶虞夢，可是、可是不知道為什麼，元浩哥認識了公主，又喜歡上了公主。恰在這時，虞夢也找來了，而虞夢的事也被公主知道了，因為有人指出我曾經為他們掩護，公主便來質問我，虞夢也求我說出實情，當時公主說了，如果真是這樣，她定然不會與元浩哥成親。也許，這是我一生之中做得最錯的一件事。因著元浩哥的央求，我說了謊，我說沒有，我現在還記得當時虞夢吃驚的眼神。

「當時公主狠狠地打了她，還罵她不知羞恥，企圖訛騙元浩哥。當時、當時我也沒有說出真相，一切都是我的錯，正是因為我的懦弱，才有了那樣的後果。當時虞夢是哭著離開的，當天夜裡，虞夢就在客棧自盡了。」

嬌嬌驚訝地看著季晚晴，她一直知道幾人有牽扯，那日也聽到了楚攸的話，卻不知道具體到底是如何，今日聽了季晚晴的話才明白了幾分。

季晚晴擦掉自己的眼淚，繼續說：「當時我後悔極了，秀寧，妳知道嗎，我當時恨死自己了，可是、可是我沒有想到，幾日後從外地回來的楚攸就和季家決裂了。那時我真的覺得天崩地裂，我不知道為什麼會這樣。我自殺過，被救回來後，母親狠狠地打了我，那是她第一次打我，也是唯一一次，她說，我的命是她給我的，我沒有權力拿走。

「也正是在這次的寒山寺，我才知曉，原來楚攸當初與季家決裂，竟是因為虞夢的關係，竟是因為我是幫凶。我不知道他是什麼時候喜歡上虞夢的，虞夢的死我是有不可推卸的責任的。虞夢死了，元浩哥死了，他們都死了，我也是做錯的人，楚攸不會原諒我的，他也不會善罷甘休的，當初元浩哥就是死得不明不白，京城盛傳是楚攸害死了元浩哥，我不信，當時我是怎麼都不信的；現在我終於聽他親口說了，元浩哥的死真的和他有關，原來，楚攸真的害死了元浩哥。他們曾經情同手足，如今卻能如此，我又算什麼呢，算什麼呢？」

嬌嬌沒有想到，事情竟是如此的複雜，她擰眉看著季晚晴，見她徬徨迷茫，想了下，開口。「您什麼也不算，既然您知道自己什麼也不算，既然知道楚攸不會善罷甘休，為什麼還要執迷不悟呢？姑姑，您真的要堅強，堅強地過好每一天，為了自己的母親，為了自己寡居的嫂嫂，為了自己昏迷不醒的二哥，為了操勞疲憊的二嫂，為了您的小姪女、小姪子，您身邊的人那麼多，您何苦執迷不悟一個楚攸呢？」

季晚晴呆住，喃喃。「執迷不悟……」

「是，在我們所有人眼裡，您就是執迷不悟。」

見季晚晴再次發呆，嬌嬌來到書桌邊，不再言語，反而是開始翻看手中的書。

楚攸行色匆匆的離開，是為了找這本書嗎？

《獨夜有知己》，他是被自己那句話啟發了嗎？想到那日楚攸在季家書樓的翻找，嬌嬌越發的覺得，必然是有什麼事情的。

會是傳說中的帳冊嗎？嬌嬌相信不是，可是她卻覺得，也許楚攸找的，是比所謂帳冊更加重要的東西，而這樣東西，應該是她「父親」季致遠留下的。

「……初見小五，他孤傲冰冷，縱衣衫襤褸，一雙眼睛卻是清明……多少年後，我終是知曉，原來這便是知己，我所想，正是他所想……」

嬌嬌認真地看著季致遠的文章，似乎從他的文章中，嬌嬌看到了另外一個楚攸，一個與現在完全不同的楚攸；可是說楚攸因為愛一個女人而與季家反目，這是嬌嬌怎麼都不能相信的。當然，其中還有四王爺、八王爺的糾葛，可是在她看來，兩人既然是如此的知己，那麼這一切便不該是如此。

再細想楚攸每次的行為，嬌嬌甚至生出一種極為不真切的看法，也許，楚攸與季致遠，並不是看起來那般的反目成仇？

嬌嬌思緒飄遠，不過卻也有些迷茫，整件事情疑點太多了，原本，她以為自己穿越成了種田文，農家小院，極品鄰居。後來以為自己要面對宅鬥了，然而這一切都不是這麼回事，季家人際簡單，也沒那麼複雜，卻不想，如今倒是成了硬生生的懸疑劇。

嬌嬌擰眉，她不知道自己接下來要面對什麼，但是，嬌嬌深深吸了一口氣，不管怎麼樣，她都會盡自己最大的努力，好好生活，善待身邊的人。

至於這些疑點，這些看似繁亂矛盾的線索指向，嬌嬌相信，一切都會有水落石出的那一天的。

不過……楚攸到底在找什麼？這本《獨夜有知己》完全沒有問題啊！

嬌嬌仔細地翻開封頁和其中的內容，卻並沒有找到什麼。

有什麼隱藏的話也不該是這本書本身的內容吧？

也不知過了多久，大抵已然是深夜，季晚晴終於反應過來，她看嬌嬌翻看那本書，緩了過來。「秀寧，早些休息吧。剛與妳說那些……我與一個孩子說什麼呢！」

嬌嬌回身看她，眼神堅定。「雖然我是個孩子，但是有些事我也看得分明，姑姑，您不要讓我們大家失望好不好？」

季晚晴打量嬌嬌。「妳真的不像一個孩子，妳的見地比成年人還要犀利老練。秀寧，謝謝妳說這些，謝謝妳把我罵醒。也許，一切真的都該過去了……」

嬌嬌彎了彎嘴角，小小的梨渦若隱若現。「楚攸也說我不像個孩子，他也說我像父親的私生女。也許，一切冥冥之中自有天意，父親不在了，他便安排了我來幫他點醒您，來為祖母盡一點綿薄之力。其實，季家給我的才是太多了，我很感謝季家為我做的，所以，我也會盡自己最大的努力幫助季家。」

「妳是個懂得感恩的好孩子。」

一陣細碎的腳步聲傳來，門外傳來許嬤嬤的聲音——

「三小姐，前院出事了。」

呃？嬌嬌與季晚晴對視一眼，兩人皆是有幾分吃驚。

「進來說吧。什麼事？」

許嬤嬤掀開簾子進門，微福一下，正色道：「懷遠大師遇刺了。」

「什麼！」連嬌嬌都震驚得站了起來。

「剛才老奴聽前院有幾分吵鬧，便差人過去看了看，這才知道，前院有人遇刺了，聽說那人是懷遠大師，沒有傷及性命，不過也不太好，聽說他堅持要見楚大人呢！」許嬤嬤把剛才探聽到的結果說了出來。

「那楚攸呢？他不在寺裡？」季晚晴問道。

許嬤嬤點頭。「好像是的，聽那個李大人說，楚大人出去辦事了，具體何事不太知曉，連小世子要見懷遠大師都被攔在了外面呢！如今小世子的人與楚大人的人正是劍拔弩張。」

季晚晴沈思了一下，交代許嬤嬤。「我們去前院看看，幾個孩子好好在這裡待著。」說著便要拿披風。

嬌嬌見許嬤嬤沒說啥，忍不住開口。「姑姑，外面都是男人，而且比較亂，咱們都是女眷，出去了未免不會傷著。這事，我們家如果牽扯其中，難免會有旁人多想吧，何必惹禍上身呢！」

「三小姐，小小姐說得有幾分道理，那什麼勞什子的帳本和我們又有什麼關係呢，讓他們爭搶去吧。」

季晚晴點頭。「妳們說得都對，既然如此，那麼我們按照原定計劃明日回家，今天的事，咱們不多看，不多管。」

許嬤嬤見兩個主子這麼定了，微笑退下。

季晚晴兩人不管那些，躺下休息。

不過剛躺下，嬌嬌便感覺到了一絲寒氣，還不待動作，就見一把閃著寒光的劍刺了過來，不過這劍倒是沒有刺傷兩人，反而是放在了兩人的下顎，意在逼迫兩人。

「不准出聲。」一聲音沙啞暗沈。

嬌嬌老實地不敢動。

季晚晴強迫自己鎮定，握住了嬌嬌的小手，她直直地盯著黑衣人，似乎想說什麼。

黑衣人自然也看了出來。「妳要說什麼，不准大聲，不准呼救，不然我不會客氣。」

季晚晴低語。「她是孩子，不要傷害她。」

黑衣人聲音仍是壓得低低的。「妳們老實點，我不會傷害任何人，我只消等楚攸的人撤了就會離開，妳們與楚攸也算是關係不睦，想來不會為了他放棄自己的生命吧？季三小姐。」

嬌嬌一直都不言不語，乖巧極了。

季晚晴握著嬌嬌的手，嬌嬌默默地用手指在她手心劃字——

不要說話，不要驚慌，冷靜配合。

季晚晴感受到嬌嬌的動作，靜了下來，點頭，似乎是答應此人的話。

黑衣人見兩人都很配合，是有些吃驚的，他自然是知道季晚晴對楚攸的感情，如今看起來，在生命面前，愛情什麼的都是可以捨棄的。

嬌嬌繼續在晚晴的手心寫字——

不要試圖知道他是誰，冷靜觀察他的特徵，觀察他的弱點，堅信會無事。

嬌嬌交代季晚晴的同時也不斷地回想自己學過的知識，如果被劫持時要做什麼，她將這一切告訴季晚晴，同時也不斷地提醒自己，提醒自己不要犯錯，從而導致事情出現偏差。

他們明明有守衛，可是這個人還能進來，如果不是他武功很高，那一定是那些家丁中有人出現了問題。嬌嬌的腦子迅速地運轉，她擔心的是，這個人會不會殺她們滅口，放人，也未必是一個窮凶極惡的人會做的。

黑衣人上下打量兩人，將目光停在兩人的手上。

「妳很怕？」他竟是再次開口，這次看的是嬌嬌。

嬌嬌咬唇，小臉蒼白的點頭，一副弱勢小女孩模樣。

「只要妳們乖乖的，我不會傷害妳們。」

嬌嬌再次點頭，小臉戒備地看他，恍若受驚的小動物。

黑衣人見兩人配合，一點都沒有放鬆，上下打量這個房間，皺眉。

他在打量這個房間的同時，嬌嬌也在打量他，雖然房間並沒有燃著蠟燭，但是嬌嬌也已經習慣了黑暗，她就著月色看著這人。

年紀不詳，看身量、聲音和綜合方面，此人必然超過三十，身高一八〇左右，身材適中，手雖然拿劍，但是卻保養得極好，此人該是養尊處優。手腕部分有些黝黑，此人定然不白，他極力壓低聲音，不是為了怕人發現，定然是知道，如若放了她們，日後可能有再見的可能性，所以他不想自己和晚晴姑姑從聲音上認出他。

以後一定會接觸他們家的一個人。

似乎感受到了嬌嬌的視線，黑衣人低頭看她，嬌嬌小兔子一般連忙將視線別開。

黑衣人略呆了一下，似乎想到了什麼，目光柔和幾分。「小姑娘別怕，我不會殺妳。」

嬌嬌聽出了他話裡的變化，表現得更怕幾分，囁嚅嘴角。「我和姑姑都會乖乖的，你別殺我們。求求你，求求你了，你放了我們好不好？」

黑衣人低笑。「放了妳們，我怎麼逃呢？」

嬌嬌怯怯地咬唇。

黑衣人見她如此，竟是拍了拍她的頭。「我會放了妳們的，別怕……」

嬌嬌並不敢刺激這個黑衣人，雖然她覺得自己示弱這一步走對了，但是凡事都有意外，因此她不敢有過多的動作，只更加地怯懦老實。

而且就現在的情況來看，楚攸帶來江寧的人並不少，這邊有人和小世子的人馬爭執，那廂還有人再布防，看來這次的事必然不小。

嬌嬌示弱之後黑衣人是有變化的，這點季晚晴也感覺到了，她這個時候其實也怕極了，不過卻強自鎮定，她猶自記得秀寧在她手心劃下的話，不過如若她現在什麼也不做，未必就是最為妥當，想了下，她看向了黑衣人。

「妳說。」許是季晚晴和嬌嬌太過配合，黑衣人態度放鬆許多，也對兩人不那麼嚴苛。

「我們定了明日會離開寒山寺。如果、如果你逃不出去，可以躲在我們的人群裡離開。」季晚晴提出唯一可行的辦法，她並沒有試圖想抓住這個人，不能激怒這個人，這點她懂。

黑衣人上下打量季晚晴，許久冷笑。「我為什麼要相信妳呢？」

「性命，我們不是傻瓜，如若你不放心我，可以一直劫持著我，讓秀寧出去操持一切，到時候你混跡在我們的護衛隊裡離開，我保證，不會亂來，我可以以自己的性命發誓。」季晚晴試圖說出自己的意圖。

黑衣人靜靜看她，看不出個情緒。「妳那麼喜歡楚攸，難道不想抓住我與他邀功？而且，你們季家的護衛也不是吃素的，這點我很清楚，季晚晴，妳不要試圖挑戰我。」

「可是如果不是這樣，時間拖得越久，也不是長久之計。」季晚晴緊緊攥著拳頭，掌心全是汗珠。

嬌嬌看兩人交涉，覺得並不很好，與綁匪談判是最不明智的舉動之一，但是既然已經開口，便不能結束。嬌嬌冷靜了一下，軟軟地開口。「哥哥……」

「呃？小姑娘怎麼了？」很明顯，黑衣人對嬌嬌的防備大大地低於了季晚晴，態度也和藹，似乎是很怕嚇到她。

嬌嬌咬唇想了下，怯懦地開口。「楚叔叔、楚叔叔不在寺廟的，嬤嬤說小世子正和楚叔叔的人劍拔弩張。」

「那又怎麼樣？」

嬌嬌催促。「這個時候正是離開的好時候啊！反正他們都想著懷遠大師，沒人會管這邊的。」

黑衣人警惕地打量嬌嬌，見她害怕的模樣，沈思一下，再次伸手摸了下嬌嬌的頭。

「妳說得倒是有幾分道理，小姑娘怕了吧，不過妳提的這個倒是有點道理，可是，雖然與小世子劍拔弩張，但是楚攸安排的暗線還在。」黑衣人也不是盲目之輩，他自然是打探好了才來這裡，而選擇季家姑侄處躲藏也是有原因的。相比而言，季家最是不該幫助楚攸的，季晚晴該知道楚攸不會放過她，雖然現在沒有動作，但是寧元浩的昨日便是她的明日，只要她有一點腦子就該明白這一切；而他相信，老夫人教導出來的小女兒，雖然養尊處優、恣意妄為，可是並非沒有腦子之徒。

「我讓許嬤嬤進來，讓她安排人引開楚攸的護衛，之後你放了秀寧，挾持我離開，這樣可以嗎？她是個孩子，千萬不要傷害她。」季晚晴建議。

這時黑衣人倒是對她有了幾分另眼相待，在他原本的思想裡，季家的三小姐季晚晴最是不懂事，如今看來，她倒是個不錯的姑娘，為了一個小養女，她能做到這樣，也實屬不易。

看黑衣人有些猶豫，嬌嬌拉了一下黑衣人的衣袖。「哥哥，你放了姑姑，帶我離開，之後再放了我，好不好？」

聽到嬌嬌這樣的話，黑衣人驚訝地看她。

季晚晴叱道：「秀寧不要胡說。」

「哥哥，姑姑那麼大一個人，你帶著她離開，未必容易，可是我就不同了，我是小孩子，比較輕。楚叔叔不是什麼好人，既然你不喜歡楚叔叔，一定是個好人，我相信你會放了我的，對不對？」嬌嬌希翼的大眼看著黑衣人，滿是信賴。

「帶著妳？」

「許嬤嬤是個奴婢，姑姑說話才最有用，你讓姑姑出去安排，我相信姑姑不會放棄我的。哥哥，如果楚叔叔回來了，你就逃不掉了，楚叔叔很厲害的。」提到楚攸，嬌嬌似乎有些怕怕地瑟縮了一下。

阿門，但願當初的犯罪心理學課沒有白學，希望安靜、示弱、站在綁匪的同一陣線會有用。

「妳閉嘴，小孩子家家不要亂說。你別聽她一個孩子的，這事，不能讓她犯險。」季晚晴喝斥。

黑衣人只定睛看著兩人，許久，似乎下定了決心。「季晚晴，妳出去負責引開楚攸的人，如果妳亂來，那麼妳見到的，就是妳姪女的屍體。」

「你留下我……」不待季晚晴說完，就看黑衣人冷冷地看她，而這時嬌嬌也在她手心不斷的繼續劃——

我有辦法，妳走。

「妳現在出去，安排人引開護衛。快！」黑衣人似乎也想到了楚攸，希望季晚晴盡快，不然楚攸回來，總是更加難逃。

快走，冷靜！不要試圖救我，按照他的話做。

嬌嬌默默告訴季晚晴。

季晚晴狠了狠心，慢慢地閃開了利劍，坐了起來，略整了一下衣服，她看兩人。

「你一定要言而有信。」

黑衣人笑。「季晚晴，妳也一樣，不過我倒是相信妳的，妳們季家不是最護短嗎？我相信，妳不會為了一個恨妳入骨的楚攸而害了自己的姪女吧。要知道，她不光是妳的姪女，也是祥安的養女。」

「我知道，我做得到。」季晚晴冷靜幾分，站了起來。

深深看了一眼嬌嬌，她狠心離開了房間，不多時就聽見外面有幾多的混亂，似乎是季家的家丁發現了所謂的黑衣人，而尖叫的正是季家的三小姐季晚晴。

趁著外面的混亂，黑衣人挾持嬌嬌迅速出門向山頂奔去，嬌嬌不明白，他逃亡的方向為什麼是這裡，不過被黑衣人扛在肩上，嬌嬌不發一言，乖乖巧巧。

也不知道跑了多久，這時嬌嬌已經看到了有些升起的朝陽，黑衣人將嬌嬌放下。

嬌嬌被他扛得頭暈，她暈乎乎地坐下，黑衣人似乎也看了出來。

「季家果然更重視文，所有後人俱是手無縛雞之力。」

「哥哥，你要放了我嗎？」嬌嬌暈乎乎地看他。

黑衣人看著山下已經有些火光閃爍，笑。「小姑娘，妳好好地等在這裡，一會兒會有人來救妳的。」

似乎是不能耽擱，黑衣人迅速地跑到了山頂，嬌嬌遠遠地望著他，見他將大大的滑翔翼撐開，整個人飛下了山崖。

見他離開，嬌嬌驚訝不已，她沒有想到，這個時代竟然有這個。

她快速地跟著滑翔翼奔跑，待滑翔翼滑下了山崖，她也奔跑到了黑衣人助跑的地方，開始仔細地檢查地上的痕跡。

第十九章

這時的山崖之下，楚攸剛趕回來便知道發生了混亂，他快步下馬。

這時李蘊正與小世子對峙，即便是後院傳出了刺客的聲音兩幫人馬也並未有動作。

「不知小世子以什麼身分干擾我刑部辦案？」楚攸冷言。

小世子也不甘示弱。「我身為安親王府世子，知道這事充滿貓膩，自然可以參與，難不成要看他人一手遮天？貪腐案涉及到了江南私鹽大案，鹽業也是父王負責，我身為世子，自然是有這個權力參與；就是不知你楚大人是怎麼教育手下的人，竟是如此目中無人。別說他們，就是你楚攸，也不過是個刑部左侍郎罷了，要知道，這江山，還是我們宋家的江山。」

楚攸聽到這裡倒是笑了出來，整個人顯得格外地柔和，現場的幾個大男人也看直了眼。

楚攸並不意外小世子此言，反而是慢悠悠地從懷中掏出了一樣東西，那是一根做工簡單的權杖，不過上面卻有大大的「金玉」二字。

「皇上有令，刑部左侍郎楚攸負責全權調查貪腐案及江南私鹽大案，不管是誰干擾辦案，俱可先斬後奏，殺、無、赦！小世子，身為皇親國戚，您不會不知道見令如見皇上的金玉令吧？」楚攸挑起眉，微風拂過他因為趕路略有些落下的髮絲，如此情形，更顯得他整個人如同暗夜明珠般耀眼。

小世子確實沒有想到，楚攸手中竟然有此物，他只愣了一下，隨即平復了一下心情，他委實不明白，皇伯伯為何要如此地器重楚攸，難道真的如眾人所言，楚攸就是一個惑主的佞臣？

「既然如此，是宋俊寧的錯。打擾了，撤。」小世子不願多言，一揮手，他的人手馬上準備離開。

此時李蔚快步過來在楚攸耳邊言語了幾句。

楚攸面色微變。「李蘊，好好護衛懷遠大師。李蔚，你跟我去後院。」楚攸快速地往後院奔去。

小世子見楚攸變了臉色，也連忙跟了上去。

楚攸迅速地來到了後院，見季晚晴一臉淚水，而這時的她雖然哽咽，但是卻也冷靜。

「兵分兩路，一部分人負責兩個小小姐，其他人快追，他們應該是往山上跑掉了。」

「季秀寧被人擄走了？」

「是刺客，他挾持了我們，我負責引開你的人，秀寧被他抓走了。」季晚晴儘量簡化事情經過，不過她這時卻也渾身顫抖，可見她是真的在擔憂。秀雅乖巧地扶住姑姑，默默地打氣，只希望姑姑能夠冷靜。

楚攸冷冷地看了季晚晴一眼，吹了一聲口哨。「全力追擊刺傷懷遠大師的刺客，他挾持了季秀寧小姐。」

就見楚攸的人迅速地散開，小世子也連忙吩咐身邊的人，不管怎麼說，他都是秀寧的「舅舅」。

楚攸並沒有與季晚晴多言，反而是快速地往後山追去，小世子不甘示弱，跟了上去。

他們追到山上的時候嬌嬌已經開始檢查黑衣人留下的各種痕跡了，她擰眉仔細地一一查看，他們並沒有看到可能出現任何意外的季秀寧，反而見她念念叨叨的，還一步步地用腳量著什麼。

他們想過她會哭，想過她會脆弱，也想過她被人挾持難以處理，卻沒有想到，見到這樣的她，這個時候的她冷靜地默默念叨著什麼。

見楚攸他們過來，嬌嬌連忙大聲喊：「你們先別過來！」她怕這些人踩了痕跡。

「呃？」一干人等不明所以，不過還是站住了。

嬌嬌又來來回回走了幾次，拍了拍身上的土，微微一福。「多謝楚叔叔、舅舅過來救我。」

楚攸看她平靜，知道她並沒有被嚇到。

「好了，先回去吧。」

一干人等終於回到了寺裡，楚攸並沒有問刺客，他不問，小世子更是不問。

見嬌嬌平安無事的回來，季晚晴衝了過來，一把將她抱到了懷裡，哭得歇斯底里。

「秀寧……」

一旁的秀雅和秀慧也默默地抹著眼淚，這時旁人是不能體會她們的感覺的，在等待的這些時間，她們怕極了，她們想了一萬種可能，她們不知道，自己還能不能看到這個小妹妹，懂事的三妹妹秀寧。

見四人哭成一團，楚攸低語交代。「你們好好護衛季家的幾位小姐。」停頓一下，楚攸繼續言道：「季小姐，不知道我們能不能先談談？」

「秀寧妹妹剛回來，楚大人就要詢問嗎，如此未免太過不通情達理。」秀慧冷言。她鮮少說話，不過這時也是忍無可忍，經歷了這麼多事，秀寧與她是一家人，她早已將秀寧納入了自己的親人範疇。

「秀寧小姐年紀小，如若是時間久了，她便是要淡化了這些印象，我只不過希望能夠盡快知道最直觀的答案，這樣不僅是幫助了懷遠大師，也是對秀寧小姐好，難道妳們不想早日抓到劫持妳們的人嗎？」楚攸淡淡回擊。

「現在談。」哭夠了，嬌嬌吸了吸鼻子，看向了楚攸。

楚攸看著季家的一大三小，還有自稱季秀寧「舅舅」的小世子，他微笑地把玩手中的匕首。

嬌嬌將視線落在他的身上，她發現楚攸很喜歡玩那把匕首。

最先開口的是季晚晴，她將當時的具體情況詳詳細細地講了一下，不是說這個人沒有傷害她們，她們就要維護他。今日因著她們走對了路，配合了他，才沒有被害，那麼他日換成了其他人呢，是不是會被害死？而且懷遠大師那麼慈祥的一個老人卻要經歷這些，她實在對此人沒有什麼好感。

楚攸一直沒有停下手裡的動作，靜靜地聽著，小世子也是一般。

「秀寧小姐呢？之後如何？他是如何逃走的？」楚攸看向了嬌嬌。

是。

嬌嬌一手拉著秀雅，一手拉著秀慧，小鼻子哭得紅紅的，說道：「滑翔翼。」

「滑翔翼？」幾人有幾分驚訝，更確切來說，是不解。

不過楚攸迅速地明白過來，問道：「是那種類似於大鳥的東西？」

嬌嬌點頭，黑衣人這麼熟練地使用滑翔翼，她以為這個已經普及，倒是不想，原本不是。

「原來，那個叫滑翔翼，刺客告訴妳的？」楚攸句句都能問到點上。

嬌嬌搖頭。「我看書知道的，父親的書裡提到過，我以為你們都知道它的名字。」她推到了季致遠的身上。

「那妳詳細說說。」楚攸似乎感了興趣，身體略微前傾，手裡的動作也停了下來。

嬌嬌看他如此，覺得他很急切，不是對滑翔翼急切，而是對季致遠書裡提到這個急切，這是他的肢體語言告訴她的。

嬌嬌再打量其他人，見小世子也很感興趣，想了下，組織語言。

「也沒有什麼詳細說的，就是他把我扛到了山頂，然後自己用了原本就藏在那裡的滑翔翼飛下了山崖。他動作很熟練的，應該不是初學者，我丈量過滑翔翼的大小和他助飛的距離，也檢查了現場的痕跡，我覺得，他一定曾經在那裡練習過，而且是不止一次，近期。」

小世子聽到這裡，嘀咕。「原來妳剛才是在做這個，我還以為妳中邪了，不過妳這都是跟誰學的啊？哪來的那麼多心眼。」

這個時候他又不像在前院與楚攸爭執的那個小世子了，更像是個年紀不大的少年。

嬌嬌將更多的心思放在了楚攸的身上，見他若有還無但是卻並不驚訝的表情，心裡暗忖，是不是自己在他面前表現得太過能幹啊，所以他這麼相信自己的能力。

「嫌疑人應該年過三十。」嬌嬌陳述。

季晚晴有幾分吃驚。「年過三十，可妳不是叫他哥哥？」

嬌嬌吐了下舌頭。「我如果叫叔叔，符合他本人的情況，他會提高警惕的，一般被人綁架或者劫持，讓他放鬆對我們的警惕才是正經啊。」

「果然是個鬼丫頭。」小世子感慨。

楚攸讚許地點頭。「說說妳的判斷和推理吧。」雖然季秀寧是個小女孩，但是不知道為什麼，楚攸就是不能把她當成孩子看待，他總是不自覺地將她當成一個聰明的成年人。

嬌嬌翻白眼，不過還是開口。「他身高八尺左右，喏，比楚叔叔略矮一點點，身材適中，應該年過三十，從掌心的紋路和露出的手腕可以推測出，年輕人不會有那麼深邃的手紋，而且皮膚的彈性也不同；雖然他是習武之人，但是應該養尊處優，這點也是從手看出的，皮膚偏黑。他知道季家的具體情況，以前有可能見過姑姑或者以後有機會見到我們家人，所以他刻意地壓低了聲音，他不希望我們通過聲音認出他。與你楚攸有仇，對你深惡痛絕。對小女孩比較有耐心，家裡大概也有一個孩子，這點不確定。他對我態度一直很和藹，對弱者有一種莫名的同情。還有就是，他如果不是武功極高，便是在季家有自己的人，也就是說，那些護衛裡有他的人，不然他不可能潛進來。最後一點，他應該在江寧或者附近住過，所以對地形很熟悉，卻不是近期探查的，他，應該很多年沒有回來了，必然久居京城，身分顯赫，他提到母親的時候，直呼祥安，而不是祥安郡主。」

嬌嬌形容完，就見所有人都吃驚地看她。

「瑞親王？」小世子脫口而出。

嬌嬌不解地看向了季晚晴，晚晴也一臉呆滯。

「妳、妳真的不認識瑞親王嗎？」小世子驚訝。

楚攸站了起來，拍著手掌。「巾幗不讓鬚眉。季秀寧，原本我就知道妳並不是個簡單的小丫頭，但是今日的我真是大開眼界，七歲的小姑娘竟然能如此的聰慧，老夫人的眼光果然不同凡響。我早該知道，妳能救出季子魚，靠的就不是運氣。」

嬌嬌並不認識這個瑞親王，聽到又有什麼瑞親王摻和了進來，她只覺得頭疼。

媽的，這到底是要多懸疑啊！難道真的是為了不辜負她警校畢業的身分嗎？

流淚！

有人穿越是為了談情說愛，有人穿越是為了宣揚文化，還有人是為了安邦定國，她穿越難道是為了展示自己在警校的學習成果嗎？

「我不知道什麼瑞親王，我只是按照我描述的人來告訴你們這個人的大體形象。」

「那妳又是從哪裡看出他曾經在附近居住過而不是近期探查的？要知道，妳先前也說過，他試驗過滑翔翼，還有關於他身分的揣測。」楚攸問道。

嬌嬌瞪大了眼，頗為無辜。「其實我有時候也會散步啊，往山頂走，他那條路並不是最新的，我聽小沙彌說過的，兩年前後山修了一條小石子路，可是他選擇了原來的那條老路，我看他極為熟悉；而且滑翔翼不是簡單就可以起飛的，需要有輔助，他就是利用了周圍的地形，他必然是事先就知道的。如果是最近踩點，那麼如果我是他，會走石子路，石子路更近而且地形更利於滑翔翼的滑行。要知道現在他根本不需要擔心滑翔翼被發現，畢竟大家的心思都沒放在那兒，周圍也有好藏東西的地方，我都檢查過了，我也不知道怎麼能說清楚，但是大體就是這樣。」

楚攸說道：「小姪女，我能單獨和妳說一句話嗎？」

嬌嬌看向了季晚晴。

季晚晴開口。「楚大人，秀寧受了驚嚇，我想，暫時不太適合和你多言，不知可否改日？」

楚攸挑眉，看向了季晚晴，譏諷道：「同時被人劫持，要靠自己的小姪女才能脫險，她能發現的，妳全都發現不了，這麼大的歲數，都長狗肚子裡了嗎？」

他說話委實難聽，季晚晴面色更是蒼白，她的難受是看得出來的，不過似乎是先前真的聽進了嬌嬌的話，她強自鎮定。

「我承認自己不如秀寧機敏，可是她終究是個孩子，經歷了這麼多的事，又被你們詢問了這麼久，難道不該休息嗎？楚大人，我很感謝你救了她，可是這救，有幾分是因為秀寧自己，大家都是心知肚明的。」

季家幾個小輩沒有想到季晚晴會反駁，雖然不能說完全擺脫了對楚攸的癡執，但是季晚晴在努力。

嬌嬌抿嘴看楚攸。「楚叔叔，我與黑衣人待在一起的時間長，發現了也是正常，如果不是姑姑極力與他談判，如今我們是什麼樣的光景還未可知，難道真的要靠你們任何一個人救我們嗎？許是我們被人害死，你們還未發現呢？楚叔叔，楚大人，我今日這般配合，是因為他傷害了懷遠大師，並不是因為我們之間有什麼情誼，您可不要本末倒置了，抑或者是太過看重自己。」

她雖然這般說，但是楚攸並不生氣，只笑。「伶牙俐齒的小丫頭。好了，既然妳累了，就早些休息吧。聽說今日本就是妳們啟程回府的日子，妳們這些日子在外面也經歷了不少事，耽擱了許久，如若沒有旁的事，略休息便回去吧，我安排一部分人護送妳們。」

小世子聽他這麼說，梗著脖子也言道：「我親自護送妳們回去，不管怎麼樣，妳都是我的外甥女。外人，畢竟是外人。」他傲嬌地仰頭，眼神瞟著楚攸。

「呃，好。」嬌嬌黑線，青春期少年傷不起啊！

小世子見她們同意，點頭，不過還是疑惑地看嬌嬌。「妳真的不認識瑞親王嗎？」

嬌嬌搖頭。

「看來，以後不能在妳面前做壞事。被妳一形容，我們腦子裡一下子就浮現出了這個人，妳觀察力也太強了。」小世子繼續喃喃。

嬌嬌自認為敘述得很詳細，可是還真沒想到，有一個這麼符合這些條件的人。

「湊巧……」她撓頭。

鬼才信！

眾人眼神俱是游移，這樣說，完全沒有人信的。

隨著馬車聲，嬌嬌她們終於踏上了歸途，她神色有些疲倦，不過卻並沒有睡著。

「妳若是睏了，瞇一會兒吧。」季晚晴唸道。

嬌嬌搖頭。

見她氣色尚可，季晚晴放下心來。

路程並不長，不過因著出發的時間本就不早，待回到季家，已然是傍晚。

門房早已接到三小姐和幾位小小姐要回來的消息，聽到馬車聲響，連忙進去通傳，不多時，就見大夫人和二夫人俱是站在門口等待。

眾人雖是風塵僕僕，然都非常高興。

「阿姊，我送她們回來的呢。」小世子邀功地湊到宋氏身邊，一臉的求表揚。

宋氏橫了他一眼，唸道：「這本就是你該做的。」

「阿姊總是喜歡欺負我。」小世子嬉皮笑臉。

「大家快別在門口閒聊了，快些進屋，好好洗漱一下，母親自早晨便一直唸著，說是妳們今日要歸來呢，急切得很。」二夫人笑容可掬，她捏著帕子，張羅著大家。

幾人風塵僕僕，連忙各自回去洗漱。

「小姐，彩玉姊……」鈴蘭見嬌嬌和彩玉回來，紅著眼眶衝了出來。

看她這般模樣，嬌嬌大大地擁抱住鈴蘭。「鈴蘭，我都想妳啦！」

鈴蘭一下子淚水就落下來了。

「小姐，嗚嗚，小姐，我都想您了，我也想彩玉姊了。妳們可好？我聽說，舅老爺安排人過去刺殺妳們了，妳們要不要緊呢？我好擔心……」鈴蘭邊哭邊吸鼻子。

彩玉看了看周圍，還好已經進了外室，不然如若在外面，當真是不好看了，鈴蘭還真是個小姑娘啊！

「沒事的，妳看，我們都好好的。這次去寒山寺沒趣極了，我早就想家了。鈴蘭，我好累、好乏呢！妳有沒有備水？」嬌嬌放開鈴蘭轉了一圈，給她展示自己好好的。

鈴蘭連忙點頭。「我準備了的，小姐快進淨房吧，老夫人早就叮囑我們準備了，我先前準備了一次，結果妳們沒到，這是第二次，我放了好些玫瑰花瓣呢，洗完保證小姐香香的。」

嬌嬌伸了個懶腰。「那我可要趕緊好好洗洗了，那邊好不方便的，呼！」

鈴蘭和彩玉連忙伺候嬌嬌進了水桶，看著香香的玫瑰花瓣，嬌嬌掬起一把，撒開，格格地笑。

「我覺得自己這個樣子好像女主角哦！」

呃？兩個丫頭表示不解，嬌嬌也不解釋，只開始搓。

「妳們可要好好幫我洗洗，我在寺廟裡只能簡單洗一洗，覺得自己都成了泥娃娃呢！」

「好咧，小姐放心，我最會搓灰了。」鈴蘭挽袖子，準備「大幹」一場。

彩玉也笑得不停。

似乎回了季家，她們一下子就放鬆了，一點都不像之前那般的拘謹，真是金窩銀窩不如自己的狗窩。當然，這裡不是狗窩，可是，就是那麼個意思啦，還是自己家最好。

「姊姊，姊姊……」跑步聲傳來，眼看就要闖進內室，彩玉一個箭步衝了出去。看她這般地狼狽，嬌嬌更是笑得厲害。

小子魚被攔在了外面。

彩玉抹汗。「小少爺，小姐正在沐浴，目前不太方便見您呢，您稍等會兒可好？」

子魚被攔住了腳步，停下，皺眉嘟嘴。「妳告訴姊姊快些，我在外面等她，我都想姊姊了，姊姊回來竟然不先來看我，真是要不得。」

彩玉失笑。「小少爺稍等，奴婢進去催催小姐，定然馬上出來見您。」

「告訴姊姊不准磨蹭，我都著急了。那這樣好了，我先去看看大姊姊和二姊姊，妳告訴姊姊，洗完在這裡等我啊！」子魚想了想，就要離開。

彩玉言道：「小少爺，幾位小姐都是才到，風塵僕僕，自然都要洗漱一番，您這般跑過去，想來大小姐和二小姐也在洗漱呢！」

子魚糾結地皺眉，疑問：「是嗎？那妳也是剛回來，妳為什麼不沐浴？」彩玉實在忍不住了，大大的笑臉。

「奴婢自然是要先伺候小姐啊，稍後奴婢也會簡單沐浴一下的。」

子魚了然。「原來是這樣啊，那、那我先去祖母那裡等妳們好了，反正妳們都要去見祖母的。我娘說了，她們都要拜見祖母，對，我去那裡等。」這麼說著，子魚風一樣地跑開。

彩玉搖頭，掀開簾子進了裡屋。

嬌嬌自然聽到了外面的話，問道：「子魚去祖母那裡了？」

「是呢，他說要去那裡等著。」

「守株待兔嗎？」嬌嬌笑嘻嘻。

彩玉看自家小姐。「小姐這樣真好。小姐回家似乎放鬆許多呢，也快活許多，在寒山寺的時候，總覺得小姐心事重重，也頗為疲憊。」

嬌嬌自己自然也感覺到了。「這也是正常啊！寒山寺那個氛圍，我如何能夠徹底放鬆，還是在自己家最好。」

洗漱完畢，嬌嬌任由鈴蘭將她的頭髮絞乾，之後編成了兩條辮子，一襲銀白色的外衣襯得像個不食人間煙火的小仙女。

「小姐越發的好看了。」鈴蘭感慨。

「好看又不能當飯吃。好啦好啦，鈴蘭，妳陪著我去祖母那裡請安，彩玉，妳好好洗漱休息一下，這一路來妳也累壞了。」

「是。」

第二十章

在自家總是與外面不同，心境更是不同，嬌嬌勾著嘴角，穿過長長的長廊，來到主屋。

老夫人信佛，除了佛堂，便是主屋也有淡淡的檀香味。

嬌嬌看著門口的彩蘭，笑道：「煩勞通傳一聲，秀寧求見。」

「秀寧小姐好。老夫人早就等著您了，快請進。」彩蘭笑，她原本就是在這裡等待秀寧小姐的。

嬌嬌點頭進屋。

老夫人端坐在火炕上，見她到來，微笑。

見老夫人慈祥地看她，嬌嬌連忙微福。「秀寧見過祖母，祖母身子可好？」

「快過來讓祖母瞅瞅，這些日子難為妳了。」老夫人嗓音平和，不過還是有幾分的激動。

「秀寧甚為想念祖母呢。」嬌嬌乖巧地湊了過去，鈴蘭連忙為自家小姐將鞋脫掉，嬌嬌偎到老夫人身邊。

「妳這丫頭。」老夫人摸了摸她的頭。

嬌嬌往四下看了看，疑問：「子魚不在這裡呢！」

老夫人笑。「你們兩個孩子感情果然是好，他要在這裡等妳，妳來了便找他。」老夫人打趣。

「他剛才將酸梅湯弄到了衣襟，回去換衣服了，妳且等他一會兒。」

嬌嬌笑。「我也想念他了呢，雖然在寒山寺時間不長，但是就是莫名地特別想家裡的人。」

「妳這孩子也是個戀家的。」

幾人當中，嬌嬌是收拾得最快的，也是到得最早，兩人閒話。

老夫人見她神色如常，問道：「妳們昨晚遇險了？」

嬌嬌點頭，將事情詳細敘述一遍，老夫人聽完了，認真問她。「為什麼，妳會覺得那人是京城人，而且身分顯貴？」

嬌嬌淺笑。「這倒是因為母親呢。」

「哦？」老夫人不解。

「他放了姑姑的時候，說希望姑姑還要顧及祥安，不是祥安郡主，而是祥安。如果他是一般人，會這麼說嗎？那種語氣，分明是對一個小輩，不管是妹妹還是姪女還是什麼其他人，一定不是個小輩。」

老夫人點頭。「妳做得對。秀寧，妳們幾個孩子的表現都出乎了我的意料之外，我很高興，很高興妳們都是懂事的好孩子，也很高興妳們姊妹幾個關係更是融洽許多。」

嬌嬌臉色微紅地撓頭笑。「兩個姊姊都待我很好的。」

老夫人點頭。「秀雅懂事，秀慧孤傲，可是她們都是好孩子，她們會把妳當成一家人的。秀寧，妳是季家的一分子，是我的孫女，以後，不要再以身犯險了，畢竟，妳還是個孩子，凡事有大人們，妳只要快快樂樂長大便好。」

嬌嬌抬頭，聲音稚嫩，不過仍是開口。「我會快快樂樂長大啊，不過如果還有這樣的事，我依舊會這樣做，不是大小的問題，而是這樣是最合適的做法。」

老夫人慈祥地看著嬌嬌，上下打量許久。「許是我真的老了吧，做事時常後悔，也經常覺得自己做錯了。」

嬌嬌疑惑地看老夫人。

「大抵，我不該讓妳接觸楚攸吧。妳走了之後我便仔細想了這件事，我為難妳一個孩子了，我自己都做不到，又憑什麼非要要求妳呢？我不希望妳有危險，而楚攸就是那個危險，我從來不相信楚攸是害了致遠、致霖的人，但是他楚攸不是什麼善類也是實話。」老夫人嘆氣。

嬌嬌握住老夫人的手，笑咪咪。「我是會盡力的，但是也未必就會把自己置身在危險之中。祖母，我一直有個想法，想聽聽您的意見。」

「妳說。」老夫人言道。

「您說，父親與楚攸是真的反目嗎？」

老夫人並沒有什麼意外，似乎她也想過這個問題。

「妳也有這種感覺？」

嬌嬌見老夫人這麼說，知曉她也想過這個可能性，點頭。

「是的，我總覺得，他們不是真的反目，沒有任何證據，就是感覺。可我也不是無的放矢，我最近察覺楚攸在找一樣東西，一樣父親的東西，先前我猜測便是父親那本《獨夜有知己》，但是我翻看得很仔細，都並沒有找到什麼線索；如果父親真的和楚攸沒有反目，那麼這樣東西一定是父親留給楚攸的，那麼那場意外，可能牽扯了更深的東西，甚至，安親王府未必就是完全不知情。」

「為什麼這麼說？」老夫人驚訝地看嬌嬌，她沒有想到嬌嬌想得這麼仔細。

嬌嬌細細觀察老夫人，竟是發現她依舊沒有吃驚，雖然驚訝，但是好像是因為她能想到，而不是猜測內容的本身，如果這樣，那是不是說明，她想的這些，老夫人也都想過呢？

「寒山寺，小世子對寒山寺的事並非真的只是好奇，似乎他是真的關心。有些人雖然看起來沒有心機不諳世事，但是實際怎樣是不好說的，凡事不能只看表面。現在涉及到了好幾個人，瑞親王，如果沒有猜錯，他應該就是刺殺懷遠大師的刺客，他一個親王，皇上的親弟弟，為什麼要親自做這樣的事？安親王，他迫切地想得到楚攸提到的帳本，所以派出了小世子。四王爺，雖然父親是四王爺一黨，但是如果是臥底的呢？這樣他更有害父親的動機了。八王爺、楚攸一黨，如果是他們，那我們先前的猜測就必須推翻。」

老夫人認真低頭想，抬頭看嬌嬌。「我們想得一致。」

嬌嬌問道：「那我們接下來該怎麼辦呢？」

老夫人露出笑容，拉了拉她的辮子。「什麼也不做。我們這些日子太過急切了，這些日子我想著往日那些作為，越發地覺得自己做錯了許多，我們季家是該沈寂下來了，不是不管致遠、致霖出事的真相如何，我們都太浮躁了；便是為了找到兇手，可君子報仇，十年不晚，我們又何必太過急切呢，今日你們都小，我們季家不能繼續浮著了。」

嬌嬌點頭同意。「也許，等大家淡忘了一切再出擊，也是一件好事。」說罷，小小的梨渦若隱若現。

老夫人看她笑得稚氣可愛，恍若一個小仙女，唸道：「秀寧將來的成就必然勝於我。」

「呃？」嬌嬌不解地看老夫人。

老夫人歪頭，調侃地笑。「秀寧聰慧伶俐，容貌出色，進退有常，必然是季家最出色的姑娘。」

嬌嬌臉紅。「我哪有您說得那麼好，秀雅姊姊、秀慧姊姊都很能幹的。」

老夫人搖頭。「三歲看老，秀雅、秀慧自然也是出色的姑娘，但是我相信，秀寧必然更勝她們一籌。」

嬌嬌沒有再次多言，只嘟唇不贊同地看老夫人。

「好了，好了，妳這孩子，許是妳現在還不懂，但是他日妳便會相信祖母的話。祖母當初以為自己是絕對的女主，做了許多事，結果後來卻發現，正是因為我的自負，才造成了後面更多的問題。不客氣地說，秀寧許是沒有當時的我心思多，但是妳卻進退有常，這點極為難得，在許多時候，妳的性格注定了妳更能走得長久。許多上位者需要的都是有弱點的人，而不是一個完美的人。」老夫人緩緩言道。

兩人談話告一段落，季晚晴等人也到了，一時間屋內熱鬧極了。

除卻大夫人和子魚，其他人都已經到來。

秀美緊緊地拉著自家大姊、二姊的手，快活地笑得眼兒彎彎，幾人圍坐在老夫人身邊，親親熱熱。

「姊姊，姊姊……」子魚人未到聲音先到。他一身湛藍的錦衣，看見嬌嬌，一骨碌爬到了火炕上，拉著嬌嬌不撒手。「姊姊，我都想妳了。」

嬌嬌笑。「我也想子魚啊，呼，終於看見子魚了，你在家好不好？」

子魚瞄了一眼大夫人，撇嘴。「妳們都不在，也不是很有意思啦。」

「子魚是覺得和我一起玩沒有意思嗎？」秀美扠腰，不樂意。

子魚也不客氣，仰著脖子。「沒有和我姊姊一起好玩，我姊姊很能幹的。」他仍是對當初嬌嬌打人印象深刻。

嬌嬌默默想，如果在現代，自己在子魚心裡大概就是超人或者蜘蛛人一樣的存在了吧？

「臭子魚，你最壞了，我也不要理你了，我姊姊回來了，我也不要和你一起玩了，你去找你的姊姊吧，我要找我姊姊了，我姊姊也是很能幹的，不要以為就你有姊姊。」

「不理就不理。」子魚別過頭。

看兩個孩子鬥嘴，大家都笑得厲害。

「你看看幾個小不點兒，當真是有趣呢，這到底是孩子多了，家裡也熱鬧許多呢！」二夫人笑。

「可不是嗎，往日就是兩個小的，他們也蔫了，今日人多了，他們倆也活潑起來。」老夫人附和，看著孩子們都快快樂樂，她也覺得這是自己最大的快樂。

二夫人想到這茬兒，言道：「對了，母親，我二妹昨日捎信過來，說是走到桐城了，再有一、兩日便可到了。」

她妹妹在京城也算是有名的才女，求親的人自然是多，今日有兩家都前去求親，都是不好拒絕的人家，家裡為難，遂希望她出來轉轉，這做姊姊的自然不能不管，便說希望她過來小住些時日。與老夫人稟告之後，老夫人也是贊同的。

「稍後妳將別院收拾出來讓她住進去，咱們家內院也沒什麼男子，倒是不須太過擔憂的，妳且好好照顧著她。」

「多謝母親，媳婦兒在這裡倒是要替二妹多謝謝您了。」二夫人笑。

嬌嬌聽幾人閒話，不禁有幾分好奇起來。

在宅鬥劇裡，姨小姐一般可都不是什麼好角色呢！

呸呸，自己咋這麼淺薄呢！

話說，在一般的宅鬥劇裡，小養女也未必是好人呢！

噗！自己好無聊！

因著季晚晴等人歸來，大家自然也是知道了嬌嬌與季晚晴遇險的事，不過總算是有驚無險。

一家人熱熱鬧鬧地吃了晚飯，老夫人自是知曉幾人趕路回來過於疲憊，也並未多留幾人敘話，反而是吩咐眾人早些回去安歇。

嬌嬌往回走，見幾朵烏雲飄了過來，與身邊的鈴蘭感慨道：「這南方就是雨多，妳看，天又陰了呢！」

鈴蘭笑嘻嘻。「小姐不說，我自己都沒有感覺呢，我從小就在江寧長大，從來沒有去過其他的地方，也不知道旁的地方是個什麼樣子。」

嬌嬌歪頭，樣子有些呆萌。「其實，我也不知道以後自己會不會離開江寧，不過我真的好喜歡這種濕潤的氣候。」

「呃？」鈴蘭有些不解。

嬌嬌淺笑看她。「走啦走啦，我有些乏了呢，早些回去休息。」

待幾人回屋，嬌嬌伸了個懶腰。

「小姐，在外面可不能如此呢，不然旁人該笑話小姐了。」彩玉迎了上來，雖然是實話，但是語氣裡也有幾分的笑意。

嬌嬌扭了一下腰活動筋骨。「我自然是知道這一點，這不在屋裡嗎，無妨。」

鈴蘭看了一下彩玉，又往四下看了看，咬唇，壓低了聲音。「小姐……」

「怎麼了？」嬌嬌疑惑地看她，似乎鈴蘭有話要說。

「小姐，剛才您與老夫人在房裡敘話，陳嬤嬤守在門口呢。三小姐到了，聽說您在裡面，都沒有進去。」她覺得這事有幾分奇怪，自然要告訴自家小姐。

嬌嬌垂下眼簾，問道：「陳嬤嬤攔住了她？」

「那倒是沒有的，三小姐看見我也在，問陳嬤嬤屋內還有何人，陳嬤嬤就實話實說啊，於是三小姐就說自己落了東西，又離開了。」

嬌嬌抬頭，眼神清明地看鈴蘭和彩玉。「鈴蘭、彩玉，這事無須放在心上，我有數的，妳們且看顧好自己便是，妳們兩個都比我年長，自然是知曉更多的道理。我只是個養女，許多時候、許多事，不能想得那麼簡單。彩玉我倒是放心的，只有鈴蘭，妳自幼在這大宅裡長大，又鮮少出門，沒有見識過更多的複雜，難免將事情看得簡單，我希望，凡事妳都要淡定，便是不能真的淡定，裝也要裝得淡定。」

「小姐放心，奴婢曉得的。」鈴蘭認真道。

嬌嬌坐下，問道：「這些日子，季家可是發生了什麼事？」

鈴蘭歪頭想了一會兒，言道：「我也不曉得算不算是有事，不過近來家裡攆走了好幾個人呢。嗯，也不能說攆走，都是被老夫人發賣的，發賣得特別遠呢，我想，他們應該是犯錯了。嗯，再有就是舅老爺的事了，然這事是鋪子那邊的，倒不是家裡發生的，聽說舅老爺還派人行刺小姐了呢，您不知道，當時我嚇壞了。」

嬌嬌點頭。「府裡的事，妳們要留心聽，但是有一點要切記，留心歸留心，萬不可表現得過於急躁，更不可凡事都拿出一副急於知道的模樣，咱們只求安安穩穩，莫要招惹他人的猜忌。」

兩人俱是點頭。

「小姐好聰明。」鈴蘭由衷地讚道。

彩玉則是有些憂心，她有些遲疑，不過仍是開口。「小姐，奴婢知曉您聰慧，可奴婢在老夫人那裡也待了許久，雖然年紀算不得大，但是也見了不少這樣的事。小姐，有句話，奴婢還是想提醒小姐，小姐就算再聰慧也是個孩子，許是想不到，慧極必傷。小姐，您這般的聰慧，對許多人來說，未必是好事的。」

嬌嬌並沒有意外，點頭。

「彩玉為我好，我是懂的。然而彩玉，有些事許是妳沒有想過，妳要知道，我不過是一個孤女，即便被季家收做了養女，即便老夫人待我是真好，我也依舊是季嬌嬌，是荷葉村那個小乞丐一樣的季嬌嬌。老夫人希望我活出自己，這是對我真心的疼愛，可如果我什麼都不會，什麼都不能做，我會更加地不能掌握我自己的命運。」

彩玉似乎明白了什麼，想了許久，她看嬌嬌。「雖然我不是很明白，但是大體也能體會小姐的感覺，小姐，您會幸福的。」

嬌嬌看她們倆，笑咪咪。「幸福與否，要靠自己爭取，不光是我，妳們也是一樣。」

「奴婢知曉了。」

嬌嬌點頭，吩咐兩人伺候她洗漱休息，她是真的有些疲憊了，這在自己家和在寒山寺感覺委實不同，不須處處緊繃精神，不須想得過多，最起碼，她可以好好睡一覺了。

嬌嬌想到一件事，問道：「對了，妳們知道姨小姐是什麼樣的人嗎？」

鈴蘭搖頭，彩玉卻是知曉的。「姨小姐是薛大儒的二女兒，也是咱們二夫人的親妹妹，在京裡也是有名氣的；不過相較於咱們家小姐的冷冰，薛二小姐溫柔許多，她也是三小姐的閨中密友。」

「原來是這樣呢，聽說她過幾日要來小住。」嬌嬌透過鏡子看著正為她絞頭髮的彩玉，燦爛一笑。

彩玉也微笑。「薛二小姐是個才貌雙全的美人，人人都道，薛二小姐不肯結親，是想入宮呢。」彩玉鮮少說這樣的話，也只是在嬌嬌面前，算是絕對的信任。

嬌嬌驚訝得瞪大了眼，她回身看彩玉。「進宮？薛二小姐才多大啊，皇上很老了吧？」

彩玉看小姐這般的驚訝，噗哧一笑。往日裡就覺得小姐不像是個小孩子，可是今日看著，果真還是孩子氣的，到底年紀小，這與聰慧與否無關。

「薛二小姐今年芳齡十五，算起來也該是議親的年紀了。至於皇上，小姐，不管皇上多大，都是能讓許多女子趨之若鶩的啊。您要知道，這代表著數不盡的榮華富貴，不是每個人都像三小姐一樣的。」不能說誰對誰錯，你可以說三小姐不懂事癡戀一分求而不得的感情，可是換言之，這似乎也正是三小姐的可愛之處，最起碼，她求的是感情，而非其他。

嬌嬌嘆氣。「榮華富貴迷人眼，每個人的追求真是完全不同呢。」

「那是自然的。」

深夜，淅淅瀝瀝的小雨下個不停，楚攸站在窗邊，看著窗外的雨簾，面無表情。

「大人，懷遠大師圓寂了。」李蔚語氣有幾分蕭瑟。

楚攸道：「你留下來安排懷遠大師的後事，我與李蘊先行回京，放出風聲，就說我身上有懷遠大師留下的帳本。」

李蔚擰眉。「大人，如此一來，未免太過危險，不如就說帳本在屬下這裡，我帶著帳本先行離開。」

楚攸笑著搖頭。「他們不會信的，對於他們來說，我是不可能信任任何人的，危險從來都是與機遇並存的，李蔚，你且按照我吩咐的做。」

李蔚又想說什麼，楚攸伸手制止他的話。

李蔚只得點頭。「那大人，切記小心。」

楚攸似乎並不在意。「如今他們想害我，怕是沒有當初那麼容易了。李蔚，按照咱們的原定計劃，好戲即將開鑼，雖然缺了最重要的名單，但是左右先期我們要交一個假的，如此這樣，倒是無礙。」

「那大人我們馬上按計劃進行。」

楚攸點頭。

「不過大人，既然季小姐已經指出殺害懷遠大師的刺客是瑞親王，我們能不能就此上報天家？如此明顯特徵，我們是有理由這麼做的。」

楚攸表情有幾分譏諷。「不，我們沒有證據，我們單單憑著季小姐的幾句話，如何能夠將罪名坐實？李蔚，莫要因為心急而亂了方寸。季小姐說的雖然指向性明顯，可也只是給我們一個參考的意見罷了，若說真的坐實，我們需要的是大量的證據，沒有證據，其他都是枉然。更何況，我們的目標從來都不是瑞親王，至於他究竟為何牽扯其中，自然有他的道理，有我們不知道的一面，這需要我們去慢慢探查，而且……」楚攸露出一個笑容。「那日可不止我一人聽出了季小姐話中的人，小世子也是一樣，你說，安親王府會是如何？」
李蔚一想，明白幾分。「是屬下過於急切了，主子說得對，這事，還是從長計議，想來小世子也會幫我們將事情多查出個一二的。」
楚攸點頭贊同。
「明日我就下山返回季家，下午便啟程回京。這邊，你還要多用些心思。」
「是，屬下明白，那季家那邊？」
「季家那邊，暫且不要多接觸，免得讓旁人知曉我們真正的意圖，虛虛實實，才能讓人更是不明。」楚攸將手掌的刀刺到了房間的柱子上，面容如常，但是內心的起伏旁人如何也看不明白。
「是。」
將一切交代清楚，楚攸離開。

待到天剛濛濛亮，季家門房正在掃院子時，就見一隊人馬由遠而近，這次楚攸並沒有刻意隱藏自己的人馬，門房看這人馬俱是一身黑衣，氣質硬朗，給人一種寒冷之感，不禁瑟縮一下，這便是刑部人馬嗎！
如若不是楚攸身材關係，怕是大家要將他當成混跡在男子中的女子，可奇怪的是，他站在眾人之中竟是毫不違和。
「見過楚大人。」

「稟告老夫人，楚攸公務纏身，急著回京，特來與她話別。」

門房一聽這人要回京了，略鬆了口氣，活閻王要走了，可不是要放鞭炮慶祝的一件事嗎！自從這楚大人來了江寧，雖說並沒有做什麼，但是整個江寧的氣氛都詭異起來，他們季家人的感覺更是明顯。

連忙進去通傳，嬌嬌此時正在與老夫人閒話，身邊幾個女娃娃也都在，聽到稟告，老夫人安排幾個小的離開。待嬌嬌帶著丫鬟回房，正巧碰到楚攸進門，嬌嬌房間是相對比較靠外的位置，也正因此，竟是碰到了楚攸。

楚攸看嬌嬌一身銀白色的紗裙，上下打量一番，笑道：「果真是個小美人。」

這話說得相當的不得體，然嬌嬌並不惱怒，只規規矩矩地低頭。「秀寧見過楚叔叔，倒是不想，昨日才是一別，今日便又相見。」

楚攸見這院子裡有不少人都看向了這邊，不顧體統地抬起了她的下巴，嬌嬌躲了一下，並未躲過，眼裡閃現怒火。這人真是不懂事，如此這般，委實是給她添麻煩，不曉得待他走後，別人還要將她傳言得如何不堪。

楚攸聲音低低的，僅以兩人能夠聽見的音量低語。「我要找一樣東西，幾多翻查卻不可得，思來想去，我越發地覺得，這樣東西在秀寧小丫頭這裡。妳說，對嗎？」

楚攸的手固定住了嬌嬌，嬌嬌便是掙扎也不得，如此一來，嬌嬌倒是落落大方起來。「秀寧不曉得楚叔叔說什麼。楚叔叔，您幾次三番這般作弄秀寧，是否真的就看秀寧不過是一個小養女，比較好欺負？」她這時的聲音倒是大了不少。

楚攸似乎明白了她的用意，笑，言語輕佻。「好不好欺負，我想日子久了，大家自會明白。滿腔熱血酬知己，季秀寧，不管怎麼著，妳也算是我的知己了。咱們，來日再會。」說罷，楚攸放手離開。

「小姐……」彩玉連忙上去扶自家小姐。

嬌嬌平復一下心情，表情稚氣。「無事，我們回去吧，楚叔叔大抵是太不喜歡我了。」這般一說，倒是顯得楚攸是故意欺負於她。

嬌嬌心裡氣，不過卻也不表現在表面，回到房間，她快快地喝了兩大杯茶。

彩玉見她如此，有些擔憂。「小姐每每生氣便是如此暴食暴飲，如此委實不利於身體健康的。」

「我不過是氣極了，那個楚攸，真是頂頂討厭的一個傢伙，這個世界上最討厭的就是他了。」嬌嬌嘟嘴。

彩玉見她如此孩子氣的一面，微笑，不過也有些憂愁。「小姐，楚大人如此，對小姐閨名委實不利。」

嬌嬌自然明白，不過有時候事情總是不受自己的控制。

「既然我左右不了他，便只能盡力的要求好我自己了。彩玉，我們既然堵不住別人的嘴，那麼也只能做到不在意了。煩人煩人，這個楚攸真是太煩人了。」原本還一本正經，說了兩句，嬌嬌抱起枕頭捶了兩下。

「妳這個樣子，有失大家閨秀的風範。」清冷的嗓音響起，來人正是秀慧。

嬌嬌看她不過比自己略高一點，也是小女孩一個，卻又要說得正經，覺得好笑，咚咚快走過去拉住秀慧的手，她唸道：「二姊姊怎麼過來了，快坐。」

「見過二小姐，見過三小姐。」兩方的丫鬟都微微一福請安。

嬌嬌揮手。「妳們都且下去吧，我與二姊姊說會兒話，左右這裡也是無事。哦對，彩玉，為二姊姊備些茶點。」

「是，奴婢知曉了。」

待兩個丫鬟出門，秀慧不贊同地看嬌嬌。「剛才楚大人來了。」

嬌嬌點頭，那又怎樣？

「秀寧，不知道為什麼，楚大人總是格外地關注妳，我覺得，這對妳不好，往後，妳還是躲著他些吧。」季秀慧開門見山地言道，這也符合她的風格。

嬌嬌嘟唇。「多謝二姊姊提醒，我知道了，以後我會躲著他些的，也不知道他是打哪兒來的，真是陰魂不散。」

秀慧繼續小大人般地說：「我既然把妳當成妹妹，就不會害妳，咱們家的女子雖說不拘小節，可是總也要多留心，切莫被旁人利用。」

嬌嬌神色微閃，言道：「我知道二姊姊關心我，其實我也不知道楚叔叔為什麼對我格外關注，許是因為我是父親的女兒吧，也許還是因為祖母。算了算了，我們不提他了，真真的反胃。二姊姊，妳的畫最好看了，妳來看我畫的，我的畫技總是不見變好，先前本是不想繼續學了的，然祖母說季家的孩子，總是要學夠日子才可以放棄，我這又繼續苦練起來，可是總覺得自己畫得不好，妳給我指點一二。」

「我的水準怎麼能指點妳？妳真是胡說，不過我姨母就要到了，她的畫技才是鼎鼎的有名，待她到來，我央她過來指點妳一下。」秀慧只表面冰冷，內裡是個熱心腸的姑娘。

「好。」嬌嬌小小的梨渦若隱若現。

小姊妹倆轉而談起畫作，不再言談楚攸。而楚攸在老夫人那裡待的時間也並不長，不出半個時辰，就見楚攸面色如常，風塵僕僕地離開。

聽聞楚攸離開的消息，嬌嬌與秀慧吐了一下舌頭，唸道：「這討厭鬼可終於走了，但願他不要再來了。」

秀慧依舊是沒個表情，不過話語卻老練。「我怎麼覺得，他還會出現呢？」

嬌嬌雙手合十。「壞的不靈，好的靈，他不會出現啦！」

第二十一章

楚攸就這麼走了，之後嬌嬌聽說了懷遠大師辭世的消息，她這人疑心重，總是想得多，便是疑心不重，也明白楚攸的離開與懷遠大師有關，抑或者，就如同大家揣測的，楚攸得到了那本傳說中藏在懷遠大師身上的帳冊。

可是，一切真的是這麼簡單嗎？

嬌嬌靜靜地練字，思緒卻已然飄遠。

「小姐今天似乎心不在焉。」彩玉唸道。

嬌嬌將筆放下，看自己寫得一塌糊塗的字，再次翻開季致遠的書，開始認真謄寫。

「將書送給老夫人了？」嬌嬌問道。

彩玉回。「是呢，奴婢親自交給了老夫人。」

嬌嬌沒有說話，繼續練字，這本書正是季致遠那本《獨夜有知己》，她不知道季致遠是一個什麼樣的人，更是沒有找到什麼線索，但是她沒找到不代表老夫人就找不到，畢竟母子連心。

一時間房內靜了下來。

「小姐……」鈴蘭咚咚跑了進來，看到彩玉不贊同的眼神，鈴蘭吐了一下舌頭，穩住自己，有一絲的興奮。「小姐，二夫人的妹妹到了呢，我剛才去領東西回來見到了她，真是個大美人呢，比咱們三小姐還美上了許多。」
嬌嬌並不十分感興趣的樣子，繼續練字。
彩玉拉她。「好了，小姐練字呢，妳呀，嘰嘰喳喳的，像什麼話。」
「姑姑已經很美了呢。」嬌嬌接話道。
鈴蘭點頭。「是呢，不過那位薛二小姐更美一些呢，而且她看起來好溫柔的。」
嬌嬌勾了勾嘴角，沒有抬頭。「想來晚上就能見到了呢，妳這麼一說，我倒是好奇得緊。」
不單是這個院子，旁的院子也是一樣，都是對這位過來做客的姨小姐好奇得不得了。陪著二夫人到門口迎接的是秀雅、秀慧、秀美三姊妹。
便是在屋裡，嬌嬌也聽到了外面的嬉笑聲。
季家的格局與旁的人家不同，院子分為內宅、外宅，因著人少且都是女眷，因此所有主子都是住在內宅，如此一來有個風吹草動什麼的，旁人自然也大體清楚。
這點既好，也不好。嬌嬌對此倒是無所謂的，她習慣了群居生活，如若真是像旁的人家那樣，幾進幾出，各自有自己的別院，嬌嬌倒是覺得，自己也許還不習慣呢！
「聽說姨小姐要住在哪個院子了嗎？」
鈴蘭點頭。「據說是住在西側院。」
果不其然，除了自家人，老夫人是不會讓旁人住在內院的，即便這個人是二夫人的妹妹。

這廂嬌嬌等人閒聊，那廂薛二小姐則是拜見了老夫人。

「青玉見過老夫人，一年不見，老夫人還是如往日一般呢。」薛二小姐青玉明眸皓齒，氣質婉約，與二夫人並不太像，二夫人氣質颯爽一些。

老夫人笑得和藹，擺擺手，將青玉拉到自己身邊。「我老婆子自是沒有什麼變化，玉兒倒是更水靈幾分了。」

薛青玉乖順地坐到了老夫人的身邊。「老夫人慣是喜愛打趣玉兒，小時候就是如此，玉兒哪有什麼變化，還不是一如既往，倒是晚晴姊姊才是真的更美了呢，剛一見，我都不敢認了。」

季晚晴也露出笑容。「妳呀，與妳比起來，我都是老女人了，哪像妳，花骨朵兒一般，貌美如花。」

「好了好了，妳們兩個啊，也別互相誇獎起來沒完沒了，真是要生生地嫉妒死我們嗎。晚晴妹妹更是誇張，如若妳是老女人，我這做嫂子的，豈不是要將臉藏在衣服裡？當真是不敢見人了呢。」二夫人笑著言道。

「玉兒一路上風塵僕僕，想來也是勞累，我們也別耽擱她休息。老二媳婦兒，妳且帶她去西側院吧，好好洗漱一番，也略微休息休息，晚膳來內院，我可定要為她接風洗塵。」老夫人交代道。

「多謝老夫人，那玉兒就先告辭了。」薛青玉也不推辭，站了起來，微微一福，告辭。

「我們陪姨母一起過去吧。」秀美脆脆地言道，她最是喜歡溫溫柔柔又待她極好的姨母了。

眾人皆笑。

二夫人點頭。「好好，妳也跟著，就沒有妳不想摻和的事。」秀美是小女兒，自然是最為疼愛，見她這般，二夫人眉眼是笑。

薛青玉拉起秀美的手，笑意盈盈。「我的小秀美那麼久沒見姨母，自然是想和姨母多待一會兒了，對嗎？」

秀美忙不迭地點頭。「嗯，正是呢。」

二夫人笑著告辭，帶著薛青玉往別院而去。

「阿姊，這季家老宅倒是並無什麼大的變化呢。我記得，三年前我來那次，與今次倒是差別不大。」薛青玉往四下打量，言道。

二夫人點頭。「是呢，這裡也不太適宜做大的改動，不過如此倒是也好，妳也不須擔憂不熟悉而迷路。」

薛青玉想到了三年前的那次迷路，笑了起來。「當時……真是多虧了姊夫呢。不過這裡也不算複雜，不曉得當時為何會迷路。」

二夫人表情有幾分落寞，不過隨即又恢復正常。「妳這次來，可要多住些時日。妳也不小了，想來這次回去便要議親，如若這般，我們姊妹見面的機會怕是會更少了起來。」

薛青玉挽起了二夫人的胳膊，甜笑。「阿姊說什麼呢，不管青玉嫁給什麼樣的人，嫁得多遠，妳都是我的阿姊，我都會來看妳的。」

二夫人被她逗笑。「妳呀，這小嘴甜的，慣是會哄人。阿姊可等著，等著將來玉兒還能對阿姊一如既往。妳也知道，如今季家事多，阿姊怕是近幾年都不可能離開江寧了，不管是父母那邊還是旁的，可要玉兒多多擔待些。」

青玉點頭。「我知曉的，姊夫如今這般，季家又內憂外患，阿姊自然是要勞心勞力。阿姊且放心，我會多照顧爹娘的。」

「玉兒也長大了。」

姊妹二人感慨一番，來到別院。

別院自是按照二夫人的吩咐布置，薛青玉看了也分外地歡喜。

「姊姊自是瞭解我的喜好。」

兩姊妹坐下，二夫人示意奴婢們都下去，秀美也被丫鬟帶了出門，她有些不情願，不過倒是沒有反抗。

二夫人看著薛青玉，表情有些嚴厲。「青玉，妳和我說實話。這次到底是怎麼回事？」

「什麼怎麼回事？」薛青玉略頑皮地吐舌。

二夫人拉住她的手認真道：「別和我打哈哈，這次到底是怎麼回事？妳到底是怎麼想的？」

薛青玉緊緊攥著帕子，表情有幾分落寞。「阿姊知曉的，我根本不想嫁給那些豪門公子，更並非大家傳言那樣一心想進宮，我、我有自己喜歡的人啊，我怎麼會是如此貪慕榮華富貴之人。」

二夫人緊緊地盯著她，許久，嘆息。「妳這又是何苦，妳明知道，齊放心繫晚晴。」

青玉面容蕭瑟，苦笑一下，言道：「我自是知曉，可是，我更知曉晚晴並不喜愛齊放啊。齊放都能苦苦地追尋晚晴不放棄，那我又為何要放棄呢？阿姊，我不想傷害任何人的，我不過是想在最後的一刻，為自己盡一些力，我只希望，許多年後，自己不會後悔。」

「妳與齊放怎麼相同，他是男子，束縛少，也並無長輩，可妳呢，妳是一個女子，難道妳真的也要耽誤到晚晴那樣的年紀嗎？如此萬萬使不得啊，妳讓爹娘如何見人？」二夫人苦口婆心，然薛青玉並不動搖。

「阿姊，當年父親屬意季致遠，大公子也心繫與妳，妳為何還是堅持要嫁姊夫呢？難道這圖的不是一個真心嗎？當初妳寧願惹父親不悅也要堅持己見，如今到了我這兒，妳怎麼又能非要要求我如何呢？阿姊，我相信這麼多年來，妳一定沒有後悔過自己的選擇，因為，妳是喜愛姊夫的。那麼今日，請妳也不要阻撓青玉，我只希望，自己能夠得到自己想要的真愛。」

「我與妳怎麼相同，我與致霖相互喜愛，可是齊放並不喜歡妳啊。晚晴與妳是至交好友，妳這樣做，旁人是要戳妳的脊梁骨的。」

「阿姊，我顧不了那許多了，既然來了，我便是打定主意破釜沈舟，我也沒有想著使什麼歪主意，我只是極力爭取我要的，也許最終的結果是失敗，但是我努力了。阿姊，妳不要勸我了，我想，便是我告訴晚晴，她也不會怪我，晚晴是喜愛楚攸的。」

二夫人最終是說不過自己的妹妹，嘆息。「也許，我是真的不懂你們這些小男女吧，可是青玉，我只希望，妳還記得父親的教誨。」

薛青玉不置可否。「我自是記得，阿姊，我累了，讓我先沐浴好不好？這一路上風塵僕僕，我覺得渾身都髒透了。」

二夫人見多說無益，點頭。「那妳先休息，府裡事多，我去內院了，有事妳差丫鬟稟告我。」

「嗯，阿姊，妳去吧。」薛青玉笑得溫順。

二夫人笑著搖頭，離開。

青玉的丫鬟見二夫人離開，進門伺候自家小姐，然薛青玉原本還巧笑倩兮的臉隨即冷了下來。哼了一聲，薛青玉吩咐丫鬟。「小桃，檢查一下屋子。」

「是，小姐。」似乎小桃已經習慣了薛青玉這般變臉。

仔細地檢查了一番，小桃稟告。「小姐，沒有任何異常。」

薛青玉譏諷地看著床鋪。「為我準備的倒是齊備，不過……」看著湛藍色的床榻，薛青玉厭惡的撇嘴。「還是這般的俗氣。」

「大小姐自然是比不上小姐的眼光。」小桃阿諛奉承。

薛青玉露出一抹笑。「哼。對了，讓妳安排人調查的事如何了？」

「稟小姐，我還沒收到消息，不過我想必然能夠調查妥當。據聞之前的時候英家就被徹底架空，如今人也被季家控制起來，我會迅速和英家搭上線的；不過事情也分兩頭，季家能用得上的男人也不過就是那麼幾個，只要咱們掌握了那個齊放，會更加加速季家的衰敗。」

小桃笑得險惡。

如若是旁人看見這變臉迅速的主僕倆，怕是要驚掉下巴了。

薛青玉摸著自己的指甲。「齊放那裡我倒是有幾成把握的，之前我就說過喜歡他，對一個喜歡自己的女人，即便是這個男人再冷硬也未必會有所防範，只要我用心，我就不相信他還能對季晚晴一如既往。那個季晚晴天天冷著一張臉，真是看了就想吐，也不知道齊放喜歡她什麼。」

「季晚晴自然是沒有小姐美貌，齊放怕也是因為從小一起長大的情誼，如若是同時相識，她季晚晴又能占什麼便宜呢。這京裡誰不言道她是個嫁不出去的老女人？死心塌地地愛慕楚攸又如何，楚攸還不是正眼都不看她一下。」

「我不會讓他們季家的人好過，父親喜歡季家老夫人，我就偏要她死。」薛青玉指甲深深的摳在手心，表情猙獰。「英蓮青，妳這個該死的老女人，我決計不會饒了妳。」

傍晚。

因著季致遠的離開，嬌嬌並沒有什麼豔色的衣服，她也極為恪守本分，便是略有豔麗的衣裙都穿得極少，一身深灰色的衣裙顯得她更為消瘦。

鈴蘭有些不贊同地說：「小姐慣是喜歡穿這些深深的顏色，您那日穿素白，顯得整個人清靈如水呢，倒是這個深灰並不太適合您。」

嬌嬌並不聽她的，只吩咐她將髮悉數梳了上去，如此看來，雖也是女孩的模樣，但是也有幾分男孩的英姿。

鈴蘭並沒有跟著，看著小姐和彩玉離開的身影，嘟囔。「這倒是像練字的時候呢，真是的，小姐怎麼就不愛美呢？果然是年紀小啊！」

嬌嬌早早的便來到主屋，聽見屋內歡聲笑語，她稟明了名字之後掀開簾子進門。

老夫人見嬌嬌到了，笑著與薛青玉介紹。「玉兒，這便是先前與妳提過的秀寧。秀寧，見過玉姨。」

嬌嬌聽到這個稱呼，心裡默寒，不過還是甜甜地喊人。

也正在這時，嬌嬌才細細地打量薛青玉。薛青玉與二夫人長得有幾分相似，不過面孔倒是更精緻了幾分。她一身橘色紗裙，更是襯得人白皙美好，鵝蛋臉、柳葉眉、丹鳳眼，最是符合本朝美人的標準，也怪不得呢。

「快起來，快起來，看著就是個機靈的小姑娘，可真討喜呢。」薛青玉也在不動聲色打量嬌嬌，見她不過是個年紀不大的小女孩，心裡放鬆幾分。

幾人正是寒暄，就聽陳嬤嬤稟告，大夫人到。

宋氏獨自過來，並沒有帶著子魚。嬌嬌想到，如今正是子魚學習的時辰。

見到薛青玉，宋氏只略微點頭算是打了招呼，嬌嬌連忙也請了安。

宋氏難得地開口。「秀寧這幾日越發地清瘦了，可是酷夏的緣故？如若是暑氣難當，命廚房多送些酸梅湯，莫要苛待自己。」明明嘴上說著關心的話，但是宋氏依舊是一臉冰冷。

嬌嬌笑著回道：「許是這身衣服襯得吧，我近來吃得特別多呢，多謝母親關心。」季家真是盛產冷美人，上到大夫人宋氏、三小姐晚晴，下到小小姐秀慧，個個都是不苟言笑，相對而言，自己這樣的，還算是乖巧愛笑的甜姊兒了。嬌嬌腹誹。

「祖母、祖母，我回來啦……」小子魚許是知道家裡來了客人，下了學著急慌忙地衝了過來。他是男孩，自然比秀美課程多些。衝了進來之後，子魚規規矩矩地與每個人打招呼，之後便拉住了嬌嬌的手站在了一邊。

薛青玉用帕子掩嘴笑。「他們姊弟可真親呢！」

老夫人點頭。「那是自然，子魚與秀寧如同親姊弟一般，往日便是常聽有人說緣分，我們俱是沒有太大感觸，然現在卻是真真地體會到了，秀寧與子魚，真是有濃厚的姊弟緣分，這兩個孩子不是親姊弟，勝似親姊弟。」

老夫人此言一出，所有人皆是笑著稱是。

「如此一來可不正好，怪不得兩個孩子這般的投契呢。」二夫人笑言。

「老夫人可莫要笑話青玉，其實剛看到秀寧丫頭，我竟是覺得她有幾分像季家人呢。想來，冥冥之中真是自有定數。」薛青玉笑著看老夫人。

老夫人失笑。「妳這丫頭，真是嘴甜。」

「我說得可是實話呢。」

眾女眷笑成一團。

「子魚可要好好待你姊姊，好好保護姊姊。」老夫人看小不點兒。

子魚忙不迭點頭，樣子甚為慎重。「我一定會做到的。我會保護姊姊，我也會保護妳們，等我長大了，我要為妳們將壞人都打跑。」

「真是個好孩子。」老夫人伸手，子魚連忙靠了過去。

「舅舅說，我們家裡我是唯一的男子漢，要保護女人，有些人，慣不得，能動手，別吵架。」

噗！嬌嬌噴笑了，這真心不是教壞小孩子嗎？

老夫人聽了這話，也笑著搖頭。「看來我們都是女眷，還真是不適合教導子魚，如若跟著小世子，想來倒是也好，看我們小子魚，男子漢氣勢十足呢！」

宋氏竟是也不謙虛。「男孩子，就要肆意張揚些，這樣才不至於吃虧，至於旁人如何想，如何說，又有什麼重要呢。不光男子，便是女子也是一樣，對秀寧，我便是如此要求，我不要求妳如何大家閨秀，只求妳不吃虧。」

嬌嬌一直都覺得宋氏並不似一般女子，今日看來，果真是個不同的女子。

她看向了子魚，兩個孩子一齊脆脆答道：「孩兒知道了。」

老夫人更是樂了起來。「我從來都是將可盈和蓮玉當成自己的女兒，加上晚晴，我三個女兒，真是三種性格，如今在妳們的教導下，幾個小的性子俱不相同，如今我倒是越發的期待起來，期待幾個孩子長大都是什麼個模樣。」

「我才不要像個男孩子，我要像姨母一樣溫柔大方。」秀美在一邊申明，說話間還斜睨了嬌嬌一眼，嬌嬌燦爛一笑。

老夫人作勢擰眉看她。「可是，祖母怎麼覺得，秀美這麼凶悍，會變成小辣椒呢？」

「祖母笑話人。」秀美小包子咬唇跺腳，看她這般可愛的樣子，大家俱是笑了起來。

「祖母說得不都是實話嗎，秀美這般的凶悍，祖母都不敢惹秀美呢，難道不是小辣椒？」老夫人故意逗秀美。

「不是不是，我才不是，秀寧姊姊才是！子魚說，秀寧姊姊會拿石頭丟人，凶悍得很，這樣才是小辣椒，我頂溫柔的。」秀美反駁。

大家笑了起來。薛青玉坐在老夫人身旁，溫柔嫻靜，一臉笑意。

嬌嬌看著這般一團和氣的季家，只希望，這樣的日子永遠不要過去。

「我們小秀美將來一定比我還溫柔，大家可不要再欺負她了。」薛青玉笑著拉秀美，秀美作勢坐到薛青玉身側。

「還是姨母對我好，你們都是壞人。」秀美將頭靠在薛青玉身上。

大家更是其樂融融。

嬌嬌嘴角噙著笑看秀美和薛青玉，視線不經意地滑過薛青玉的手，心裡一突。

薛青玉緊緊地捏著帕子，手上泛了青筋，幾乎要把帕子扯爛般。

第二十二章

嬌嬌深夜坐在案檯前寫字，並不休息。

彩玉來勸了兩次都不得要領，她有些遲疑，然還是開口。「小姐可是覺得有什麼不妥當？自您晚膳回來，便有些不對勁。」

嬌嬌並未抬頭，語氣淡然。「妳陪我過去的，自然是知道並沒有什麼事，我又能有什麼不舒服呢。」

她雖如是說，但是彩玉還是有幾分的不信。「可是小姐自回來便有些反常。」

嬌嬌頓住筆，看她。「我今日不太睏，想多練會兒字，妳且下去休息吧。告訴鈴蘭也一樣，妳們兩個都睡吧，我寫完便休息，不用妳們伺候了。」

彩玉欲言又止，然終究是沒有逆了嬌嬌的意思。

看彩玉出門，嬌嬌一如既往，如若不是見到薛青玉那細微的小動作，她也不會懷疑，既然看見了，她便想得頗多。按理說，薛青玉是薛大儒的二女兒，她的姊姊更是季家的二媳婦兒，與季家該是交好才對，可是看她剛才那般動作，明顯是強忍著心情。

薛家與季家也算是相交至深，淵源深厚，有什麼理由呢？

嬌嬌越想越煩，即便是不斷地寫字希望平靜內心也做不到，她嘆了一口氣，將筆放下，果然是年紀輕啊，若說宅鬥什麼的，她真心不給力。能夠發現各種小細節倒是歸功於她的職業病，可是，這真的是好事嗎，她也很累的，既然發現了一些反常的地方，她是怎麼都做不到置之不理的，想到這裡，嬌嬌將褐色的披風披上，打算出去轉轉。

彩玉與鈴蘭都是住在嬌嬌所在屋子的外室，兩人也並未休息，見嬌嬌出來，彩玉連忙從榻上下來。「見過小姐，小姐可是要出門？」

嬌嬌笑。「我看今夜月色不錯，想著出去賞月，妳們休息吧，莫要管我。」

彩玉不贊同，連忙起身披衣服。「奴婢陪您出去轉轉吧，您一個人，奴婢心裡總是不放心的。」

嬌嬌想了一下，並沒有推辭。「那好吧，妳陪著我，鈴蘭，妳先休息，我不過是有些小興致，如若這般便讓妳們休息都休息不好，倒是我的錯了。」

兩個丫鬟都笑了起來。

今夜的月色確實不錯，嬌嬌散步，與身邊的彩玉低語。「我每到晚上都睡得死死地，竟是不想，月色這般的美麗。」

彩玉笑應。「小姐不是說早睡早起身體好嗎？」

嬌嬌認真言道：「確實是這樣啊，不過偶爾有些小情趣，也是好的。」

嬌嬌甚是喜歡這庭院的格局，她總是覺得，老夫人穿越之前必然有建築設計行業的功底，如若不然，決計不會將庭院設計得這麼個性帥氣。想到這裡，嬌嬌笑了出來，許是她這詞用得不對，但是這庭院確實給她這樣的感覺。

兩人在院子裡轉悠，嬌嬌心情倒是放鬆下來，月色朦朧，清風拂面，她深深吸了一口氣，輕鬆起來。

「見過秀寧小姐。」兩人遠遠地看到了老夫人身邊的大丫鬟彩蘭，彩蘭自然也是見到了她們，連忙過來請安。

嬌嬌笑言。「彩蘭這麼晚還忙著呢。」

彩蘭笑。「奴婢就是閒不下來的性子。今晚月色正好，小姐是出來賞月的吧，要說這院子裡賞月最好的地方，當屬皓月亭了。奴婢吩咐廚房為秀寧小姐準備些茶點，您過去等等好不？」

嬌嬌搖頭。「不必了，彩蘭妳忙吧，我這也有些走累了，正要回去休息了呢，我早睡習慣了，太晚了身體吃不消。」

「那我便不打擾小姐了，奴婢告辭。」彩蘭微微一福。

嬌嬌確實有些乏了，本就是心緒有些煩悶才出門散步，如今平復了心情，自然是要早些回去休息。

彩蘭看嬌嬌回去的身影，若有所思，許久，待見嬌嬌和彩玉是真的回了房間，她復而離開，若是旁人看來，倒是個進退有常的好奴婢。

然在旁人都沒看到的時候，彩蘭默默地閃出了院門，她順著院牆悄然來到東側院，「嘎吱」將門推開，男子瞬間將她抱在懷中，彩蘭格格笑了出來。

「討厭……」

「妳來遲了。」男子言道。

彩蘭嬌笑。「剛才出來的時候碰見了秀寧小姐，因此耽擱了一會兒，你的好學生那麼聰明，我如何能不多加小心。」

男子失笑，這人竟赫然是齊放。

齊放放開彩蘭，問道：「可有被她看出端倪？」

彩蘭搖頭。「你且放心吧，我何時讓旁人發現過。你呀，就是只會哄我，說什麼喜歡我，看吧，如若真的喜歡我，該是和老夫人提親才是，如此偷偷摸摸的，哪裡是真心喜愛我。如今倒好，那個薛二小姐竟然還追到了江寧。」

齊放抬起她的下巴，在她嘴上啄吻一下，調笑。「怎麼？吃醋了？」

彩蘭冷哼一聲，看他。「我才不會吃醋，要吃醋，可是多了去了，便是三小姐的醋，我都吃不完，我哪裡還會在意一個什麼薛二小姐。」

齊放將她擁進懷中。「妳自然不會吃晚晴的醋，因為妳知曉，我並非真心愛她，而她也並不心悅於我；可薛青玉則是不同，雖然我也不愛她，但是她卻戀慕我，這如何能夠一樣？」

彩蘭回手掐了齊放的腰一下，他哼了一聲，然並沒有躲開。

「我說錯沒？我看啊，妳就是個小醋缸，妳難不成不知曉我的心思？我心裡只妳一人的。」

彩蘭回身便是將胳膊環在了他的脖子上，獻上了自己的香唇。

許久，兩人雲雨之後，彩蘭枕在齊放的胸口，兩人喘息。

「齊放，薛青玉來了，你要怎麼辦？」

「薛青玉我是從來都不做考慮的。他們薛家可不止她一個女孩，她既有姊姊，也有弟弟。而且薛家雖然是書香門第，但是只是名聲好聽罷了，能有多少銀錢？彩蘭，妳自小便是在老夫人身邊，自然該清楚，季家是個什麼家世。老夫人在生意上的天賦無人能敵，季家如今看得見的產業就夠我們幾輩子吃喝了，妳說，我們該如何？我與他們不同，他們想著功成名就，我偏是覺得，那些最沒意思。功成名就又如何？伴君如伴虎，倒是不如做個有錢的富貴閒人。二哥如今是個活死人，子魚還小，老夫人這般地器重我，如若我再娶了晚晴，妳該知道，這季家還不盡數都在我的手裡？」

「你這死鬼，算計得倒好。」彩蘭唾道。

齊放不以為然。「彩蘭，我們自小一起長大，妳該清楚我們的情誼。我們都是吃過苦的人，都知道沒有錢財的苦楚，如今我們不過都是為此在努力罷了。妳在老夫人身邊，我又是這麼一個身分，我們都會好的，以後，我定然八抬大轎抬妳進門。」

彩蘭感動。「齊放，我會幫你，我記得你今日這番話，若是他日你負了我，我便是做鬼也不會放過你。」

齊放握住了她的手。「我不敢說自己完全不會傷妳的心，但是妳該清楚，不管我怎麼傷害妳，都不是出自我的本意。我本意是好的，只有我們都隱忍，才能有更好的未來，彩蘭，妳明白嗎？」

彩蘭認真道：「我知道，我更是信你。齊放，我們終究會過上好日子的。」

齊放起身披上衣服，將蠟燭燃起。「總有一天，我們不會寄人籬下。」

彩蘭也不顧自己的赤裸，抱住了齊放。

「齊放，我們會成功的，你千萬不要負了我，千萬不要。」

靜謐的佛堂內，老夫人靜靜地轉動佛珠。

陳嬤嬤匆匆進門，伏在老夫人的耳邊說了什麼。

老夫人只停頓一下，並未說什麼，只繼續唸。陳嬤嬤有些憂心，不過還是嘆息一聲，默默退了出去。

許嬤嬤站在門口，見陳嬤嬤出門，上前問道：「主子可好？」

陳嬤嬤往四下看了看，語氣有些低。「無事，主子自然凡事皆心中有數。」

許嬤嬤鬆了一口氣，不過還是有些惆悵。「淨是些餵不熟的白眼狼。」

陳嬤嬤搖頭。「凡事都有兩面性，老夫人自有自己的打算，不過傷心總是在所難免。」

兩人正在低語，老夫人推開了門。

見兩人俱是擔憂看她，老夫人露出笑容。「時候不早了，回去休息吧。」

「老夫人……」

老夫人制止了兩人的話，認真言道：「船到橋頭自然直，往日我處處盤算，卻最終沒有得到自己想要的，也許，順其自然反倒更好。許嬤嬤，明兒妳去書樓將致遠當初寫的書搬到主屋，左右閒來無事，我也研讀一番。」

雖不明所以，但是看老夫人能夠放寬心，兩位老嬤嬤也放心許多。「好咧，明兒一早我就去辦。」

又想了想，老夫人說道：「另外，明兒妳與齊放說一聲，為秀寧請一天假，就說，我要帶她出門踏青。」

兩位嬤嬤又是吃驚，不過倒是連忙應允。

「老夫人，可是有什麼需要準備的？」

老夫人搖頭。「也沒甚，明天早膳時通知秀寧就好，只帶幾份小吃便可。」

早膳時老夫人告知嬌嬌今天無須上課，嬌嬌縱有疑惑，仍是笑著應答。

大家俱是不解老夫人為何要如此，但是大家已然習慣了老夫人的態度，自然無從多言。

老夫人只帶了嬌嬌、徐達、陳嬤嬤三人，其餘婢女、小廝一概不帶，如此倒也簡單。

徐達駕著馬車，幾人前往湖邊，因著不急，馬車速度倒也不快。

嬌嬌並沒有帶婢女，徐達駕車極穩，她乖巧坐老夫人身邊，笑著提些小問題，倒是小女孩兒氣十足，老夫人和陳嬤嬤一路上被她逗得合不攏嘴。

其實嬌嬌何嘗不是心裡有數，老夫人這麼精明，必然知道她是穿越而來，而季家這麼多破綻，她也定然知道自己知曉了她情況。可是那又怎樣呢？兩人心照不宣，其實也是挺好。

不管怎麼樣，她如今是季秀寧，一個七歲小姑娘，她性格本身就挺單純，也並非全然表演，如此也並不算十分違和。

目的地並不遠，郊區湖邊，待到目的地，嬌嬌扶著老夫人下轎。

一大一小兩人湖邊散步，而陳嬤嬤與徐達則是在身後些許距離處遠遠跟著，並不打擾兩人敘話。

「嬌嬌來季家也有一段時間了吧？」老夫人鮮少用嬌嬌本名，慣是喊她秀寧，可每次如是喊，也都說明，是有重要話要講。

嬌嬌彎了彎嘴角，言道：「是呢，將近半年了。」

老夫人點了點頭。「是啊，一晃眼半年就過去了，再一晃眼，許是數年就過去了，人生總是這般，時光稍縱即逝。」

「祖母怎地這麼多感慨呢，只要我們珍惜了時光，即便是過去，我們也不算是虛度光陰，如若不是虛度光陰，那麼便沒有什麼好遺憾。」

老夫人讚道：「嬌嬌這點讓我中意，豁達樂觀，不似我年輕時候，處處要尖，總要做到最好，結果徒增許多煩憂。」

嬌嬌歪頭。「我倒是希望像祖母一樣能幹呢！」

老夫人拍了拍她手，不過卻不贊同。「能幹，未必是一件好事，這事端看對誰而言，其實祖母總是有一種感覺……」

老夫人話音停了下來，看嬌嬌，嬌嬌有幾分不解。

老夫人繼續言道：「祖母覺得，嬌嬌必然年紀不大。」

嬌嬌失笑。「我本來就年紀不大啊，我才七……」嬌嬌啞然，恍然明白老夫人話中意思。

「祖母說得可對？」老夫人慈祥地笑。

嬌嬌定睛看著老夫人，許久，點頭。她不知道，為什麼老夫人會打破原有的心照不宣而說出這件事。

看嬌嬌一臉戒備，老夫人忍不住笑得更加厲害。「還真是個孩子，我時常想，妳究竟多大，雖然我自認為妳年紀不會很大，可許多時候，妳又細微老練到讓我覺得自己判斷有誤，許多小細節，許多事情的處理方法，都讓我極為迷茫。我穿越開始，年屆三十，如此年紀仍是有許多不懂、不妥、不明白，可是看妳，倒是全都處置得很好，雖有些小毛病，但是倒也顯得孩子氣。」

嬌嬌看老夫人如此坦誠，囁嚅了下嘴角，答道：「我剛警校畢業，上班第一次出任務就掛了，然後就穿來了。」

老夫人恍然大悟。「怪不得，竟是如此，如此一看，所有矛盾竟是也都能說得清，妳許多事情處置不成熟，正是因為妳年輕，而妳在細節上的把控，在許多事情處理上經驗老道，原是因為，妳本就是警校畢業。現細細想來，妳這些老練地方，似乎都應和了妳的職業，這點倒是我疏忽。」

嬌嬌撇了下嘴，鬱悶道：「職業病毀一生。」

噗！老夫人被她逗笑。

兩人將話說開，老夫人和嬌嬌竟是心裡都放鬆了下來。

「那麼，妳又是如何穿越呢？」

嬌嬌憤怒。「我們管區裡一個小姐為情所困要跳樓，我不過是拉她一下，誰想到她那麼大的勁，她沒下去，我下去了。就是這麼簡單，您要是想聽什麼臥底無間道、英姿颯爽女警花，真是沒有啊。」說到後來，嬌嬌竟是也有了幾分調侃心情。

老夫人搖頭笑。「妳這丫頭。嬌嬌不好奇我嗎？或者，妳真叫嬌嬌嗎？」

嬌嬌認真點頭。「嗯，我穿越之前也是叫這個名字，季嬌嬌。我們孤兒院媽媽說，我被撿到時候，被子上有禾子兩字，字是上下排列，也不知道是姓還是名字，後來媽媽說，大抵上該是姓，於是我就姓季了。」

嬌嬌說完，就看季老夫人錯愕看著她，一動不動。

「祖母，怎麼了？」嬌嬌不解。

老夫人喃喃自語。「禾子？妳說，禾子？」

嬌嬌點頭，有些不解老夫人反應。

「那妳說，妳是哪個孤兒院，青州仁愛堂育幼院？」

這下子換成嬌嬌錯愕了，她點頭，心裡有幾分異常悸動。

老夫人更是激動，許久，她平復心情，看嬌嬌，語氣有些哽咽。「妳、妳身上，有、有什麼特徵嗎？」

嬌嬌呆滯。

「說啊、妳說啊！」老夫人激動。

嬌嬌看老夫人的眼神充滿了期待，遲疑了一下，終開口。「我大腿內側有一塊極淺……」

「胎記。」兩人異口同聲。

嬌嬌淚水一下子便落了下來，先前老夫人那般激動，那些問話，都讓她心裡有了悸動，她已經期待，期待會不會有奇跡，期待自己也許並不是一個孤兒。

「那世妳的眼睛……」老夫人看嬌嬌。

兩人再次異口同聲。「下方有顆淚痣。」

「妳是誰？妳是我媽媽嗎？」嬌嬌咬唇，淚水停不下來。

老夫人一把將嬌嬌擁入懷裡，淚水也滑了下來，哽咽。「不是，我不是妳媽媽，我是妳姨媽，我是妳姨媽啊。秀兒，姨媽從來沒有想過，能夠在有生之年還能找到妳，從來沒有想過。禾子，是妳在天上有靈嗎？是妳天上有靈讓姊姊幫妳找到秀兒嗎？」

老夫人激動哽咽，嬌嬌不知道事情真相，不過能夠找到自己親人，這是她作夢都想的事。

兩個人都沒有想到，事情竟然會發展到這一步，老夫人是後悔沒有早些與嬌嬌攤牌說出實情，如若這般，她應該會更早找到自己外甥女，她可憐的小外甥女。

陳嬤嬤與徐達遠遠看見老夫人抱著嬌嬌似乎有些情緒激動，都有些擔憂，不過卻並未衝上前。

兩人不顧環境地大哭，雖未出聲，可是卻悲傷萬分。

待到兩人哭完，老夫人拉著嬌嬌細細打量。「這世上之事冥冥之中竟是真自有定數，不信邪也不行，不信邪也不行啊。姨媽怎麼都想不到，我穿越了，妳也穿越了，咱們兩個人竟然會在此處相遇。」

嬌嬌揉了揉眼睛，她是想不到，老夫人竟然是她親人。

「姨媽，妳是我姨媽，天下間竟然有如此巧合事，這是老天爺玩笑還是真，妳掐我一下，妳掐我一下好不好？我從小就想我不是被丟棄，即便知道那可能不是真的，我還是樂觀想，自己一定不會是被爸爸、媽媽拋棄的壞孩子，姨媽……」嬌嬌哭得可憐。

老夫人心疼。「好孩子，妳不是壞孩子，妳不是。妳沒有被妳爸爸、媽媽拋棄，妳爸爸、媽媽……」老夫人再次流下淚水。

嬌嬌呆住。

「他們都不在了，一場車禍帶走了他們兩個。」

「可是，當時我在孤兒院門口被撿到的時候，明顯是有人放的啊！」嬌嬌早就聽孤兒院媽媽說過了，她不過都是自欺欺人安慰自己而已。

老夫人搖頭，慢慢敘述往事。「為了供我唸大學，妳媽媽早早就出去工作了，我大學畢業第三年，她遇到了妳爸爸，兩人一起去了妳爸爸家鄉青州，不到一年妳就出生了。妳出生的時候，我和爸媽過去看了妳，那個時候妳小小的，好可愛；不過誰能想到，世事總是無常，妳媽媽帶妳出門拍滿月照的時候全家出了車禍，妹妹、妹夫，妳爸媽，他們、他們全都走了。妳奶奶那人特別迷信，出去算命，結果有人說妳命不好，於是他們甚至連妳父母下葬都沒等到，就將妳扔掉了。」
說到這裡，老夫人哭得厲害。
「當我們趕到才得知一切，妳奶奶倒也不是完全沒有良心，她告訴我們，妳被送到了青州仁愛堂育幼院，我再去找妳的時候遇到了意外，結果穿越了。」
嬌嬌不想，事情竟是如此這般，她錯愕，串串淚水掛臉上。「原來是這樣，原來是這樣……」
老夫人看她呆愣住，連忙再次言道：「這世上總是有許多意外，妳奶奶迷信，可這不代表妳就是不好的，秀兒千萬不要妄自菲薄，不要認為妳爸爸、媽媽不喜歡妳，不要妳，他們不想離開妳，他們都很疼妳，他們都覺得，有秀兒這樣一個可愛乖巧的小天使是上天的賜予；也正是因此，妳媽媽才會安排姨媽找到妳，姨媽如果穿越之初還有什麼放不下的，便是秀兒妳了。如今，姨媽真找到了秀兒。」
嬌嬌迷茫抬頭，眼神混沌，她就這樣靜靜看著老夫人，眼神逐漸清明。「我不會。」
老夫人看她這般，安慰點頭。「我就知道，秀兒是聰明的女孩子。」
嬌嬌怎麼都沒有想到，自己竟然能在這裡找到親人。這個人雖然不是她母親，卻也是她姨媽，是她至關重要的親人；而她，也不是被父母拋棄的小可憐，原來一切都和她想的不一樣。
嬌嬌用手背抹掉自己淚水，堅強抬頭看老夫人。「姨媽，我媽媽叫什麼？」
老夫人看她這般，心裡難受，不過卻又欣慰。「禾子，妳媽媽叫禾子，她手很巧，特別喜歡在自己做的東西繡上禾子兩字，這也正是妳姓季的原因。妳媽媽叫張禾子，我叫張禾玉，我還有一個弟弟，叫張禾木，他與妳媽媽是雙胞胎。」

「我，還有一個舅舅？」

老夫人點頭。「雖然不知道為什麼，妳終究還是在孤兒院長大，但是秀兒，妳要相信我們大家對妳的愛。」

嬌嬌微微垂首，其實她能明白，她是真能明白，她爸爸、媽媽不在了，有人算命說她命不好，她姨媽來找她，結果又出事了，這下難道不是坐實了這件事的真實性嗎？

所以、所以沒有人找她了，所以她在孤兒院長大。

嬌嬌有些自怨自艾。

老夫人到底是年長，看著嬌嬌的表情便明白她想法，大手環住她小手。老夫人語氣裡有許多堅定。「秀兒，姨媽知道妳擔心，妳難過，妳覺得都是自己的錯，可是就如同姨媽之前說的，不要理會那些無稽之談。我們兩人都能穿越，妳又怎麼知道，妳父母沒有穿越到另外一個地方生活呢？我不是不信，可我知道，凡事不能只看外表。事實上，我並沒有死，正是因為來到了這裡，我才遇到了這一輩子最愛的男人，妳存在，不會影響任何人。」

嬌嬌抬頭看老夫人，見她期望的表情，認真點了點頭。

「我知道了。」

老夫人摩挲著嬌嬌頭，不住點頭。「妳能明白就好，妳能明白就好，竟是不想，我真找到了妳，我這一輩子最大的遺憾之一便是沒能為禾子找回秀兒，跨越生死，我竟是真找到了妳。這一輩子，我虧欠禾子太多了，我只希望，能夠為她找回她疼愛的女兒，我做到了，我真做到了，冥冥之中，一切真皆有定數。」

嬌嬌將頭依靠到老夫人身上。「我有親人了，我也有親人了。」

她似乎怎麼都不敢相信，雖然季家讓她也極有歸屬感，但是終究是又差了一層什麼，如今，她是真有親人了，原來，老夫人真是她親人，原來，季家每一個人都是她親人，切切實實的親人。

怪不得，怪不得她看到子魚會覺得親切，看到老夫人會覺得親切。大家都怕老夫人，可是唯有她覺得老夫人是溫柔可親，也許，這便是親情；還有季晚晴，不管季晚晴是怎麼的，她都覺得沒有什麼，其實，季晚晴真是她表妹啊！

嬌嬌表情多變，老夫人自是看到。雖然老夫人不是孤兒，但是她也失去過親人，體會過甫一穿越時的迷茫痛苦，如今自然極能體會嬌嬌心情。孫女名中皆是帶一秀字，又何嘗不是一種對秀兒情感的另類寄託，倒是不想，兜兜轉轉，她竟然真找到了秀兒。

「我是妳親人，季家每一個人都是妳親人。秀兒、秀寧，以後姨媽定然會好好保護妳，不會讓妳受一點傷、遭一點罪，所有不好、不幸福的都將過去，從此以後，秀寧就是季家的幸福小公主。」

「做不做小公主不重要，重要的是，我有親人了，我有姨媽了……」嬌嬌喃喃。

「傻孩子。」老夫人嘆道。

嬌嬌不再言語，只靜靜倚靠著老夫人，望著平靜湖面，這個時候她的心也才真正寧靜下來。

她有親人了。

「陳嬤嬤，咱們要不要過去看看？似乎發生了什麼事呢？要不要緊？」徐達有些擔憂。

陳嬤嬤其實也是一樣，不過到底年紀大，並未在徐達面前顯現，鎮定地搖了搖頭。「不必了，先前的時候老夫人便交代過，無須上前，有事，她自會吩咐。」

這也正是老夫人和嬌嬌這般激動，陳嬤嬤卻未上前的關係。她所想的是，怕是說到了老夫人傷心處，大抵是大公子的事，卻是不想，竟是如此真相。

「徐達，你到季家多少年了？」陳嬤嬤轉而問道。

徐達撓頭。「二十二年了，如今我都二十有九了。」

陳嬤嬤點頭。「我算著，你也該三十了，都這種年紀了，你也不打算成親嗎？」

徐達憨笑。「我這樣的大老粗，誰人能夠看上。如今挺好，在季家做著護院統領，我也覺得不錯，起碼安心，婚事什麼的，我倒是不曾想過，女人都麻煩，我每日忙著這邊，哪有心思照顧別人。」

陳嬤嬤不贊同。「可你身邊沒個知冷知熱的人，你如何能夠過得好？老了之後呢？你就不會後悔？」

徐達看陳嬤嬤。「那嬤嬤覺得，自己後悔嗎？」

陳嬤嬤怔住。

徐達言道：「嬤嬤一輩子都跟在老夫人身邊，也並未嫁人，同樣不是也沒有後悔嗎？其實也不是每個人都盼著成親，情情愛愛什麼的，我雖然沒有接觸過，但是也見了不少，太傷人了。」

陳嬤嬤看著徐達，似乎想到了什麼，半晌，點了點頭。「你說得倒是有幾分道理。」

徐達見不遠處老夫人和秀寧小姐皆是平靜了下來，相攜坐在湖邊，也有了閒工夫和陳嬤嬤閒話。「我說得自是有些道理，這麼多年，咱們都在季家，那些還少看過嗎？如今季家也算是多事之秋，我做不得什麼大事，沒讀過什麼書，可是我總是有一身好武藝，我不希望旁事分了我心，我只希望，能夠守著季家，也算是不辜負當初老太爺和老夫人對我一番養育。生恩沒有養恩大，我不能讓人家戳著脊梁骨說，自己是個忘恩負義的白眼狼。」

陳嬤嬤若有還無地笑。「只希望，你記得今日的話才好，若是他日被權勢富貴迷花了眼，嬤嬤只希望，你還能記得，自己今日說過這番話。」

——未完，待續，請見文創風227《風華世家》2

清新微甜・機巧鬥智／十月微微涼

妙語輕巧，活潑悠然／于隱

為流浪貓狗加油 和貓寶貝 狗寶貝

廝守終生(一定要終生喔！)的幸福機會

對人來說，貓寶貝狗寶貝只是生活的一部分，但妳（你）對牠們來說，卻是生活的全部，領養前請一定要考慮清楚——

▲ 等待被愛的Hank

性　　別：男生
品　　種：米克斯
年　　紀：3歲
個　　性：活潑調皮，但警戒心高
健康狀況：已結紮、注射疫苗、體內外驅蟲
目前住所：新北市三芝區

本期資料來源：https://www.facebook.com/blackmix.hank

『Hank』的故事：

Hank是個活潑調皮的寶貝，初次遇見牠時，牠總是對我笑得眼睛微彎，和其他狗狗玩耍的帥氣模樣與眾不同。因無植入晶片，以為牠是流浪寶貝，所以我為牠找尋新家人，卻被告知Hank是走失狗狗，於是我立即與Hank主人聯絡，讓牠回到主人的懷抱。然而在一次探訪Hank中，卻發現牠被主人用鐵鍊綁在電線桿上，可憐兮兮地看著我……

當時看到Hank因被鐵鍊拴住而不利行動，整個狼狽半癱在地上，見到陌生人還瑟瑟發抖，完全失了牠帥氣可愛模樣。當下我非常生氣找牠主人理論，卻了解到她是個不負責任、且有打算棄養牠的主人。除了生氣之外，為了不讓Hank遭受這樣折磨，所以將牠帶離原來的家，因本身無能力再認養Hank，便自掏腰包請中途媽媽代為照顧。

在接回Hank時，竟發現牠身上有大小不一的傷口，送醫時才發現原來是壁蝨惹的禍，在經過除蝨、環境清潔下，Hank漸漸有了以往的朝氣，心情也較開朗，會主動和其他同伴玩耍，有時一玩開了不小心弄壞家具，雖然對中途媽媽很抱歉，但由此可見Hank已卸下心防，身體也健康有活力。不過，Hank個性較慢熟，所以對人的警戒心會比較高。如果對牠好、真心照顧牠，其實牠都會瞭解，會很快去接受人的存在，對人還算親和力十足，是個不錯的寵物好夥伴。

如果你被Hank帥氣可愛的模樣吸引了。Hank正在中途媽媽家等著被新家人呵護，趕快來信至ivy0623@yahoo.com.tw，給Hank一個溫暖的家喔！

認養資格：

1. 須徵得家人或室友同意，若租屋者要確認房東是否同意飼養。
2. 有經濟能力可以照顧狗狗，並每年施打預防針，每月服用心絲蟲、體外寄生蟲預防藥及狗狗生病時的醫療費。
3. 可以將狗狗視為家人、孩子，有願意照顧他一輩子的決心和承諾。
4. 須配合送養人後續不定期追蹤。
5. 若因任何原因無法續養，不得任意將認養動物轉讓予他人，必須先通知送養人並討論。
6. 同意於認養時和狗狗及送養人合照並簽署認養協議書，並提供身分證影本。

來信請說明：

a. 個人基本資料：姓名、性別、年齡、家庭狀況、職業與經濟來源等。
b. 想認養「Hank」的理由。
c. 過去養寵物的經驗，及簡介一下您的飼養環境。
d. 若未來有當兵、結婚、懷孕、畢業、出國或搬家等計劃，將如何安置「Hank」？

文創風 226

風華世家 1

國家圖書館出版品預行編目資料

風華世家 / 十月微微涼著. --
初版. -- 臺北市 : 狗屋, 2014.10
冊 ; 公分. --（文創風）
ISBN 978-986-328-360-7（第1冊 : 平裝）. --

857.7　　　　103018137

著作者	十月微微涼
編輯	王佳薇
校對	沈毓萍　馮佳美
發行所	狗屋出版社有限公司
地址	台北市104中山區龍江路71巷15號1樓
電話	02-2776-5889～0
發行字號	局版台業字845號
法律顧問	蕭雄淋律師
總經銷	知遠文化事業有限公司
電話	02-2664-8800
初版	103年10月
國際書碼	ISBN-13　978-986-328-360-7
原著書名	**《锦绣世家》**，由北京晉江原創網絡科技有限公司授權出版

定價250元

狗屋劃撥帳號：19001626

網址：love.doghouse.com.tw　E-mail：love@doghouse.com.tw